Je m'appelle L

Je m'appelle Lou

JE M'APPELLE LOU

Lina NAYM

Je m'appelle Lou

Je m'appelle Lou

A Noëmie qui a vu le potentiel de Lou

Je m'appelle Lou

Je m'appelle Lou

PROLOGUE

AVRIL 2016

Schizophrène. Le diagnostic est posé, le mot fait l'effet d'un couperet qui s'abat sur moi. Je regarde le thérapeute d'un œil vitreux et hoche la tête devant son regard inquisiteur. Satisfait, l'homme rougeaud continue à parler en termes que je ne suis pas sûre de comprendre. Choc brutal. Traumatisme de l'enfance. Traitement à vie. Je n'écoute plus. Je détourne le regard pour le poser sur le mur capitonné, juste derrière le praticien.

Si tu m'avais écoutée, tu serais morte à l'heure qu'il est. Tu aurais dû prendre tous les comprimés de la boîte et boire la bouteille entière.

Je secoue la tête et me recroqueville en position fœtale avant d'appuyer mes mains sur mes oreilles. Je sens les larmes obstruer ma gorge mais elles ne parviennent pas à atteindre mes yeux. Sûrement la fautes aux médicaments. J'ai l'impression d'être dans du coton. Toutes mes émotions semblent floues. Seule la pièce qui m'entoure est nette, trop nette. Elle agresse mes rétines et me donne envie de baisser les paupières pour ne plus jamais les rouvrir.

Pauvre idiote. Tu es incapable de faire les choses correctement.

Je n'en peux plus de cette voix, elle est dans ma tête, jour et nuit, depuis plus d'un an. J'ai tout essayé pour la faire taire. J'ai essayé toutes les drogues possibles, je me suis enivrée au point de ne plus me souvenir de ce que je faisais de mes soirées. J'ai honte de l'avouer, mais j'ai même tenté d'obéir à la voix, dans l'espoir qu'elle finisse par se lasser de moi et qu'elle me laisse tranquille. Mais non, rien n'y a fait, elle est toujours là, à me narguer.

Rien ne me prédisposait à un destin aussi tragique. Fille unique d'un couple respectable, je m'appelle Lou Calvas, j'ai vécu une enfance banale jusqu'à mes dix ans. Cette année-là, ma vie bascula quand mes parents décédèrent dans un tragique accident de la route. Seule, je fus placée sous la tutelle de mon oncle, seule famille qu'il me restait. Le frère de mon père me prit alors sous son aile. Éternel célibataire, Bernard était un homme ambitieux et très vite, il reprit le travail, me laissant me débrouiller seule.

J'aimais Bernard, je l'aime toujours, il a toujours été gentil avec moi. Chaque matin, il me réveillait avec douceur et prenait son petit-déjeuner avec moi, assis à la table de la cuisine, face à face, chacun devant des tartines de pain beurré et un grand bol de chocolat chaud. Il me montrait le menu, accroché sur la porte du réfrigérateur, pour me rappeler ce que je devrais manger le soir en rentrant de l'école. Il me donnait un billet de cinq euros pour que je puisse aller acheter mon goûter sur le chemin du retour et me déposait un baiser sur le front avant de quitter la maison. Je devais alors me débrouiller. Je finissais mon petit-déjeuner en surveillant la pendule accrochée au-dessus de la table. J'allais ensuite m'habiller et me débarbouiller avant de sortir pour aller prendre mon bus.

Jusqu'aux environs de mes quatorze ans, rien à signaler. J'avais toujours la même routine, à une différence près, je traînais chez mes copines, le soir. Je rentrais seulement quand la nuit tombait. La plupart du temps, Bernard rentrait du travail quand j'étais sous la douche. Il me posait des questions, s'inquiétait de la raison qui m'avait empêchée de manger le plat qu'il avait mis au frais pour mon repas du soir. J'avais toujours une bonne excuse. Untel m'avait invitée à manger, j'avais travaillé avec untel qui avait apporté de quoi grignoter... Cela semblait convenir à Bernard ou peut-être, s'en fichait-il, après tout, je n'étais pas sa fille, je n'étais que sa nièce.

C'est aux alentours de mes 15 ans que j'entendis la voix pour la première fois. Nous passions une bonne soirée agrémentée d'alcool. On se passait les joints pour se détendre et profiter du plaisir interdit que la drogue nous procurait. Je crus vraiment à un mauvais trip. Mes copains m'avaient prévenue que mélanger drogue et alcool ne faisait pas bon ménage. Alors, j'ai juste ignoré la voix. Je pensais vraiment que j'étais trop défoncée et que tout serait oublié le lendemain. Je me souviens m'être dit

Je m'appelle Lou

que j'en rirais sûrement plus tard.

Pourtant, la voix ne s'est pas tue. Le lendemain et les jours suivants, elle était là et elle a continué à me parler, encore et encore, jour et nuit. Je n'en ai parlé à personne, on m'aurait traité de folle. Qu'est-ce que j'aurais pu dire de toute façon ? J'ai l'impression qu'une personne s'est installée dans ma tête ? J'entends quelqu'un m'ordonner des choses mais je suis la seule à l'entendre ? Ce n'étaient pas mes pensées, je les entendais aussi. C'était différent, comme une entité à part entière qui m'ordonnait de sortir plus tard, de boire un peu plus, d'essayer d'autres drogues, de céder aux avances de tel ou tel garçon.

J'ai vraiment essayé d'ignorer la voix, je le jure. J'ai attendu qu'elle se taise. Je ne l'écoutais pas. Seulement, elle n'aimait pas être ignorée et me criait dessus. Elle se mettait en colère et je l'entendais hurler sans arrêt dans ma tête, de jour comme de nuit. La première fois que j'ai cédé, j'ai compris que ce n'était pas un délire parce qu'elle s'est tue. Alors, j'ai compris. Il fallait lui obéir de temps en temps pour qu'elle se taise et me laisse un peu de répit.

Je gérais la situation. En tous cas, je pensais la gérer. Je crois qu'une part de moi aimait la laisser prendre le contrôle. Finalement, c'était facile. Elle décidait et je n'avais qu'à appliquer ce qu'elle m'ordonnait. Ça a duré un peu plus d'un an. J'ai fait tout ce qu'elle voulait. J'ai bu beaucoup. J'ai essayé toutes sortes de drogues. J'ai rencontré des dizaines de garçons. C'était de l'expérimentation selon la voix. Il fallait s'amuser. Il fallait profiter. Tous les jeunes faisaient la même chose que moi. Je n'avais pas à avoir honte. Au fond, je crois que je savais que c'était faux. Mais j'ai préféré ne pas y penser parce que ça signifiait avouer que j'étais vraiment folle.

Il y a quelques semaines, je ne me souviens pas vraiment quand, la voix a décidé que je devais mettre fin à mes jours. Elle n'avait pas tort. Après tout, je jouissais d'une sale réputation. J'ai couché avec tellement de garçons que je ne me souviens même plus leurs noms, je buvais tellement d'alcool que c'était comme si j'étais ivre du matin au soir et j'ai tellement commis de vols à l'étalage que je suis carrément fichée dans tous les commerces de la ville. La voix m'a répété, jour après jour, que je n'avais pas d'autre choix, que j'avais fait le tour, que ma vie est minable, qu'il fallait en finir, qu'après, tout irait mieux, je rejoindrais mes parents, je serais soulagée. J'ai fini par l'écouter.

16 ans. Vendredi soir. J'ai pris une plaquette de somnifères et bu les trois quarts d'une bouteille de rhum. Ça n'a pas mis longtemps, je me suis écroulée, sur le tapis du salon, inerte, le sourire aux lèvres. J'étais sereine, vraiment. J'avais expérimenté la vie. Je ne lui trouvais aucun goût, aucune lueur, aucune beauté. Et puis, j'étais fatiguée. La voix allait enfin me laisser tranquille.

Mais non. Bernard est rentré et m'a trouvée, allongée, inconsciente et baignant dans mon vomi. Il a prévenu les secours, j'ai été sauvée. Maintenant, je suis là. Dans un hôpital psychiatrique, en position fœtale sur le lit, face à un thérapeute m'expliquant que je vais devoir suivre un traitement rigoureux toute ma vie.

Les médicaments qu'ils te donnent, c'est comme la drogue

que tu as pris ces dernières années, c'est de la merde. Et ça ne va pas me faire partir.

Je gémis en crispant mes poings sur mes oreilles. Je voudrais juste que la voix me laisse tranquille. Je voudrais juste être enfin seule dans ma tête et retrouver une vie normale. Je pourrais peut-être recommencer à voir mes amis voire retourner en cours. Je ne suis peut-être pas perdue. Je mérite peut-être une seconde chance. Je veux y croire. Je veux guérir et aller mieux.

— Lou, dit le psychiatre d'une voix douce. Vous m'entendez ?

Je lève les yeux vers le médecin en hochant la tête avec lassitude. Je l'entends mais je n'écoute pas ce qu'il dit. J'ai du mal à me concentrer et du mal à garder les yeux ouverts. Le mur capitonné en face de moi me brûle les rétines. Ma gorge est sèche et je tremble. J'ai si froid.

— C'est un travail de longue haleine qui vous attend, prévient le thérapeute. Mais rassurez-vous, en adoptant un rythme strict et en prenant régulièrement votre traitement, vous vous sentirez vite mieux.

Mon œil, ouais ! Il veut juste t'abrutir avec ses traitements minables !

Je voudrais tellement qu'elle se taise. Je voudrais ne plus l'entendre.

— J'ai peur de ne pas y arriver, murmuré-je, les larmes aux yeux.

— Ordre, discipline, contrôle, répond le thérapeute. Gardez ça en tête, Lou. Vous devez vous répéter cette phrase comme une devise. Elle vous aidera à garder le contrôle.

Je m'appelle Lou

Espèce d'enfoiré !
Je me fais violence et me redresse. Ordre, discipline, contrôle. Je n'ai peut-être que seize ans, mais je peux y arriver. Il ne faut pas que mon démon intérieur gagne.

Je m'appelle Lou

Je m'appelle Lou

-1-

AVRIL 2021

Je regarde la petite horloge posée sur mon bureau pour vérifier l'heure à l'instant précis où la cloche indiquant la pause déjeuner se met à tinter. Il est 11h30. On a une heure et demie de pause avant de reprendre le travail à 13h. On est jeudi, c'est l'avant dernier jour de la semaine. Ce midi, ce sera escalope de poulet avec haricots verts et une portion de riz. Comme tout dans ma vie, mes repas sont organisés et calculés à l'avance. Je fais en sorte de manger équilibré et varié, je fais en sorte d'avoir des repas types pour chaque jour de la semaine.

Depuis mes 16 ans, je m'impose un rythme strict. Le docteur Garnier, mon thérapeute, m'a prodigué un conseil quand j'étais internée, après ma tentative de suicide, il y a 5 ans. Ordre. Discipline. Contrôle. C'est devenu mon mantra et c'est grâce à ces trois mots que ma vie est bien ficelée, que je parviens à garder sous contrôle la voix qui a pris ses quartiers dans ma tête. Je suis schizophrène. Je vis avec. Mais je n'ai pas fait de crise paranoïde depuis 5 ans.

Je sais ce que les gens pensent de moi. Je suis malade, pas bête. C'est vrai que pour beaucoup, ma vie peut paraître monotone, dénuée de sens. Mais pas pour moi. J'ai un cadre. Chaque chose doit être à sa place, chaque journée est calculée à la seconde près, je fais en sorte de ne laisser aucune place pour l'imprévu. C'est un travail de chaque instant qui me permet d'avoir une vie à peu près normale. C'est ce qui me permet d'ignorer la voix qui est toujours dans ma tête.

Elle n'est jamais partie. Parfois, elle dort pendant des jours. Parfois, elle revient et me hurle de faire des choses atroces. Je l'ignore. J'ai appris à faire la différence entre mes pensées et cette voix parasite. Des années de thérapie ont été nécessaires mais peu importe, le résultat est là. J'ai 22 ans et je suis vivante, je n'ai fait de mal à personne depuis six longues années et j'ai même un emploi.

Pourtant, c'était vraiment mal parti. Après ma tentative de suicide, j'ai été internée pendant trois mois. C'étaient clairement les trois plus longs mois de ma pathétique vie. J'étais abrutie de médicaments, je ne recevais aucune visite, j'étais à l'écart des autres résidents car on me considérait trop instable. Le docteur Garnier était la seule personne avec qui je pouvais parler. Il était, pour moi, ce qui se rapprochait le plus d'un ami.

En sortant de l'hôpital, il me semble que j'ai eu le droit de retourner vivre chez Bernard. Il travaillait toujours autant, on se voyait peu. Je me souviens de peu de choses, seulement de la peur de moi, ou le dégoût dans son regard. C'est flou. Je ne sais plus vraiment. En tous cas, je n'ai pas eu le courage de reprendre l'école, j'ai quitté le lycée à 16 ans. Je me suis mise à faire des petits boulots pour mettre de l'argent de côté et payer un petit loyer à Bernard. On ne se croisait que rarement. Je crois qu'il m'évitait. Cette période est floue dans ma tête. Même en me concentrant, j'ai du mal à nous voir ensemble en dehors des murs de l'hôpital psychiatrique.

Le lendemain de mes 18 ans, j'ai loué mon appartement. J'ai trouvé un emploi comme manutentionnaire dans une usine de sacs à mains d'une grande marque de luxe. Ça fait 4 ans que j'ai le même appartement, le même travail, les mêmes collègues. Ça me convient. Au début, Bernard m'appelait de temps en temps. C'est vite devenu un simple souvenir. Je suis sûre qu'il doit être soulagé de ne plus m'avoir dans ses pattes. La voix me répète que je devrais lui en vouloir. Pourtant, je le comprends. Il a raison de ne pas s'embarrasser de moi. Je suis malade.

Alicia et Fanny passent devant moi en souriant tout en me faisant signe de les rejoindre en salle de pause. J'acquiesce sans un mot et range mon espace de travail. Il faut que tout soit à sa place avant que je parte. J'ai besoin d'avoir un poste de travail propre et net à mon retour de pause. Je suis chargée du contrôle qualité des fermetures éclairs des sacs à mains. Ce n'est pas un travail passionnant mais c'est minutieux, je dois essayer chaque zip une dizaine de fois, pour être sûre que les coutures tiennent, que ça n'accroche pas.

Je m'appelle Lou

Une fois mon coin de table rangé, je prends mon petit sac isotherme qui renferme mon déjeuner et je me dirige tranquillement vers la salle de pause. Il a l'air de faire beau dehors car la plupart les filles de l'usine sont parties manger à l'extérieur. Fanny et Alicia sont seules dans la salle de pause, elles savent que je préfère manger à l'intérieur, elles me connaissent par cœur.

Fanny a été la première à m'adresser la parole, alors que j'étais encore en formation. J'ai été attendrie par sa voix cristalline et ses longs cheveux blond vénitien qu'elle coiffe en tresse qui se balance dans son dos. Elle me fait penser à Elsa dans *La reine des neiges*. On est vite devenues amies, c'est une personne douce. Elle ne juge pas, elle ne pose pas de questions sur la vie privée des autres. Elle est le genre d'amie que tout le monde rêverait d'avoir, elle est pleine de bienveillance.

Alicia est totalement différente. Pourtant, je l'aime beaucoup aussi. Aussi brune que Fanny soit blonde, elles ont néanmoins toutes les deux le même regard. Un regard foncé qui semble me transpercer chaque fois qu'elles me regardent. Leurs silhouettes sont similaires aussi, très fines. Alicia possède les cheveux coupés en un carré strict. Elle en sait plus sur ma vie privée que Fanny. Ce n'est pas parce que je lui fais plus confiance, loin de là. C'est tout simplement parce qu'elle est plus curieuse. Fanny est discrète contrairement à Alicia qui a posé des questions tellement de fois que j'ai fini par répondre.

Cette expression m'a toujours fait rire. Vie privée. C'est un bien grand mot. Je n'ai eu aucune relation avec un homme depuis mes 16 ans. En même temps, comme dirait la voix, j'étais une sacrée traînée, j'ai eu mon

Je m'appelle Lou

compte pour toute une vie. Peu importe. Alicia sait que je suis seule et Fanny doit aussi le savoir, même si elle ne pose pas de questions. Mais aucune des deux ne sait le mal qui me ronge. Je ne veux pas voir la pitié dans leurs yeux, je ne veux pas qu'elles aient peur de moi. Je gère. La voix démoniaque à l'intérieur de moi est mon secret.

Alicia et Fanny discutent d'un programme de télé-réalité qu'elles adorent, ce qui me fait sourire. Je n'ai jamais compris ce qu'elles pouvaient trouver à ce genre de programme. Je trouve ça malsain, ce besoin de montrer l'intimité des gens. Je déteste la façon dont les choses sont mises en scène. Je préfère de loin regarder des séries. Au moins, il n'y a pas d'arnaque, on sait qu'on regarde quelque chose de scénarisé.

Je fais réchauffer mon déjeuner en les écoutant d'une oreille distraite. Jusqu'à maintenant, je devais prendre mon traitement matin, midi et soir. Pour ne pas éveiller les soupçons, j'écrasais mes comprimés dans ma nourriture, ça m'évitait de devoir sortir toutes mes pilules devant mes collègues et assumer leurs regards interrogateurs. Lors de notre dernière séance, la semaine précédente, le docteur Garnier a estimé que je pouvais réduire les quantités. Je ne prends mon traitement que le matin et le soir désormais. Peut-être devrais-je proposer aux filles d'aller manger dehors, un de ces jours ?

Une fois mon déjeuner réchauffé, je m'installe à table et je commence à manger en silence. Alicia jette un coup d'œil à mon repas avec une grimace avant de mordre à pleines dents dans son sandwich qui déborde de mayonnaise.

— Tu manges vraiment trop équilibré, critique-t-elle la bouche pleine.

— Et toi, tu devrais avaler avant de parler, rétorqué-je avant de fourrer une fourchette de riz dans ma bouche.

Fanny étouffe un rire en fermant la boîte qui renferme les restes de sa salade.

— Avec les beaux jours, on devrait aller manger dehors, propose-t-elle avec précautions. Qu'est-ce que tu en dis, Lou ?

Je lui fais un grand sourire. C'est ce que j'aime avec Fanny, elle semble lire dans mes pensées.

Si elle lisait tes pensées, elle saurait que tu es une fille paumée et folle !

— Je me disais la même chose, remarqué-je. On peut se prévoir ça la semaine prochaine !

Fanny hoche la tête en souriant. Alicia s'essuie la bouche en grognant et se penche sur la table pour se rapprocher de moi.

— J'ai eu une idée, dit-elle avec sérieux. On pourrait aller boire un verre toutes les deux, la semaine prochaine ? Je vais souvent dans un petit bar au centre-ville, l'ambiance est super !

Je la regarde en prenant bien soin de ne pas lui montrer la panique qui est montée en moi à l'évocation de sortir dans un bar. Je ne sors pas, je ne peux pas, je dois me coucher tôt le soir.

— Allez ! Insiste Alicia devant mon silence. Juste une fois, s'il te plaît ! Promis, on ne rentrera pas tard !

Je risque un regard vers Fanny qui me regarde d'un œil inquiet. Elle croit que je souffre de phobie sociale, elle

me l'a déjà dit.
— Tu seras là ? Demandé-je.
— Je suis en vacances la semaine prochaine, me rappelle Fanny avec une moue désolée. Je pars en Espagne avec mon chéri. Vous devriez y aller, ça te ferait du bien de sortir, voir un peu de monde...
— Je n'aime pas voir du monde, coupé-je en plongeant le nez dans la boîte qui contient encore la moitié de mon repas.
— Parce que tu vis recluse ! Reproche Alicia. Lou ! Regarde-moi !

À contrecœur, je lève les yeux vers mon amie. Elle semble agacée mais ses yeux sont pleins de douceur. C'est rare. On dirait qu'elle s'inquiète vraiment pour moi.
— Tu choisis le jour où tu veux y aller, propose-t-elle. Je te récupère chez toi à l'heure que tu veux et je te ramène quand tu veux. On n'est pas obligées de rester tard...
— Je vais y réfléchir, capitulé-je devant son regard de chien battu.

Pauvre malade mentale ! Tu vas te dégonfler, comme toujours !

16h45, l'heure de la débauche. Je salue mes amies et je marche jusqu'à l'arrêt de bus. Il passe à 17h05. Le trajet se fait rapidement, il suffit de quinze minutes de bus jusqu'à l'arrêt au bout de ma rue. Ça passe vite. Je marche ensuite jusqu'à mon immeuble d'un pas tranquille en regardant autour de moi. Il ne me faut que quelques minutes pour y arriver. J'aime vivre ici, le quartier est tranquille et propre. Je regarde dans ma boîte aux lettres, je n'ai pas de

Je m'appelle Lou

courrier à part quelques publicités que je mets à la poubelle avant de m'engouffrer dans le bâtiment. Je monte les deux étages à pied et arrive enfin à mon appartement.

Une fois à l'intérieur, je pousse un long soupir. Me voilà enfin seule avec moi-même.

Pas tout à fait, je suis là, aussi, même si tu passes ton temps à m'ignorer.

Je range mes chaussures et ma veste dans le placard de l'entrée et je pose mon sac à main sur le guéridon près de la porte. Je vais directement dans la cuisine pour vider mon sac isotherme et je lave la boîte qui accueillait mon déjeuner. Je jette un coup d'œil au menu placardé sur mon frigo. Ce soir, ce sera soupe avec une tartine de pain beurré.

J'allume la radio pour avoir un fond sonore et pour ne plus l'entendre. Elle. La voix dans ma tête est toujours là. J'ai remarqué qu'en écoutant de la musique, je l'entends moins. Quand je regarde des séries, elle se tait aussi, comme si elle appréciait le spectacle. J'aime regarder des séries. *Grey's anatomy* est ma préférée. Les personnages ont une vie palpitante. Ils arrivent toujours à diagnostiquer les maladies complexes. La voix ne fait pas de remarque désobligeante quand je regarde cette série. Elle pourrait, pourtant. Elle pourrait me dire que je n'aurai jamais la vie palpitante de Meredith ou que je n'aurai jamais la chance de rencontrer un homme comme Jackson. La voix aime me rabaisser mais devant *Grey's Anatomy*, elle se tait. C'est toujours de courte durée. Quand je suis stressée, comme aujourd'hui, elle aime mettre son grain de sel.

Je m'appelle Lou

Alicia m'a proposé d'aller boire un verre dans un bar. Un verre dans un bar ! Je n'arrête pas d'y penser, j'angoisse. Ce n'est pourtant rien de bien stressant. Pour moi, c'est beaucoup ! Il va falloir que je me prépare psychologiquement pour y aller. Ça fait des années que je ne suis pas sortie le soir mais j'imagine bien que rien n'a bien dû changer en six ans. Il doit toujours y avoir du monde dans les rues, les terrasses des bars doivent être bondées, les jeunes riant à gorge déployées, les filles minaudant pour attirer les regards des garçons.

Parfois, il m'arrive de rêver d'une vie où je ne suis pas malade. Il m'arrive de penser à ce que serait mon quotidien sans tous mes tocs, sans mes traitements, sans cette voix qui me pollue sans arrêt l'esprit. Je suis sûre que je serais en couple avec un homme adorable. On aurait un animal, un chien, peut-être, ou un chat. On aurait un ou deux couples d'amis avec qui on passerait des soirées à rire et à discuter. On serait bien occupés avec nos emplois respectifs et nos passions communes. On voyagerait, on irait au restaurant et on assisterait à de nombreux concerts.

J'ai une idée précise de mon homme imaginaire. Il ressemblerait à Jackson Avery dans *Grey's Anatomy*. C'est l'homme idéal à mes yeux. Il serait grand, métis, des yeux verts bordés de cils noirs, des cheveux très courts voire rasés, une belle bouche pleine et un sourire craquant. Il aurait une voix grave, suave, qui me ferait frissonner chaque fois qu'il me parle et il me ferait l'amour comme un dieu. Il ne verrait que moi, à ses yeux, je serais la plus belle femme au monde, il voudrait se marier avec moi, que je sois la mère de ses enfants.

Je m'appelle Lou

Une mère schizophrène, merci du cadeau ! Tu rêves, ma grande !

Je secoue la tête pour me sortir de mes pensées tout en mettant les légumes à cuire pour ma soupe de ce soir. Pendant ce temps, je vais sortir un short et un t-shirt propres et je prends une douche rapide. Je ne me maquille pas, je ne perds donc pas de temps dans la salle de bain le matin et le soir. Une fois propre, je retourne dans ma cuisine pour mixer ma soupe. J'en profite pour faire cuire mon poisson et mon quinoa pour le repas de demain.

Le vendredi, je mange à la maison. C'est l'avantage de l'usine. Chaque jour de travail commence à 7h45. Du lundi au jeudi, nous bénéficions d'une pause déjeuner de 11h30 à 13h puis nous reprenons le travail jusqu'à 16h45. Le vendredi, on termine notre journée à 11h30. Les filles sont contentes d'avoir un week-end de deux jours et demi, cela leur permet de passer du temps en famille, de profiter de leurs conjoints, de leurs enfants. Personnellement, ça me permet de passer du temps à lire et regarder des séries. Chacun son truc.

Une fois mon repas du soir et du lendemain prêts, je lève un œil distrait vers la pendule accrochée au-dessus de ma table. Il est 18h30. Je sors les comprimés que je dois prendre le soir et les avale avec un grand verre d'eau.

Vas-y ! Tu as raison, continue à te droguer comme la camée que tu as toujours été ! Pauvre fille !

Il vaut mieux que j'écrive tout de suite dans mon journal de bord. Je retourne dans mon salon et attrape le carnet posé sur ma table basse.

Au début, quand le docteur Garnier m'a proposé de

tenir un journal de bord, je dois avouer que l'idée ne m'a pas plu. Je ne voyais pas l'intérêt de consigner mes pensées dans un carnet. Il m'a vanté le principe en appuyant sur le fait que ça lui permettrait de détecter une crise avant qu'elle ne soit trop avancée. J'ai donc écouté ses conseils et il faut me rendre à l'évidence, j'aime écrire dans ce carnet, soir après soir. C'est un peu comme un journal intime. Je n'en ai jamais tenu mais en couchant mes pensées sur le papier du journal de bord, je comprends pourquoi tant de personnes en tiennent un.

Si tu penses que ce carnet va t'empêcher d'être encore plus folle que tu ne l'es déjà, tu te trompes, ma grande.

Ignorant cette voix qui pollue mon esprit, je note la date du jour et je commence mon écriture rituelle.

15 avril 2021- 18h35

Comme tous les jeudis, j'ai mangé du poulet avec des haricots verts et du riz. Il a encore fait beau aujourd'hui, la plupart des filles de l'usine sont allées manger à l'extérieur. Je pense que je vais faire pareil, la semaine prochaine. Alicia m'a proposé d'aller boire un verre dans un bar. J'ai un peu peur d'y aller, j'ai peur que ça me rappelle des souvenirs, que ça donne envie à la voix de recommencer à me donner des ordres.

Elle est toujours là, dans ma tête, à me parler. Elle fait des remarques sur ce que je fais, sur mes pensées... Mais elle ne me hurle toujours pas dessus. Je pense que le docteur Garnier a raison, je dois être guérie. Enfin, il ne dit pas que je suis guérie, il dit que la maladie est sous contrôle. J'espère qu'il a raison. Si c'est le cas, je vais peut-être pouvoir espérer avoir une vie normale, enfin...

Je m'appelle Lou

Je m'appelle Lou

-2-

Je me regarde encore une fois dans le miroir, les mains tremblantes. Depuis plus d'une heure, je suis dans ma salle de bain, à essayer des tenues différentes pour cette soirée que j'attends autant que je redoute. Je suis dans tous mes états, je ne sais pas trop si c'est de l'excitation ou de la peur. C'est peut-être un mélange des deux émotions. Je suis un peu stressée aussi. Ça fait tellement longtemps que je ne suis pas sortie. J'ai hâte d'y être. C'est grisant. Je peux sortir et rentrer à l'heure que je veux. Je n'ai jamais eu cette chance avant. J'avais toujours un décompte en tête. Je devais rentrer avant Bernard ou trouver un mensonge pour qu'il ne s'inquiète pas de mon absence. Maintenant, je suis adulte. Je peux faire ce que je veux. Je peux sortir avec mes amis si ça me chante.

On y est, dans quelques minutes, Alicia sera en bas de chez moi et on partira en direction du bar pour aller boire un verre. Je suis excitée comme une puce, j'ai le cœur qui bat la chamade et en même temps, je suis terrifiée.

Tu es surtout complètement ridicule !

Je secoue la tête pour la faire taire. La voix ne va pas

me déranger ce soir, je ne lui laisserai pas l'occasion de s'immiscer dans mes pensées. Je veux profiter de cette soirée. Ça fait une semaine que je m'y prépare, une semaine que je l'attends, une semaine que j'adapte mon quotidien pour que cette sortie nocturne ne laisse pas l'occasion à la voix de prendre le dessus sur moi.

Ces derniers jours, la voix était plus calme, moins désagréable quand elle s'adressait à moi. Elle m'a même félicitée quand j'ai accepté de sortir avec Alicia. Elle m'a dit qu'elle était fière de moi. Je ne lui ai pas montré que ça me faisait plaisir même si c'était le cas. Je dois faire comme si elle n'était pas là. Le docteur Garnier m'a bien fait comprendre que c'était moi qui lui donnait de l'importance. Si je l'ignore, elle devrait perdre en intensité. C'est probablement le cas même si je ne m'en rend pas bien compte.

Je regarde encore une fois mon reflet dans le miroir et j'ajuste ma coiffure. Après plusieurs changements de tenue, j'ai choisi une robe longue noire à pois blancs qui se ferme en portefeuille dans le dos. Elle fait classe et décontractée en même temps. J'ai chaussé mes beaux escarpins blancs à talons et j'ai attaché le collier que j'ai hérité de ma mère, une chaîne en argent au bout de laquelle pend un cœur et sa clé.

Parce que tu sais que ce soir, tu vas rencontrer l'homme de tes rêves ! C'est un signe !

Même si ce commentaire me fait plaisir, j'ignore une fois de plus la voix. Je froisse mes boucles entre mes doigts. Je bats des cils et me souris dans le miroir. J'ai maquillé mes yeux, chose qui ne m'arrive jamais. J'ai dû regarder un tutoriel sur internet pour y parvenir. J'ai mis

Je m'appelle Lou

du rouge à lèvres et du fard à joues, je dois l'avouer, je me trouve vraiment jolie.

La voix est persuadée que cette soirée va marquer un tournant dans ma vie. Elle n'arrête pas de me dire que je vais rencontrer l'amour, que l'homme de mes rêves sera sûrement dans ce bar. Il y aura des hommes, certes, mais quel homme normalement constitué voudrait d'une femme comme moi ? Je suis malade, je ne suis pas comme les autres. Je n'attire plus aucun homme depuis des années, ils doivent voir que je ne suis pas une personne saine d'esprit.

Je pousse un soupir et range les vêtements qui jonchent le sol de ma salle de bain. On dirait qu'une tornade y est passée. J'avoue m'être un peu laissée emportée, après tout, ce n'est pas tous les jours que je sors. Je voulais être à mon avantage, je voulais paraître normale, avoir l'air d'une femme qui aime sortir, pas d'une schizophrène en panique, même si c'est ce que je suis.

L'interphone sonne au moment précis où je range la dernière robe sur son cintre. Je cours décrocher et dire à Alicia que je descends, trépignant sur place. Je vais dans ma cuisine récupérer mon sac à main. Mes médicaments sont posés sur la table, bien en évidence pour que je n'oublies pas de les prendre.

Comme si tu pouvais les oublier... Tu n'assumes pas ce que tu es !

Je les regarde un instant, le cœur battant. Quand je prends mes comprimés, il ne me faut pas beaucoup de temps pour sombrer dans un sommeil lourd comme du plomb.

Je m'appelle Lou

Zappe-les ! Tu les prendras en rentrant ! Ne gâche pas ta soirée !

Je jette un dernier regard vers les boîtes et tourne les talons. Pour une fois, la voix et moi sommes d'accord. Je les prendrai en rentrant.

Alicia est comme à son habitude, elle est bavarde et superbe. Elle porte une combinaison vert kaki cintrée à la taille et ses cheveux bruns sont si brillants qu'ils semblent lustrés. Elle a maquillé ses yeux d'une couleur sombre, lui donnant un air encore plus énigmatique et pénétrant que d'habitude.

Dès que j'ai attaché ma ceinture de sécurité, elle démarre la voiture et s'engage dans la circulation en discutant. Elle me complimente sur ma tenue et me dit qu'elle me trouve jolie, qu'elle est contente que j'aie accepté de l'accompagner. Je me contente de sourire, le cœur oppressé par une sensation de stress. Et si c'était une mauvaise idée ? Je ne sais pas où elle m'emmène et tout à coup, j'ai peur de ce qui nous attend.

— Lou ! M'interpelle Alicia en se tournant vers moi. Tu as entendu ce que je t'ai dit ?

Je secoue la tête d'un air désolé. On est arrêtées à un feu rouge.

— Je te disais qu'on va au Makina, répète Alicia avec patience. Tu connais ce bar ?

— Non, avoué-je en rougissant. Je ne sors jamais.

— Tu vas adorer ! S'exclame Alicia en reportant son attention sur la route alors que le feu passe au vert. C'est un bar d'ambiance dans le centre-ville. Ce soir, c'est karaoké !

Je m'appelle Lou

Je sursaute et me tourne vers elle, atterrée.
— Je ne sais pas chanter ! M'exclamé-je.
— Comme la plupart des gens qui vont en karaoké, répond Alicia d'une voix amusée. Ne panique pas, tu vas t'amuser, tu verras !

Je ne dis rien et regarde la route qui défile par ma fenêtre. Il est 20h30 et il fait encore bien jour, signe de l'été qui approche à grands pas. Les rues sont encore animées, les gens se baladent, les couples se tiennent la main, des enfants courent en riant. Je suis tellement déconnectée de la réalité que je n'imaginais pas que la vie continuait ainsi le soir.

— Tu sais, reprend Alicia tranquillement. Depuis que je ne suis plus avec Romain, je me sens revivre. Ce mec était une plaie, vraiment ! Il m'empêchait de faire ce dont j'avais envie. Tu as vraiment de la chance de ne pas avoir de mec à la maison pour te donner des ordres.
— Tu dis ça parce que tu es seule depuis quoi ? Deux semaines... dis-je sans me tourner vers elle. Être seule, ce n'est pas rose tous les jours.
— Mieux vaut être seule que mal accompagnée, cite mon amie. Tu n'as pas l'air de trop mal le vivre, toi.

Je hoche la tête, l'esprit ailleurs. Alicia est mon amie, pourtant, je ne lui ai jamais parlé de ma maladie. Je ne veux pas qu'elle sache.

— Tu es indépendante, continue Alicia comme si je lui avais répondu. Tu fais ce que tu veux, quand tu veux... Tu peux sortir quand tu en as envie, pas besoin de demander la permission à qui que ce soit.

— Je ne sors pas, coupé-je d'un ton plus sec que je ne l'aurais voulu.
— Jusqu'à ce soir ! Nargue mon amie avec un sourire espiègle. Tu vas voir, tu vas tellement adorer ce bar que tu voudras qu'on y retourne toutes les semaines !

Le bar en question est, je dois l'avouer, vraiment sympa. De l'extérieur, j'ai pourtant cru que l'ambiance serait triste à l'intérieur. Néanmoins, dès qu'on a passé le seuil d'entrée, j'ai été happée par la chaleur ambiante, par la musique et surtout, par la foule qui s'y presse.

Alicia me tire par le bras pour rejoindre une table libre qu'elle a vue dès que nous avons passé la porte. On s'assoit et elle attrape la carte des cocktails posée sur la table tandis que je balaie la salle des yeux.

C'est grand. De nombreuses tables sont disposées dans la pièce, la plupart étant occupées. À notre droite, il y a un long bar derrière lequel deux serveurs et une serveuse s'activent. Les tabourets longeant le bar sont tous occupés par des personnes qui rient et qui discutent. En face de nous, un écran géant passe les paroles d'une chanson qu'un couple chante en riant, debout sur l'estrade.

L'ambiance est festive, les gens rient, des personnes se lèvent pour se balader et je remarque à ma gauche un escalier qui mène à l'étage supérieur du bar. Je lève les yeux et je remarque qu'au-dessus de nos têtes, un autre niveau du bar s'étend avec des tables de billards et des cibles de fléchettes. L'endroit est vraiment très sympa. Le tempo de la musique raisonne dans mes oreilles, je suis

Je m'appelle Lou

sûre que ça pourrait même couvrir le son de la voix si elle décidait de me parler.

La chanson se termine et tous les occupants du bar applaudissent avec entrain. Alicia me sourit et se lève pour aller au bar. Je ne sais plus où donner de la tête. Ça fait tellement longtemps que je ne suis pas sortie de chez moi que j'ai l'impression d'être une enfant dans un parc d'attractions. Tout me paraît merveilleux, beau, attirant. J'aime cette sensation.

Un homme monte sur l'estrade en souriant, encouragé par deux autres hommes qui sont assis à la table juste à côté de la nôtre. Je suis hypnotisée par cet inconnu, sa façon de bouger, son assurance, sa silhouette, j'ai l'impression que plus rien autour de moi n'existe à part lui. J'entends à peine le DJ annoncer la chanson que l'inconnu va chanter tant je suis concentrée sur lui.

Il a tout de l'homme idéal. Il pourrait sortir de mon esprit tant il ressemble trait pour trait à l'acteur qui me fait fantasmer. Alors que je le regarde, j'ai l'impression que tout autour de moi bouge plus lentement, presque au ralenti. J'ai la sensation que plus rien ne compte. Mon cœur fait des bonds dans ma poitrine. Il bat fort, je peux l'entendre battre dans mes oreilles. Mes mains se mettent à trembler. Je suis complètement déboussolée et happée par sa prestance.

Il prend le micro, semble prendre une grande inspiration et la musique démarre. On dirait une chanson d'amour. Les premières notes de musique me déclenchent une série de frissons. Alicia se rassoit à côté de moi et pose un cocktail devant moi d'un air fier. Je remarque alors que la vie a continué dans le bar. Tout a repris un rythme normal. Je jette un œil distrait à la boisson et lève un regard interrogateur vers mon amie.

— Pina-colada, annonce-t-elle avec fierté.

Je hoche la tête et lève de nouveau les yeux vers l'inconnu qui vient de commencer à chanter.

Bah ça alors ! On dirait un ange !

J'avais tort. Le bruit ambiant ne couvre pas la voix dans ma tête. Peu importe. On dirait que la voix et moi sommes d'accord, ce soir. On est sur la même longueur d'onde. Cet homme a une voix si douce qu'elle ferait fondre les glaciers de l'Antarctique. Elle est si sensuelle, si profonde que mes bras se couvrent de chair de poule et que mon cœur se met à battre encore un peu plus vite.

Je ne suis pas la seule à être sous le charme, les discussions dans le bar semblent s'être arrêtées et tous les regards sont braqués sur cet inconnu qui chante. La chanson parle d'une femme à qui il voudrait tout donner, qu'il voudrait rendre heureuse après les épreuves subies, après leur passé difficile. Son regard se pose sur moi, me faisant rougir. On dirait qu'il chante pour moi. Je soutiens son regard, hypnotisée, totalement sous le charme.

Il semble grand, à première vue, il doit mesurer au moins un bon mètre quatre-vingts. Il est métis, de grands yeux verts pénétrants et le crâne rasé. Il semble sportif au regard de son t-shirt tendu sur son torse et ses bras. Il a l'air d'avoir des mains puissantes qui tiennent le micro avec assurance. Sa bouche en forme de cœur aux lèvres épaisses semble être un appel au péché.

Je n'ai jamais vu un homme aussi beau de toute ma vie !

— On trinque ? Propose Alicia.

Elle ne peut pas se taire celle-là ?

Je m'appelle Lou

La remarque de la voix pourrait aussi bien être la mienne. Alicia me dérange, je n'ai d'yeux que pour l'apollon sur scène. Je me tourne vers elle, légèrement agacée qu'elle coupe ma contemplation. Elle me sourit en levant son verre. Je me force à lui sourire et je fais comme elle avant de faire tinter mon verre contre le sien.

— Tu as l'air sous le charme, commente Alicia après avoir bu une gorgée.
— Il chante très bien, réponds-je en reportant mon attention sur la scène.

La chanson se termine, tout le monde applaudit, moi y compris. Il m'a transportée avec cette chanson, avec sa voix. Et ce regard...

Ce regard qui a croisé le tien !

L'homme descend de la scène et rejoint la table voisine de la nôtre. Ses deux amis le félicitent. Il prend sa chope de bière et en boit la moitié, comme s'il était en train de mourir de soif. Je suis suspendue à ses lèvres, je ne peux pas m'empêcher de le regarder.

— Alors, tu aimes le cocktail ? Demande Alicia en se penchant vers moi.

Je quitte ma contemplation de cet inconnu pour me concentrer de nouveau sur mon amie.

— C'est super ! M'exclamé-je. Je n'imaginais pas ça comme ça !
— Tu veux chanter ?
— Non ! Je ne pourrais pas ! Tu as vu ce monde !

Alicia sourit en secouant la tête. Elle semble amusée par ma réponse. Je dois lui paraître vraiment naïve parfois.

— Après un ou deux cocktails, tu auras le courage de

Je m'appelle Lou

chanter, m'assure-t-elle avec un petit sourire.

Je ne réponds rien et je jette un nouveau regard sur la table voisine. L'inconnu me regarde et me sourit, j'ai l'impression que mon cœur s'affole dans ma poitrine. Quelle sensation bizarre ! Pour une raison inconnue, je lui souris à mon tour et lui fais un petit signe avec mon verre. Il lève le sien à son tour dans ma direction et boit une gorgée, je suis hypnotisée par ses gestes.

— Dis-moi, monsieur le charmeur ! S'exclame tout à coup Alicia en direction de l'homme, me faisant sursauter. Viens donc t'asseoir avec nous !

Je me tourne vers mon amie, surprise. Elle me fait un clin d'œil en souriant. Je me tourne de nouveau vers l'inconnu qui discute avec ses amis. L'un d'eux se lève, salue ses acolytes et quitte le bar. Les deux autres se lèvent à leur tour et poussent leur table pour la coller à la nôtre.

Je les regarde faire, la gorge sèche. Ils viennent vraiment de s'installer avec nous ? Je me sens soudain intimidée. Le regarder, c'est une chose, lui parler en est une autre. Que vais-je bien pouvoir lui dire ?

Qu'il est à croquer, pour commencer !

J'ignore la voix dans ma tête et regarde les deux hommes s'installer. L'inconnu s'assoit à côté de moi avec un grand sourire charmant tandis que son ami place sa chaise à côté d'Alicia.

— Je m'appelle Alicia, présente celle-ci. Voici ma copine, Lou.
— Enchanté Lou, répond l'inconnu en me souriant. Moi, c'est Noah, et lui, c'est Carl, mon meilleur ami.

Je m'appelle Lou

— Alors, les filles, s'intéresse Carl. Je ne pense pas vous avoir déjà vus ici !

Alicia sourit en secouant la tête, visiblement amusée par l'entrée en matière de l'ami de mon bel inconnu.

Noah ! Il s'appelle Noah, espèce de cruche !

— Tu n'as pas bien regardé, reproche Alicia en prenant son verre. Je viens ici toutes les semaines. Ma copine, en revanche, elle découvre.

— Je ne t'ai pas trop fait mal aux oreilles ? Demande Noah en se penchant vers moi.

Mon cœur tambourine dans ma poitrine, mes oreilles bourdonnent et mes mains deviennent si moites que je dois les essuyer sur ma robe avant de prendre mon verre. Sentir son souffle sur mon oreille de cette manière me met dans tous mes états.

— Tu as une voix superbe, dis-je en baissant les yeux vers mon cocktail.

— Venant d'une aussi jolie fille, ça me fait plaisir, commente Noah d'une voix charmeuse.

Je risque un regard vers lui. Il me détaille de la tête aux pieds, avec un air appréciateur. On dirait que je lui plais. Je lui souris timidement en remettant une mèche de cheveux derrière mon oreille.

— Tu viens souvent ici ? Demandé-je pour faire la conversation.

— Ça m'arrive, oui, j'aime beaucoup chanter.

— Tu chantes très bien...

— Tu fais quoi dans la vie ? S'intéresse-t-il en me détaillant toujours de son regard émeraude.

— On travaille dans une usine de sacs de luxe, répond Alicia à ma place. Et vous ?

Je m'appelle Lou

— Moi je suis chauffeur livreur, répond Carl en sortant son téléphone de sa poche. Noah est commercial dans les énergies renouvelables.
— C'est intéressant comme travail, dis-je en souriant à mon voisin.
— Et très fatigant, avoue celui-ci en me souriant. C'est pour ça que j'aime venir ici pour chanter, ça me détend !

Je lui souris à mon tour et bois un peu dans mon verre pour calmer ma gorge sèche. Il est si beau !

Le destin voulait que tu sois dans ce bar ce soir ! Tu as vu comme il te regarde ! C'est lui, l'homme de ta vie !

Je m'appelle Lou

-3-

MAI 2021

Le bar est assez calme, ce soir. Sûrement la faute au week-end prolongé qui commence. Depuis qu'Alicia m'a fait découvrir cet endroit, je viens y boire un verre seule en moyenne deux à trois fois par semaine. J'ai été séduite par l'ambiance qui y règne, par la gentillesse des serveurs et par ce côté festif, toujours dans le respect.

J'ai l'impression que tous les milieux sociaux se mêlent ici. Puisque j'y viens régulièrement depuis un mois, j'observe beaucoup. J'ai pu remarquer qu'il y a des personnes de tous horizons, des étudiants, des femmes et hommes d'affaires ainsi que plein d'autres profils. Les gens discutent entre eux, ils rient, les conversations fusent et la curiosité est sur toutes les têtes. Cet endroit est plein de bienveillance, tout le monde semble être heureux d'être ici et j'ai pu remarquer que je ne suis pas la seule à venir régulièrement.

Je m'appelle Lou

À force, je reconnais les visages. Je reconnais cette bande de filles qui boivent des mojitos avant de monter faire une partie de billard. Je reconnais ce jeune agent immobilier qui s'assoit au bar en attendant qu'une jolie fille le regarde pour entamer la conversation. Je reconnais cet homme qui semble épuisé de sa journée de travail et qui discute avec la serveuse avec cet air morose avant de repartir, le pas mal assuré et le visage plus détendu. Au Makina, il y a des habitués, mais il semble que Noah n'en fait pas partie.

Je ne sais pas comment l'expliquer, mais j'ai vraiment eu un coup de foudre pour cet homme. Il me hante littéralement. Je n'arrête pas de penser à lui. Sa voix douce, profonde, son sourire charmeur et son regard énigmatique m'ont charmée au point que j'ai du mal à trouver le sommeil. J'aurais dû lui demander son numéro de téléphone, le soir où on s'est rencontrés. Mais je n'ai pas osé.

Tu t'es défilée comme une idiote, plutôt !

C'est peut-être ça, oui, mais je ne voulais pas qu'il ait une mauvaise image de moi. C'est vrai, après tout, qu'aurait-il pensé de moi si je lui avais sauté dessus alors qu'on se parlait depuis à peine cinq minutes ?

Je n'ai pas non plus osé en parler à Alicia. Pourtant, elle m'a questionnée au travail pendant plusieurs jours après notre première escapade ici. Elle m'a posé tout un tas de questions, elle voulait savoir ce qu'on s'était dit avec Noah, pourquoi je ne lui avais pas donné mon numéro, pourquoi j'étais aussi timide, pourquoi j'étais aussi discrète. J'ai évité ses interrogations en grognant ou en cherchant Fanny du regard pour qu'elle entraîne

Je m'appelle Lou

Alicia sur un autre sujet de conversation.

La porte du bar s'ouvre et machinalement, je tourne la tête pour voir qui entre. Mon cœur fait un bond dans ma poitrine. Il est là.
Je t'avais dit qu'il reviendrait ! Tu vois ! Tu devrais m'écouter plus souvent !
J'entends la voix dans ma tête mais je l'ignore. C'est vrai, elle avait raison. Elle n'a pas arrêté de me dire qu'il allait forcément revenir ici. On a quand même discuté lui et moi, je sais des choses sur lui. Il m'a confié qu'il venait de temps en temps ici. Nous avons parlé de sa vie. Bon, OK, il a parlé et j'ai écouté. Mais il avait envie de me dire toutes ces choses. Ça veut donc dire que je l'intéresse aussi. Si j'étais moins timide, j'aurais parlé moi aussi. Je lui aurais raconté des choses sur moi pour qu'il comprenne que j'étais intéressée également. Pourtant, je n'ai pas beaucoup parlé. Je me suis contentée de l'écouter. Il m'a dit qu'il aime chanter parce que ça le détend. Or, le Makina est le seul bar karaoké de la ville.

La voix avait donc raison sur ce sujet, je devrais peut-être l'écouter un peu plus souvent. Elle me dit aussi que je devrais revoir le médecin pour mes médicaments, que je devrais faire ajuster mon traitement. Elle pense que je peux m'en passer. C'est vrai que je me sens plutôt bien ces derniers temps. Je suis sereine. Je ne me souviens pas avoir ressenti un tel bien-être auparavant. La voix dit que je suis amoureuse. Je ne sais pas si c'est la réalité. Je n'ai jamais ressenti ça jusqu'à aujourd'hui. Je ne sais pas ce que cela signifie. Il me plaît, c'est vrai. Il m'attire et je pense à lui sans arrêt, à tel point que ça me garde éveillée la nuit. Quand j'arrive à dormir, je rêve de lui et d'une relation entre nous.

Lou ! Concentre-toi sur Noah ! Tu auras le temps de rêvasser en rentrant à la maison !

Je hoche la tête par réflexe et me concentre de nouveau sur Noah qui traverse la pièce. Je le suis du regard tandis qu'il salue les serveurs et qu'il se dirige vers une table avec son ami. Il est encore avec Carl, ils semblent vraiment très proches tous les deux. C'est lui qui me remarque en premier. Il tapote l'épaule de Noah et me montre d'un signe de tête. Je me sens rougir, je souris timidement. Noah me rend un sourire franc qui fait trembler mon cœur, me fait un petit signe de la main et s'installe à la table qu'il vient de rejoindre, dos à moi.

La déception fait naître une boule de larmes dans ma gorge. Je suis déçue, j'aurais vraiment pensé qu'il viendrait s'installer à ma table.

Laisse-le profiter un peu de son copain, il viendra te voir après. Ou tu iras le voir !

Je secoue la tête et ravale mes larmes avant de me lever pour aller commander un autre verre.

— Jolie Lou ! S'exclame le serveur. Une autre pina colada ?

Je hoche la tête en me perchant sur un tabouret face au comptoir. La pina colada est un cocktail que je ne connaissais pas jusqu'à venir ici. Pourtant, j'ai goûté à un nombre incalculable d'alcools dans ma jeunesse. J'aime son goût sucré et j'aime l'effet que me provoque le rhum. Il me détend et me donne chaud. Quand je viens au bar, je n'ai pas spécialement besoin de prendre mes comprimés avant de dormir. Une fois sur deux, je les

Je m'appelle Lou

zappe. Ce n'est pas grave. Le rhum provoque le même effet que mon traitement.

La façon dont Noah m'a tourné le dos me fait mal au cœur. J'ai soudain le moral dans les chaussettes. J'essaie de ne pas le montrer alors je force un sourire parce que le serveur me regarde en préparant ma boisson. Les serveurs ici sont adorables, ils connaissent les prénoms de tous les clients habitués. C'est valorisant d'être reconnue, quand même. Ça fait plaisir de savoir que désormais, je fais partie des habitués dont on n'oublie pas le prénom.

Le serveur dépose le verre devant moi avec un grand sourire et s'appuie sur le bar avec une moue conspiratrice.

— Tu viens très souvent, dit-il assez fort pour couvrir le bruit d'un groupe de filles qui hurlent à la place de chanter. Pourquoi tu es toujours seule ?
— Je décompresse, soupiré-je en sortant ma carte bancaire pour régler ma consommation.

Menteuse ! Dis-lui que tu attends que ton futur mec te remarque !

— Enfin elles se taisent, les crécelles ! S'exclame le serveur en me faisant un clin d'œil. Laisse, ma belle, celle-là est pour moi.

Je lui souris en guise de remerciement et range ma carte dans mon sac en bandoulière. Je me tourne vers l'estrade et je regarde le groupe de filles tituber pour rejoindre leur table. J'en profite pour jeter un coup d'œil à la table de Noah et son ami mais ce dernier est avec une fille et mon bel inconnu a disparu.

Vraiment agacée, je me tourne de nouveau vers mon verre et soupire. J'ai acheté une nouvelle robe, des nouvelles chaussures, j'ai passé plus d'une heure à me coiffer et me maquiller avant de venir dans l'espoir de croiser Noah.

Comme la douzaine de fois avant ce soir !

OK ! C'est vrai, j'abuse peut-être un peu ! N'empêche que ce soir, il est là et il ne m'a accordé qu'un sourire et un petit signe. À croire que je ne lui plais pas vraiment. Pourtant, j'ai bien vu la façon dont il me regardait la dernière fois. Je ne suis pas folle !

— Salut !

Ce simple mot venant de l'homme à ma droite me fait sursauter. Je me tourne vers mon voisin, rouge comme une pivoine et le cœur battant la chamade. Il est là, négligemment assis sur le tabouret tout près du mien et il me regarde avec une expression amusée.

Putain de merde ! Il est encore plus beau que dans mes souvenirs !

C'est vrai. Il porte une chemise blanche, deux boutons laissés ouverts, laissant apparaître la jointure de ses clavicules, un jean noir et des baskets blanches. Il a retroussé ses manches et je peux voir les veines de ses bras sous sa peau couleur caramel.

— Je n'étais pas sûr que ce soit toi, reprend-il en me souriant de toutes ses dents. Tu vas bien ?
— Très bien et toi ? Demandé-je, le cœur battant.
— Tu es seule, ce soir ? S'intéresse Noah en me détaillant de la tête aux pieds.
— Ma copine vient de partir... Je n'allais pas tarder non plus, je buvais juste un dernier verre.

OK, je mens. Mais il n'a pas besoin de le savoir. Je ne veux pas qu'il me prenne pour une pauvre fille qui vient

Je m'appelle Lou

dans les bars toute seule pour boire. Je ne veux pas non plus qu'il croie que j'attendais de le croiser.

Il n'a pas besoin de savoir que tu es complètement dérangée !

— Je peux te tenir compagnie, dans ce cas ? Propose Noah avec un sourire.

— Avec plaisir ! Dis-je avec un entrain non dissimulé.

Il me sourit de nouveau et fait signe au serveur qui lui sert une pinte de bière. Il se tourne vers moi et lève son verre. J'en fais de même en lui souriant. Il cogne son verre contre le mien et boit une grande gorgée sans me quitter des yeux.

Sans prévenir, une vague de chaleur s'empare de moi. Je suis sûre que je transpire. Noah ne cesse de me regarder avec un sourire en coin terriblement sexy. Il me fait clairement du charme, là. Je ne sors peut-être pas souvent mais je regarde assez de séries et de films pour savoir quand un homme est intéressé par une femme et là, c'est clairement le cas. Ses yeux n'arrêtent pas de dévier sur mon décolleté et il se passe la langue sur les lèvres. Je souris intérieurement, la vendeuse du magasin de prêt à porter m'a assuré que cette robe mettait ma poitrine en valeur, elle avait peut-être raison, finalement.

Et maintenant, tu comptes faire quoi ? Le regarder sans rien dire ?

Je ne sais pas quoi faire. Je devrais faire la conversation, lui parler de son travail, de ses passions, je devrais trouver un sujet de discussion mais rien ne me vient à l'esprit. Je suis hypnotisée par sa proximité, par son visage et par ses mains puissantes qui jouent avec son verre.

Je m'appelle Lou

Fais comme dans les films, charme-le !

Sur ce coup, je dois avouer que la voix est plus logique que moi. Elle a l'air de garder la tête froide contrairement à moi qui ne pense qu'à la proximité de Noah. Je n'arrive pas à réfléchir quand il me sonde de son regard vert si pénétrant. Il faut que j'écoute les conseils de la voix. Je prends une profonde inspiration et je me tourne vers Noah en battant des cils. La voix a l'air d'avoir envie de m'aider, ce soir. Elle est même plutôt gentille avec moi. D'habitude, elle me lance des piques, elle m'insulte. Mais pas ce soir. Ce soir, elle me prodigue des conseils.

— Comment était ta journée ? Je demande en lui souriant.
— Épuisante, souffle-t-il en croisant les bras sur le comptoir. Heureusement, c'est un week-end de trois jours. Et toi ?
— Courte journée, avoué-je en lui jetant un regard en coin. Je suis en week-end depuis ce midi.
— Tu en as de la chance ! S'exclame-t-il. Tu aurais pu en profiter pour partir, il va faire beau !

N'oublie pas que tu lui as dit que tu étais là avec ta copine !

— J'avais prévu cette soirée avec ma copine, dis-je en souriant. Je ne pouvais pas décommander. Tu pars, toi ?
— Je vais sûrement aller voir des potes au bord de la mer. Je partirai demain !

Je hoche la tête en lui souriant encore. Il a toujours les bras croisés sur le comptoir et il semble éviter mon regard.

Il est intimidé. Il y a beaucoup de monde autour de vous !

Je m'appelle Lou

— Je suis contente de t'avoir croisé, risqué-je en me penchant vers lui. J'espérais te revoir...

Il se tourne vers moi avec un air curieux.

— Ah oui ? S'intéresse-t-il.

J'acquiesce et je lui fais un clin d'œil. C'est souvent de cette manière que les femmes se comportent dans les films quand un homme leur plaît. Dans les séries aussi, quand une femme veut draguer un homme dans un bar, elle joue du regard. Il semble surpris l'espace d'une seconde mais reprend le contrôle la seconde suivante. J'ai peut-être été un peu trop loin.

Mais non ! Dans les films, c'est comme ça qu'une femme montre à un homme qu'il lui plaît !

— Tu es plutôt entreprenante, n'est-ce pas ? Remarque Noah avec une moue amusée.

— Ça te pose un problème ?

Il semble de nouveau surpris par ma question. Je suis fière de moi, je vois bien que mon attitude l'étonne. Il secoue lentement la tête en me détaillant une nouvelle fois en passant sa langue sur ses lèvres.

— Non, je n'y vois aucun inconvénient, dit-il en reportant son attention sur mon visage. Je suis surpris, c'est tout.

— Je suis pleine de surprises...

Là, il est clairement décontenancé. Il prend sa pinte de bière et la vide d'un trait, les joues roses. Il se lève en se passant une main sur le crâne et jette un regard autour de nous.

Il va s'en aller ! Donne-lui ton numéro ! MAINTENANT !

Je me lève à mon tour, autant de surprise par la voix qui hurle à l'intérieur de ma tête que de peur qu'il parte sans me dire au revoir.

— On peut échanger nos numéros, si ça te dit, je propose d'une voix sûre.

— Avec plaisir, dit-il en sortant son téléphone.

Il me le tend en jetant un nouveau regard aux alentours. Je le prends, les mains tremblantes et enregistre mon numéro de téléphone.

— Je dois y aller, annonce-t-il en me prenant l'appareil des mains alors que j'allais faire sonner mon téléphone pour avoir son numéro. Je te fais signe bientôt !

J'acquiesce, incapable de dire un mot de plus. Il fait signe à Carl, qui est toujours assis avec la même fille depuis tout à l'heure et quitte le bar sans me jeter un regard.

Il est totalement sous le charme, c'est sûr !

Je souris, me sentant vraiment heureuse et j'attrape mon verre avant d'en finir le contenu. Je n'ai plus rien à faire ici, je peux rentrer, j'ai ce que je voulais. Je n'ai plus qu'à attendre qu'il me contacte. Je suis sûre qu'il va le faire, j'ai vu sa façon de me regarder, je lui plais.

Je m'appelle Lou

-4-

Deux semaines. Deux semaines que j'ai donné mon numéro à Noah et il ne m'a toujours pas contactée. Je ne comprends pas pourquoi. Il a dû avoir un problème, il a sûrement dû perdre son téléphone. Ou peut-être que je n'ai pas enregistré mon numéro, pourtant, je suis sûre de l'avoir fait. Je me revois très bien taper les dix chiffres de mon numéro de mobile, cliquer sur enregistrer et entrer mon prénom. Alors pourquoi ne m'a-t-il toujours pas rappelée ?

Je regarde le carton de fermetures éclairs que Fanny a déposé devant moi il y a presque une heure. Je n'ai pas envie de contrôler encore ces centaines de fermetures ZIP. J'en ai marre de ce boulot, j'en ai marre de ces gestes répétitifs.

C'est la faute à ton enfoiré de thérapeute ! Il t'a monté la tête avec ses idées débiles !

La voix a raison. Le docteur Garnier m'a assuré qu'avoir un travail en usine serait bénéfique pour moi. Je l'entends encore me dire que les gestes répétés et le cadre de l'usine sont parfaits pour ma maladie. Quelles

Je m'appelle Lou

conneries !

Comme tes médicaments ! Tu te sens bien depuis que tu espaces les prises, non ?

C'est vrai. Depuis que j'ai revu Noah, je ne ressens plus le besoin de prendre mon traitement aussi régulièrement qu'avant. Avant, je devais les prendre trois fois par jour, puis deux fois par jour. Selon le docteur Garnier, j'aurais dû rester au moins six mois avec cette posologie. Pourtant, je les ai oubliés quelques fois en rentrant du bar et il ne s'est rien passé de grave. La voix l'a aussi remarqué et on a fini par en discuter ensemble. Elle m'a fait remarquer que tout se passait bien et que je gérais. Elle m'a conseillé d'arrêter ceux du soir pour de bon.

Jusqu'à maintenant, je n'avais jamais discuté avec la voix. Je l'ignorais ou je lui obéissait mais jamais nous n'avions eu de conversation civilisée. Finalement, c'est peut-être juste ce dont on a besoin toutes les deux. Après tout, je vais bien en ce moment. On a réussi à trouver un terrain d'entente. Elle me crie moins dessus. Bon, c'est vrai, ça arrive encore quelques fois mais beaucoup moins qu'avant. De toute manière, comme elle me le dit souvent, on est condamnées à cohabiter donc autant que ça se passe bien. Elle veut que je sois heureuse et elle est de bon conseil. La preuve avec mes médicaments, je l'ai écoutée et tout se passe bien.

C'est mieux comme ça. Quand je les prend le soir, je m'endors vite. Si je dors trop tôt, je risque de louper l'appel de Noah. Alors je ne prends que ceux du matin. Ça va, je gère. Je me sens relativement bien à part la chaleur qui me tape sérieusement sur les nerfs. L'usine

Je m'appelle Lou

n'est pas climatisée, on arrive à la fin du mois de mai, les journées sont chaudes et sous la tôle des toits, on a l'impression d'être dans une fournaise. La direction nous fournit bien des petits ventilateurs de bureau mais ils ne font que brasser l'air chaud, autant dire que leur effet est minime.

Je regarde mes collègues travailler. D'habitude, les filles bavardent et se baladent dans les allées, l'usine est agitée des bruits des machines à coudre qui travaillent frénétiquement et des discussions qui vont bon train. Mais pas aujourd'hui, on est toutes dans le même état, complètement abruties par cette chaleur lourde, cette ambiance pesante. Le chef d'équipe passe dans les rangs et ramasse les bouteilles d'eau vides pour les remplacer par des pleines.

Alicia se laisse tomber sur sa chaise, à côté de moi, en posant sa boîte contenant les anses des sacs à mains qu'elle doit vérifier avant leur couture sur le produit fini. Elle soupire, se passe une main sur le visage et se tourne vers moi avec un air inquiet.

— Tu vas bien, Lou ? Demande-t-elle en me dévisageant. Tu as l'air vraiment fatiguée.
— Je ne dors pas très bien, justifié-je en prenant une fermeture éclair pour la positionner sous ma loupe de précision.
— Je te trouve vraiment bizarre ces derniers jours, insiste mon amie. Tu as besoin d'en parler ?
— Occupe-toi de tes affaires ! Ordonné-je d'un ton agressif.

La chaleur me rend irritable. Ou peut-être est-ce le manque de sommeil. Dans un cas comme dans l'autre,

Je m'appelle Lou

j'ai du mal à contrôler mon agressivité. Alicia me jette un regard outré. C'est vrai que je n'ai pas été gentille avec elle mais ses questions m'énervent.

— Va chier ! S'exclame-t-elle avant de se lever et de quitter à nouveau son poste de travail.

Je la regarde faire sans rien dire. Qu'elle s'en aille, je m'en fiche. Elle m'agace avec ses questions, sans arrêt. Il faut toujours qu'elle s'intéresse à ce que j'ai, si j'ai bien dormi, si j'ai bien mangé, c'est fatiguant. Je ne suis pas une enfant.

J'ai cru que tu ne l'enverrais jamais bouler, celle-là !

Fais donc attention que je ne te fasse pas la même chose.

Mais non, pas à moi. Je suis là pour toi, tu le sais.

Tu prends un peu trop de place, surtout. Toujours dans ma tête, à me parler, à commenter ce que je fais ! On a dit qu'on allait cohabiter, pas que tu serais sans arrêt à donner ton avis !

Mais grâce à moi, tu as revu Noah. Et il a ton numéro. Sois juste patiente. Vous êtes faits pour être ensemble, j'en suis sûre !

Noah... La voix sait comment me calmer, elle sait comment me parler. Il suffit qu'elle prononce son prénom pour que je me détende instantanément. Elle me comprend. On s'entend relativement bien même s'il m'arrive d'être irritable comme aujourd'hui. Mais bon, c'est aussi ça, la cohabitation, non ? Il faut composer avec les humeurs de l'autre. Je compense avec celles de la voix depuis que j'ai 15 ans. A son tour de composer avec les miennes, à présent. Heureusement, elle le comprend et c'est en partie pour cette raison que tout se passe à peu près bien entre nous.

Il est vrai qu'elle m'a poussée à faire des choses pas toujours très saines, dans ma jeunesse. Elle m'a même poussée au suicide. Mais plus maintenant. Maintenant, elle veut que je sois heureuse. Il faut se rendre à l'évidence, c'est elle qui a senti que je plaisais à Noah, dès le premier regard. Et elle ne s'est pas trompée. Il suffit de voir comme il me regardait la dernière fois que je l'ai vu au Makina. Il me dévorait littéralement des yeux. La voix est mon amie, on a enfin trouvé comment se comprendre, il aura fallu du temps, on a mûri toutes les deux.

Alicia revient à son poste de travail et elle se concentre sur sa tâche sans me jeter un regard. Je me sens coupable de lui avoir mal parlé, tout à l'heure. La chaleur me monte à la tête. Je lui jette des regards en coin pour sonder son état d'énervement. Elle pianote du bout des ongles sur la table, signe qu'elle est encore bien agacée. Elle devrait être calmée pourtant, elle sent le tabac, elle a dû aller s'en griller une dans les toilettes. Espérons que le chef d'atelier ne passe pas dans notre rangée ou elle va se faire réprimander. On n'a pas le droit de sortir de l'usine hors des pauses réglementées et encore moins le droit de fumer dans les toilettes.

Mon téléphone, que j'ai glissé dans la poche de mon jean, se met à vibrer, signe que j'ai reçu un SMS. Je jette un regard autour de moi et le sors pour regarder l'expéditeur, le cœur battant contre ma poitrine.

Numéro inconnu : Coucou Lou ! Dis-moi, tu es disponible ce soir ?

Je retiens un cri de joie. Il m'a écrit ! Enfin !

Je m'appelle Lou

Je sors de la salle de bain en trépignant, j'ai l'impression d'être montée sur ressorts. Il est 20h, Noah ne devrait plus tarder. Je balaie mon appartement d'un regard critique. Tout semble en ordre.

En rentrant du travail, j'ai eu du mal à contenir mon excitation. J'ai rangé tout mon appartement et tout lavé de fond en comble. C'est la première fois que j'invite quelqu'un dans mon antre.

Et un homme en plus !

Oui, Noah est un homme et il va découvrir mon petit appartement. C'est modeste. J'habite au 2e étage d'un immeuble récent. La pièce principale est composée d'un coin cuisine et de mon salon. J'ai installé une table pour faire la coupure entre les deux espaces. Je n'ai aucune décoration, j'aime que tout soit en ordre et épuré.

C'est aussi morne qu'un hôpital, ici !

Peut-être, mais je m'y sens bien. Chaque chose est à sa place. J'ai appliqué les conseils du docteur Garnier jusqu'à mon appartement. Il me faut de l'ordre.

Je regroupe mes boîtes de médicaments qui sont toujours en vue sur la table et les range dans le placard de la cuisine. Jusqu'à maintenant, je faisais toujours en sorte de bien les voir pour ne pas les oublier mais ces derniers jours, je me sens vraiment bien. Le matin, j'ai le réflexe de prendre mes comprimés avec mon café. Que les boîtes soient à portée de vue ou pas, j'y penserai parce que c'est instinctif.

Tu es de nouveau toi-même sans toutes ces merdes !

La voix a raison. Je sens que je retrouve ma personnalité, je ne suis plus polluée par tous ces

Je m'appelle Lou

comprimés qui inhibent mes émotions et mon caractère. Je garde quand même le comprimé du matin pour être sûre de rester concentrée la journée au travail mais tous les autres sont de l'histoire ancienne.

Je lève les yeux vers la pendule, le cœur battant. 20H05. Noah est en retard. J'espère qu'il va venir ! Quand il m'a envoyé le message, cet après-midi, j'étais folle de joie. Je lui ai répondu immédiatement que je n'avais rien de prévu. Il m'a envoyé un nouveau SMS quelques minutes plus tard pour me proposer de passer me voir. Je n'ai pas discuté, je lui ai donné mon adresse et proposé de me rejoindre à la maison à 20h.

Je n'en ai parlé à personne, ni à Alicia qui m'a regardée comme si j'étais une extra-terrestre quand j'ai essayé de discuter avec elle, ni à Fanny qui me jetait des coups d'œil surpris quand je riais aux blagues du responsable.

Elles n'ont pas besoin de savoir que tu vois quelqu'un ! Garde ta vie privée secrète !

Comme on dit, pour vivre heureux, vivons cachés. Noah et moi, c'est le début. On est encore au stade de s'apprivoiser, je n'ai pas envie d'en parler à mes amies, pas envie de savoir ce qu'elles pensent de cette relation. Le plus important, c'est ce que moi je pense. Je suis heureuse.

Et moi, je sais que tu vas finir avec lui !

Je souris alors que mon téléphone bipe, m'indiquant l'arrivée d'un message.

NOAH : J'aurai un peu de retard, je te retrouve à 21h. À toute !

Je lui réponds et pose le téléphone sur la table basse avant de me laisser tomber sur le canapé. Encore presque une heure à attendre. C'est long !

Je prends mon carnet de bord et l'ouvre à une page vierge. Autant en profiter pour écrire un peu, j'ai bientôt rendez-vous avec le docteur Garnier et il veut toujours faire un point avec le carnet.

Il veut juste te fliquer et être sûr que tu ne m'écoutes pas.

Il ne veut pas que je replonge dans une phase paranoïde, c'est tout. Il ne veut que mon bien, j'en suis sûre.

Et moi, tu crois que je ne veux pas ton bien ? Si tu n'avais pas écouté mes conseils, Noah ne viendrait pas te rejoindre ce soir, ingrate !

Je soupire et m'installe confortablement pour écrire. Je n'écris plus tous les jours comme le docteur Garnier me l'a recommandé. Depuis ma rencontre avec Noah, c'est même plutôt rare. Ce n'est pas si grave, je pense. Après tout, je vais bien. Le carnet de bord est un peu comme un journal intime. Je pense qu'on écrit dans son journal quand on est triste ou en colère, moins quand on va bien. Moi, je vais bien. Mais il faut que je passe le temps.

25 mai 2021 – 20h10
Je me sens légèrement fébrile, ce soir. Je t'ai déjà parlé du bel inconnu du bar, Noah ? Bien sûr que je t'en ai parlé, je ne fais que penser à lui depuis que je l'ai rencontré. Il arrive. Il vient me rendre visite, ce soir. J'ai acheté une bouteille de vin blanc pour l'occasion et des bières. J'ai remarqué qu'il buvait toujours de la bière, au bar. J'espère qu'il appréciera l'attention.
Je me sens vraiment bien en ce moment. J'ai fait comme le docteur m'a dit, j'ai arrêté les comprimés le midi et j'ai

aussi remarqué que ceux du soir ne sont pas indispensables. Je dors beaucoup moins longtemps, j'ai plus de temps pour réfléchir et penser à Noah. Je garde quand même ceux du matin, j'ai besoin de rester concentrée au travail, il serait dommage que je fasse des boulettes.
La voix et moi, on s'entend vraiment bien, en ce moment. J'ai la conviction qu'elle veut que je sois heureuse. Elle m'a donné de très bons conseils pour approcher Noah et j'apprécie plutôt qu'elle soit avec moi. C'est vrai qu'il m'arrive d'en avoir marre de l'entendre mais elle est beaucoup moins désagréable avec moi en ce moment. Je pense qu'on a trouvé comment cohabiter. Qui l'aurait cru ? Je rencontre un homme qui fait chavirer mon cœur et la voix est d'accord avec cette relation au point de m'aider à la concrétiser. J'ai de la chance, en ce moment, faites que ça dure !

Je ferme le carnet, satisfaite. Je le range dans sa jolie boîte en bois puis je vais le replacer sur mon étagère. La sonnette de l'interphone me fait sursauter. J'éclate de rire toute seule. Je suis stressée. Je cours jusqu'à l'entrée de mon appartement pour décrocher le combiné.

Enfin ! Ce soir, ma grande, c'est ton soir !

Je m'appelle Lou

Je m'appelle Lou

-5-

La première chose qui me frappe, quand j'ouvre la porte d'entrée, c'est l'odeur de parfum qui se dégage de Noah. Il me sourit et me fait la bise alors que je ne m'y attends absolument pas. Ça a pour effet immédiat de me faire rougir et déclencher des tremblements intenses de tous mes membres. Il sent divinement bon et sa peau est douce comme celle d'un bébé. Il est rasé de près.

Il s'est mis sur son 31 pour toi !

Je le débarrasse de sa veste que je suspends au portemanteau dans l'entrée de mon appartement et je le guide jusqu'au salon. Il semble légèrement intimidé, je vois son regard qui se balade sur les murs nus de la pièce pour ensuite regarder ses pieds avant de retourner se balader sur les meubles.

Fais-lui visiter, espèce de malpolie !

— Tu veux visiter ? Proposé-je d'une voix enrouée en me tournant vers lui.

Noah me regarde avec une expression étrange et hoche la tête sans un mot. Je lui fais donc faire le tour du propriétaire. Je lui montre le salon, la cuisine, la salle de

Je m'appelle Lou

bains et ma chambre avant de retourner dans le salon où je l'invite à s'asseoir pendant que je vais sortir les bouteilles du réfrigérateur.

— C'est mignon, chez toi, commente Noah en se mettant à l'aise. Je t'imaginais plutôt en miss déco, avec des froufrous partout !

Connard ! Il croit que tu es une niaise débile ou quoi ?

Ah non ! Elle ne va pas commencer ! Je prends une profonde inspiration en ignorant les insultes de la voix. Il doit être aussi intimidé que moi et il veut juste faire la conversation. Je décapsule la bouteille de bière pour Noah et me sers un verre de vin avant de le rejoindre. Je m'assois sur le canapé, à côté de lui et lui tend sa bière avec un sourire.

— Alors, jolie Lou, commence Noah en me regardant d'un air rieur. Parle-moi un peu de toi.

— Il n'y a pas grand-chose à dire, soupiré-je en posant mon verre sur la table basse. J'ai 22 ans, je travaille dans une usine, je vis ici seule depuis quelques années maintenant. Et toi ?

Noah sourit avant de boire une grande gorgée de bière. C'est moi qui le fait sourire comme ça ? Je suis si stressée ! Je le regarde en déglutissant avec difficultés. Il est si beau !

Trop sexy, tu veux dire ! Tu as vu comme il te dévore des yeux !

Je n'ai pas besoin que la voix me fasse remarquer ce genre de détails. Je vois bien la façon dont Noah regarde ma poitrine moulée dans un t-shirt blanc transparent. J'ai bien remarqué ses yeux descendre le long de mes fesses tandis que je rejoignais la cuisine pour aller chercher nos

Je m'appelle Lou

boissons. Je vois bien que je lui plais. C'est valorisant. J'aime sentir son regard sur moi. Je suis contente qu'il semble ressentir les mêmes émotions que moi.

— J'ai 25 ans, répond enfin Noah en posant sa bière à son tour. Commercial, mais je te l'ai déjà dit.
— Tu as des frères et sœurs ?
— Je suis fils unique, avoue Noah en grimaçant.
— Tu vis dans le coin depuis longtemps ?
— J'ai grandi dans le nord de la France, explique-t-il en me détaillant toujours. Je suis venu m'installer ici il y a 1 an environ. J'avais envie de changer d'air et j'ai eu une opportunité pour le travail.
— Tu t'es fait des amis, quand même ?
— Quelques-uns, dit Noah avant de reprendre sa bière pour boire une nouvelle gorgée.

J'en profite pour faire de même, je saisis mon verre de vin et bois une gorgée. Il est infâme, je dois retenir une grimace. Il est sec et amer. J'aurais peut-être dû demander conseil, je n'y connais absolument rien du tout en vin.

— Tu es seule depuis longtemps ? Me demande Noah en me regardant avec intensité.

Je hoche la tête sans dire un mot. Je n'ai pas envie de parler de moi, je ne suis pas intéressante. Lui, en revanche, il l'est à mes yeux. Il a répondu à toutes mes questions sans avoir l'air d'être dérangé. Il aime parler de lui. Il aime que je m'intéresse à lui. J'ai envie de tout savoir de lui. Il semble si mystérieux, il est si beau, si gentil, sa voix est si douce.

Ouais, c'est bon, on a compris, c'est le prince charmant ! Espérons qu'il baise bien !

Je m'appelle Lou

Je rougis à cette remarque. J'ai l'impression d'entendre la voix ricaner dans ma tête. Elle pourrait presque me faire rire aussi, cette imbécile ! Noah me regarde avec une expression étrange. Il doit me prendre pour une folle, à rougir toute seule. Je me fais violence pour reprendre contenance.

— Je suis célibataire aussi, reprend Noah sans me quitter des yeux.
— Depuis longtemps ?
— Pas mal de temps, ouais, avoue-t-il en me souriant. Je n'ai pas spécialement envie de m'attacher. J'aime profiter de la vie, je suis jeune, j'ai toute la vie devant moi, n'est-ce pas ?
— Tu n'es jamais tombé amoureux ? Demandé-je, intriguée.

Il semble réfléchir un instant avant de secouer la tête en signe de négation.

— Tu n'as pas rencontré la bonne personne, déclaré-je d'une voix sûre que je ne me connaissais pas.

Il hausse les épaules d'un geste désinvolte. Il n'a pas vraiment l'air convaincu.

— Peut-être... En tous cas, je ne cherche pas à tomber amoureux. Les choses ont évolué, on vit une époque où on a le choix, on est plus obligé de rester attaché à la même personne, on peut choisir de rester avec quelqu'un ou de partir si on n'est pas compatibles. Pas comme nos grands-parents, tu vois... Eux, ils se mariaient pour la vie.
— Je trouve ça romantique, moi, dis-je d'une petite voix. Rencontrer la personne qu'il nous faut et passer sa vie à ses côtés, c'est beau, non ?

Je m'appelle Lou

Noah me regarde un instant avec une expression étrange puis hausse de nouveau les épaules.
Il n'a pas l'air d'accord avec toi !
— Chacun son opinion, tranche-t-il. Personnellement, je ne veux pas m'engager. Si j'ai le feeling avec quelqu'un, je prends du bon temps, sans prise de tête.
— Et si tu t'attaches ? Questionné-je, un peu choquée.
— Ce n'est encore jamais arrivé.

Il est près de minuit quand Noah se met à bailler. On a passé trois heures absolument merveilleuses tous les deux. On a parlé de tout et de rien, bon j'avoue, il a plus parlé que moi. J'aime tellement l'écouter parler. J'aime le regarder. Il est si beau !

J'ai bu la bouteille de vin entière et j'ai la tête qui tourne un peu plus que de raison. J'ai chaud et j'ai l'impression qu'un sourire niais est plaqué sur mes lèvres. Noah a l'air assez amoché aussi, il a bu les 3 bières que j'avais achetées pour lui.

Je pourrais l'écouter parler pendant des heures. Il m'a raconté sa vie, son enfance, ses passions. Il aime faire de la moto, il adore les chiens aussi, il rêve d'avoir son élevage canin. Il m'a parlé de voyages. Il est déjà allé en Italie, à Bali, aux USA. Il a vu beaucoup de pays. Je n'ai pas vu le temps passer et j'étais suspendue à ses lèvres quand il me racontait ses histoires de voyage.

Je me sens toute étourdie. Quand il me regarde, j'ai l'impression que mon cœur s'emballe et mes mains deviennent moites. Plusieurs fois, dans la soirée, j'ai eu envie de le toucher, de lui prendre la main ou lui toucher le visage mais je ne l'ai pas fait. Pourtant, la voix n'arrête pas de hurler dans ma tête, me donnant presque la migraine.

Roule-lui une galoche, nom de Dieu !

Je secoue la tête dans l'espoir de la faire taire. Ce n'est pas que je ne souhaite pas le faire, c'est surtout que je préfèrerais que ce soit lui qui m'embrasse.

Noah se lève et s'étire. Il est fatigué, ça se voit. Il veut partir. Je ne veux pas qu'il parte. J'ai envie qu'il reste avec moi. J'ai envie de le toucher.

— Il se fait tard, annonce Noah en me souriant. Je devrais rentrer.

C'est le moment ! ALLEZ !

Je me lève dans un sursaut, surprise par le hurlement de la voix. Je souris à Noah qui me regarde d'un air surpris et je l'accompagne dans l'entrée de mon appartement en titubant légèrement.

— Merci pour cette soirée, dit Noah en me regardant avec intensité.

J'hésite un moment. Ses yeux me parlent, j'en suis convaincue. Il me tourne le dos et tend le bras pour attraper sa veste. Peut-être qu'il n'ose pas faire le premier pas ? Il attend peut-être que ce soit moi qui prenne les choses en mains. J'ai l'impression que ses yeux me supplient de l'embrasser. Je décide d'arrêter de réfléchir et je prends une profonde inspiration avant de le tirer par l'épaule pour qu'il me fasse face. Une expression ahurie déforme son visage l'espace d'une seconde avant que je l'embrasse avec fougue. Il ne bouge pas et ne me rend pas mon baiser tout de suite comme s'il ne savait pas comment réagir. Mais la seconde suivante, il me plaque contre le mur avec force, me faisant gémir. Sa langue se fraie un passage dans ma bouche et sa main droite empoigne mes cheveux avec force.

Là, ça devient intéressant ! Emmène-le dans ta chambre !

Dans un état second, j'obéis à la voix. Ou peut-être est-ce mon cerveau qui m'ordonne de faire cela, je ne sais pas trop. La sensation de nos bouches qui fusionnent m'électrise et je sens mon cœur s'emballer dans ma poitrine. Je pousse Noah pour mettre fin à notre baiser et lui prend la main pour l'entraîner vers ma chambre. Il me regarde de la tête aux pieds et plante ses dents dans sa lèvre inférieure, me faisant frissonner toute entière. Ses pupilles sont dilatées et je sens son regard se balader sur mon corps, allumant un feu sur leur passage.

Avant que je n'aie le temps de faire quoique ce soit, il fond de nouveau sur moi et me pousse sans ménagement sur mon lit. Je tombe à la renverse et me retrouve en position allongée. Je n'arrive pas à détacher mes yeux de lui. Il me sourit avant de passer sa langue sur ses lèvres et grimpe sur le lit pour me rejoindre. Il s'allonge sur moi et m'embrasse avec fougue. C'est brutal et passionné. Ses mains sont partout, sur ma gorge, mes seins, mes cuisses. Ses baisers sont puissants et pressants. J'ai l'impression que je vais me liquéfier sous ses mains.

— Déshabille-toi, m'ordonne-t-il en se redressant.

Tremblante de la tête aux pieds, j'obéis en le regardant dans les yeux. Je me redresse en position assise et retire mon t-shirt et mon soutien-gorge. Il plisse les yeux et me sourit d'un air satisfait. Il passe son t-shirt par-dessus sa tête et détache son pantalon en me regardant d'un air lubrique.

Je m'appelle Lou

Il va te faire ta fête ! Oui ! Oui ! Oui !

Pendant que la voix s'excite toute seule dans ma tête, je ne quitte pas Noah des yeux. Il a fini de se débarrasser de ses vêtements, il est à présent nu face à moi et je vois clairement qu'il est prêt à l'action. Il me tire par les jambes d'un geste franc pour m'attirer à lui. Je retombe sur le dos alors qu'il tire sur mon leggings d'un geste impatient, retirant ma culotte par la même occasion.

Je suis allongée, nue à sa merci et je n'attends plus qu'une chose, qu'il fonde de nouveau sur moi mais il me tourne le dos pour fouiller dans la poche de son pantalon qu'il a balancé au sol. Je me redresse, frustrée. Il fait quoi, là ?

Pas de panique ! Il cherche une capote ! Tu vas l'avoir, ta fessée !

En effet, quand il a trouvé ce qu'il cherchait, il se tourne à nouveau vers moi. Il déchire l'emballage du préservatif sans me quitter des yeux, les dents à nouveau plantées dans sa lèvre inférieure. Qu'est-ce qu'il est sexy ! Je regarde Noah s'équiper, le cœur battant à tout rompre, je suis dans tous mes états. Ça fait tellement longtemps qu'un homme ne m'a pas touchée. Il se rallonge sur moi et m'embrasse avec fougue tout en écartant mes jambes avec un genou. Quand il entre en moi, je pousse un cri de stupeur. Il s'arrête, surpris et me regarde d'un air inquiet.

— Je t'ai fait mal ? Demande-t-il d'une voix cassée.
— Non, c'est bon, soufflé-je en entourant son cou de mes bras.

L'air rassuré, il m'embrasse de nouveau et se met à bouger. Ça a beau faire des années qu'un homme ne m'a pas touchée, je me rends quand même compte qu'on a zappé les préliminaires.

Ça va ! Il est en train de te sauter ! Tu aurais voulu qu'il te cajole en plus ?

Je n'ai pas vraiment le temps ni l'envie de m'intéresser aux commentaires de la voix. Noah y met tout son cœur, il me prend avec vigueur et le plaisir monte vite. J'ai l'impression que je pourrais exploser d'un instant à l'autre. Le sentir comme ça, si près et à l'intérieur de moi me rend folle. Je baisse les yeux vers son torse et mon cœur se gonfle de fierté, il est taillé comme un dieu grec, il est magnifique.

Je sens la chaleur monter en moi, par vagues, je vais jouir dans peu de temps, je le sens, ça arrive. D'un coup, il s'arrête et se retire avant de se mettre à genoux. Je grogne sans pouvoir me contenir. J'y étais presque ! Merde !

— Retourne-toi, ordonne-t-il.

La fessée ! La fessée !

Je m'exécute, un peu déçue de ne plus pouvoir le voir mais contente que ça ne s'arrête pas. Je me met à quatre pattes, les fesses à l'air. Je le sens qui se positionne derrière moi. Il appuie sa main entre mes omoplates et exerce une franche pression, me forçant à plonger la tête dans l'oreiller, les fesses encore plus en l'air. D'une poussée brusque, il entre en moi, me faisant gémir contre le coton de mon linge de lit.

C'est brutal, c'est profond et ça me met en transe. Il ne pilonne avec tellement d'intensité que j'ai la gorge qui brûle à force de hurler contre mon oreiller. Ses mains agrippent mes hanches avec force et je peux l'entendre grogner malgré mes hurlements qui emplissent mes oreilles.

C'est comme ça qu'on doit être baisée, ma grande ! Apprécie !

Il me met une violente claque sur les fesses qui me prend autant au dépourvu que l'orgasme qu'elle déclenche. Je tremble, je hurle, je pleure et je ris à la fois tant les émotions sont intenses. Encore quelques mouvements et je le sens qui se contracte à l'intérieur de moi, il vient de jouir lui aussi.

Je m'allonge sur le ventre, vidée de toutes mes forces et avec l'impression d'être passée dans un rouleau compresseur. Noah s'affale de tout son poids sur moi. Je peux sentir son cœur battre fort contre mon dos. Mon cœur ne va pas mieux, j'ai l'impression qu'il va sortir de ma poitrine.

Je t'avais dit qu'il allait te faire ta fête.

Je souris contre l'oreiller. La voix avait raison. Elle savait.

Noah se retire sans un mot et il sort de la chambre. Je me retourne, encore groggy par ces ébats et souris en regardant le plafond. Il est tout ce que je recherche chez un homme. La douceur et la force à la fois. Je savais que je lui plaisais. J'ai bien vu qu'il avait envie de moi.

Satisfaite, je me redresse en position assise alors que j'entends l'eau couler dans la salle de bain. Je me lève avec précautions, persuadée de ne pas réussir à tenir sur mes jambes. Mais ça va, je tiens. J'attrape mon peignoir et je sors de la chambre. Noah sort de la salle de bain, il est déjà habillé. Je ne l'ai pas vu ramasser ses affaires.

En même temps, tu avais la tête coincée dans l'oreiller !

Noah attrape sa veste sur le porte-manteau et l'enfile

Je m'appelle Lou

avant de me déposer un baiser sur la joue.

— Bonne nuit Lou, murmure-t-il contre ma joue. On s'appelle !

Sans un mot de plus, il sort de mon appartement, me laissant face à la porte close.

C'était une sacrée partie de jambes en l'air, dis donc !

Je secoue la tête, sortie de ma contemplation de cette porte fermée par la voix qui commente tout ce que je fais. Je vais prendre une douche rapide, le sourire jusqu'aux oreilles et je me glisse dans mon lit, heureuse.

Jusqu'à maintenant, je pensais que je ne pourrais jamais être heureuse mais à présent, tout est différent. Noah me comprend. Lui et moi, on est sur la même longueur d'onde. Je suis déjà folle amoureuse de lui !

Tu ne peux que l'être vu comme il t'a baisée !

Il n'y a pas que ça. Il est tout ce que je recherche chez un homme. Il est beau, gentil, drôle. Je n'aurais pas pu rêver mieux. Je lui plais aussi. Il n'aurait pas couché avec moi si ce n'était pas le cas. Quel homme se laisse aller comme ça dès la première fois ? Seulement un homme qui sait qu'il a rencontré la femme de sa vie. Je suis la femme de la vie de Noah et il est celui que j'attendais.

Il a quand même dit qu'il ne voulait pas d'attaches ! Il va falloir être maline.

Je peux le faire changer d'avis. Une telle connexion entre deux personnes, c'est rare, non ? J'ai eu des tas de relations physiques dans ma jeunesse. Mais jamais je n'ai ressenti ce que Noah m'a fait ressentir ce soir. On était connectés lui et moi, nos corps se répondaient, on se comprenait sans avoir besoin de se parler.

J'ai son numéro de téléphone maintenant et de toute

façon, en partant, il m'a dit qu'on allait s'appeler. On va se revoir très vite, je le sais. J'ai trouvé mon âme sœur. Je suis amoureuse. Je le sens, on n'est qu'au début de notre histoire et ce sera une très belle histoire, digne des plus beaux contes de fées.

Je m'appelle Lou

-6-

JUIN 2021

Je regarde mes mains jointes sur mes genoux en prenant soin de contrôler ma respiration. Le docteur Garnier ne doit pas voir que je suis tendue. Je dois rester impassible. Je dois soutenir son regard. Je ne dois pas papillonner. Je dois rester concentrée.

Ne déconne pas ! Tu as intérêt à gérer ! On sait toutes les deux qu'il ne faut pas qu'il te foute à nouveau en HP !

Je sais ! Je sais que ce rendez-vous était une mauvaise idée. J'aurais dû l'annuler, j'aurais dû prétexter une angine, une allergie, une infection urinaire, n'importe quoi ! J'aurais dû trouver une échappatoire.

Imbécile ! Si tu avais annulé, il t'aurait envoyé la cavalerie à domicile ! Fais ce que je te dis et tout ira bien.

Je hoche la tête pour signifier à la voix que je l'ai entendue. Depuis Noah, on est vraiment d'accord, on dirait. Elle me soutient et comprend ce que je ressens. Je suis amoureuse et elle dit que Noah est fait pour moi.

Je m'appelle Lou

Elle me soutient. On s'entend presque bien. Elle crie encore parfois sur moi mais la plupart du temps, je le cherche. J'ai du mal à rester concentrée alors elle doit être sèche avec moi. C'est un peu comme une amie qui me remettrait sur le droit chemin sauf que dans mon cas, cette amie est dans ma tête.

La porte du bureau s'ouvre dans mon dos mais je ne bouge pas. Je reste concentrée sur mes mains qui sont à présent posées à plat sur mes genoux. J'entends le praticien qui fait le tour du bureau et qui s'assoit dans son fauteuil en cuir, en face de moi. Il va falloir que je le regarde. Encore une ou deux secondes pour me concentrer. C'est bon.
Je lève les yeux vers le docteur Garnier qui me sourit d'un air amical. Je lui rend son sourire, j'y mets tout mon cœur pour qu'il paraisse sincère. Je suis sûre qu'il ressemble plus à une grimace qu'à un sourire.
Décrispe-toi ! Bordel de merde !
Ça va venir. Je vais me détendre. Déjà, il n'a pas son air inquiet, c'est plutôt bon signe. Il ouvre mon dossier médical et se cale contre son fauteuil en croisant ses mains sur son ventre rebondi.
— Comment vas-tu Lou ? Demande-t-il en me regardant avec attention.
— Je vais plutôt bien, dis-je en forçant un nouveau sourire.
Le thérapeute hoche la tête sans me quitter des yeux. J'ai envie de regarder ailleurs. Je suis mal à l'aise. On dirait qu'il peut lire en moi. Voit-il que j'ai arrêté mes médicaments ?

Je m'appelle Lou

— Tu m'as l'air très fatiguée, commente le docteur Garnier. Tu dors bien en ce moment ?

PUTAIN ! Je t'avais dit de te maquiller ! Imbécile !

Je réprime un sursaut sans quitter le psychiatre des yeux. Si je sursaute, il verra que la voix a pris de la puissance. Il ne faut pas qu'il sache sinon il me fera hospitaliser pour la faire partir. Je veux qu'elle reste avec moi, même si parfois, elle crie. Comme maintenant. Qu'est-ce qu'elle m'énerve à me hurler dessus comme ça !

Et toi ! Tu me gonfles à ne pas écouter mes putains de conseils !

Stop. Il faut que je donne le change. Je peux faire en sorte que ce rendez-vous se passe correctement. Je ne veux pas retourner à l'hôpital psychiatrique. Je ne veux pas être éloignée de Noah. Si je retourne à l'hôpital, notre histoire sera terminée. Je ne peux pas le tolérer.

Le docteur Garnier me regarde toujours avec concentration, il attend ma réponse.

— J'ai de nouveaux voisins, inventé-je. Ils sont assez bruyants. Je me réveille plusieurs fois dans la nuit.

— Étonnant, marmonne le médecin en prenant un stylo pour écrire sur le dossier ouvert devant lui. Tu prends bien ton traitement ?

J'acquiesce en regardant son stylo gratter la feuille. Je mens ouvertement depuis le début du rendez-vous. J'espère qu'il ne va pas le remarquer. Et puis, il n'y a rien d'étonnant à avoir de nouveaux voisins. Ça arrive tout le temps que des gens déménagent. J'aurais pu déménager aussi. Mon immeuble n'est pas un hôpital psychiatrique. Les appartements ne sont pas attribués selon des pathologies. Il est tout à fait possible que j'aie de

Je m'appelle Lou

nouveaux voisins. Ça n'a rien d'étonnant.

— As-tu apporté ton carnet de bord ?

Pauvre conne ! Ça y est ! Il a grillé la supercherie ! Trouve un truc ! Vite !

— Je l'ai oublié, avoué-je en rougissant.

Ce n'est pas vraiment un mensonge, cette fois. J'ai pensé à le prendre, ce matin, en me réveillant. Je l'avais même sorti et posé en évidence sur la table pour ne pas l'oublier. Mais la voix m'a fait remarquer que j'y ai écrit que je ne prends plus mon traitement. Elle est plus maline que moi, sur ce coup-là. Je comptais arracher les dernières pages. Je n'écris plus trop dedans, de toute façon. J'aurais pu écrire une fausse page dans le bus, aussi. Bref. Il était sur la table. L'heure de partir est arrivée. J'ai mis mes chaussures. Ensuite, j'ai pensé à Noah. J'ai oublié le carnet.

Noah. Juste de penser son prénom, j'ai le cœur qui palpite et je rougis en me souvenant de nos ébats endiablés. Trois semaines sont passées et je n'ai que très peu de nouvelles. Parfois, il répond à mes messages, parfois non. Il dit être très occupé. Il a beaucoup de travail. Il me manque. J'ai envie de le revoir.

Je dors mal, le docteur a raison. Je pense à Noah jour et nuit, sans arrêt. Je revis notre soirée, encore et encore. Quand je ne travaille pas, je regarde mon téléphone pendant des heures, attendant un message de sa part. Ce n'est jamais lui qui envoie le premier message. C'est normal. Il travaille beaucoup. Son travail est prenant.

CONCENTRE-TOI !

Cette fois, je sursaute vraiment sans arriver à contrôler ma réaction. Je lève de nouveau les yeux vers le

Je m'appelle Lou

visage du docteur Garnier. Il m'a vue faire. Il me regarde avec un air inquisiteur, maintenant. Merde. Il faut que je me reprenne.

— Bon, soupiré-je en soutenant le regard du thérapeute. Je dois être honnête avec vous...

Ta gueule ! Ne dis rien ! Tais-toi, Lou !

— Je t'écoute, m'encourage monsieur Garnier avec patience.
— J'ai rencontré un homme, il y a quelques semaines, raconté-je en rougissant. On est au début de notre relation, c'est encore tout frais et je pense beaucoup à lui. J'ai un peu la tête ailleurs.

Le docteur Garnier me regarde d'un air surpris pendant quelques secondes et se penche pour griffonner sur sa feuille d'un air concentré. J'essaie de voir ce qu'il écrit mais je ne distingue rien du tout. Il souligne un mot plusieurs fois et reporte son attention sur moi. Il me fait un sourire qui me rappelle ceux qu'il me faisait quand j'étais enfermée ici, avant. Il pose doucement son stylo et croise ses mains sur son bureau.

— C'est une très bonne nouvelle, ça, Lou ! S'exclame-t-il. Comment s'appelle ce jeune homme ?

Sérieux ? Le vieux croûton a l'air content. Je ne m'y attendais pas à celle-là !

Je me retiens de sourire à la remarque de la voix. Elle trouve toujours des surnoms drôles pour les gens qu'elle n'aime pas. Ce n'est pas une surprise. Elle n'aime pas le docteur Garnier. Elle ne l'a jamais aimé. En même temps, ça se comprend. Il m'a toujours dit qu'elle était néfaste pour moi. Selon lui, elle n'existe pas. Je devrais l'ignorer. Les médicaments devraient la faire disparaitre.

Je m'appelle Lou

— Il s'appelle Noah, réponds-je en me concentrant à nouveau sur la discussion. Il est commercial. Il est tellement gentil ! Il est romantique !

N'importe quoi ! Tu n'en sais rien s'il est romantique ! Tu sais juste qu'il baise bien !

— Il chante très bien aussi, dis-je en ignorant la voix. On s'entend très bien. On est vraiment sur la même longueur d'onde.

— C'est bien, commente mon thérapeute. Lui as-tu parlé de ta maladie ?

— Non ! M'exclamé-je un peu trop vite.

Sûrement pas ! Il n'a pas besoin de savoir !

— Il faudra lui en parler, Lou, prévient mon psychiatre. Si tu veux que votre relation parte sur des bases saines, tu vas devoir lui parler de ce mal qui te ronge.

— Je vais bien, docteur.

Mon ton est trop sec. Je le vois à la bouche du docteur Garnier qui se crispe. Il ne fait pourtant pas de commentaire. Il se contente de reprendre son stylo et d'écrire encore des choses sur sa feuille. Il souligne encore un mot plusieurs fois. J'aimerais bien savoir ce qu'il écrit. Si ça se trouve, il fait semblant de travailler, comme les filles à l'usine. Peut-être qu'il fait juste des dessins.

— Je suis content que tu ailles bien, finit-il par dire d'une voix douce, comme s'il parlait à une attardée. On se revoit dans deux mois. Je te refais une ordonnance pour ton traitement. On reste sur la même posologie, matin et soir.

— D'accord.

Je m'appelle Lou

— La prochaine fois, s'il te plaît, Lou, pense à prendre ton carnet de bord. J'aimerais y jeter un œil.
— Bien, docteur.

Je prends l'ordonnance qu'il me tend et me lève. Il se dirige vers la porte et l'ouvre. Je sors du cabinet en restant concentrée.

Tu as réussi ! Bien joué, Lou !

Je souris en tournant au coin de la rue, satisfaite de moi. La voix a raison, j'ai bien géré ce rendez-vous. Je m'arrête à côté d'une poubelle et déchire l'ordonnance en tous petits morceaux. Je n'en ai plus besoin. Noah mérite une femme avec les idées claires.

21 juin 2021 - 22h30
Le rendez-vous avec le docteur Garnier s'est bien passé. Je suis contente. Je n'ai plus besoin de médicaments. Depuis une semaine, je n'en prends même plus le matin. Je n'ai jamais été aussi alerte de ma vie. J'ai l'impression de tout voir clairement maintenant.
La voix est parfois un peu trop brutale, elle aime me crier dans les oreilles quand je ne l'écoute pas ou que je ne fais pas ce qu'elle me demande. Je pense que c'est pour mon bien. Si je ne l'avais pas écoutée, Noah ne ferait pas partie de ma vie.
Il me manque. J'espère le voir bientôt. Il ne m'a pas répondu depuis trois jours. C'est la fête de la musique. Il a dû quitter le travail plus tôt. Il est peut-être au bar. Je devrais peut-être aller y faire un tour. Non. Je vais lui envoyer un message. Il faut qu'il sache que je pense à lui. Il est mon âme sœur. Ah... Noah...

Je m'appelle Lou

Je ferme mon carnet en souriant bêtement. C'est l'effet que me fait Noah. Je vais dans la cuisine et je me sers un verre de vin blanc. Depuis la soirée avec Noah, j'en bois régulièrement. Pas la piquette que j'ai achetée pour notre premier rendez-vous. Du vrai vin. Je suis allée dans une cave. J'ai demandé conseils à un vendeur très gentil qui m'a vendu une caisse de Monbazillac. C'est cher mais c'est très bon. Sucré à souhait. Ça se boit comme du petit lait.

Mon verre de vin à la main, je retourne m'installer dans mon canapé en soupirant d'aise. J'attrape mon téléphone et regarde si Noah m'a écrit. Non.

Envoie-lui un message ! Dis-lui que tu penses à lui !

Bonne idée. Je ne l'ai pas contacté de la journée. J'écris le message et je l'envoie.

Il va t'appeler, j'en suis sûre.

Et s'il ne le fait pas ? Pourquoi me garde-t-il éloignée comme cela ? On était bien tous les deux. On a passé un bon moment. Il m'a dit qu'il m'appellerait. Pourquoi ne l'a-t-il pas fait ?

Il travaille beaucoup. Ce n'est pas contre toi.

Je voudrais tellement qu'il sache à quel point je tiens à lui. J'aurais dû lui dire que je l'aimais. J'aurais dû lui proposer un autre rendez-vous. Pourquoi j'attends qu'il propose ? Le temps des femmes qui attendent que l'homme prenne l'initiative est révolu, non ?

Tu as raison ! Prends les devant ! La dernière fois que tu l'as fait, ça a été productif.

Mon téléphone se met à vibrer dans ma main. Un sourire me fend le visage en deux. Il m'appelle ! Noah

Je m'appelle Lou

m'appelle !
Décroche !
— Salut jolie Lou, susurre Noah dans le combiné.

Mon cœur se met à battre la chamade dans ma poitrine et je me mets à trembler. Sa voix est tellement profonde qu'il me met dans tous mes états, juste en me parlant.

- Je suis contente de t'entendre, avoué-je, le sourire aux lèvres.
- Tu penses à moi, remarque Noah en référence au SMS que je viens de lui envoyer. Je pensais à toi aussi !

Alors là, si ce n'est pas mignon ça !

- Tu passes une bonne soirée ? Demandé-je avant de boire une gorgée dans mon verre.
- Elle serait meilleure si je la finissais avec toi, me murmure Noah.

Sa voix est différente de d'habitude. Ça me fait frissonner. Il semble amusé ou très heureux. Il est heureux de m'entendre. Il a envie de finir la soirée avec moi. Je savais qu'on partageait les mêmes sentiments.

- Tu es allé boire un verre en ville ? Interrogé-je, curieuse.
- Ouais... Je suis encore au bar, là. Je peux passer te voir ?

Dis-lui oui ! Accepte !

- Il est tard, murmuré-je d'une voix douce. On pourrait aller manger ensemble quelque part demain, non ?
- J'ai envie de toi...

T'es con ou quoi ! Accepte, putain !

— Noah, soupiré-je, déçue moi-même de ma réticence. Tu as l'air d'avoir un peu trop bu. Prendre la voiture ne serait pas très sérieux.
— Écoute Lou, dit Noah d'une voix claire. Ça fait des jours que tu m'envoies 15 messages par jour et là tu fais la difficile. Tu veux me voir, oui ou non ?
— Je... essayé-je d'expliquer, honteuse.

Espèce de conne ! Tu fais tout foirer !

— Allô ? S'impatiente Noah au bout du fil.

Je me sens ridicule. Qu'est-ce qui ne va pas chez moi ? Il veut venir me voir et je lui dis de rentrer chez lui. J'ai évidemment envie de le voir. Je ne rêve que de ça depuis qu'il a quitté mon appartement il y a trois semaines. Je rêve de me retrouver dans ses bras une nouvelle fois. Je fantasme sur nos ébats tous les jours. Mais je m'inquiète. Il a l'air d'avoir bu. Il n'a pas l'air dans son état normal. Et s'il avait un accident ? S'il se faisait arrêter par la police ? Je veux juste le protéger. Je l'aime.

Bah dis-lui de venir, idiote ! Tu pourras le protéger puisqu'il sera dans ton lit !

Je termine mon verre d'une traite et prends une profonde inspiration.

— Je t'attends, capitulé-je.
— J'arrive dans 10 minutes ! S'exclame-t-il avant de raccrocher.

C'est quoi ton putain de problème ? Il veut venir te voir et tu fais la fine bouche ?

Il a l'air d'avoir trop bu. Je m'inquiète pour lui, je ne veux pas qu'il lui arrive un accident. J'ai envie de le voir mais je ne veux pas qu'il risque de se blesser ou de se faire arrêter.

Je m'appelle Lou

Tu préfères qu'il trouve une pauvre fille et qu'il se console dans ses bras ?

Je me lève du canapé et fais les cent pas à travers mon salon. La voix a raison. Je l'aime. Je veux qu'il soit en sécurité. Il ne le sera qu'avec moi. Je vais prendre soin de lui quand il arrivera.

Pour ne pas stresser en attendant son arrivée, je décide de faire un peu de rangement dans les tiroirs de ma cuisine. Je sors tout, je lave les fonds de tiroirs puis je remets tout à sa place, méticuleusement. Ça me détend. Ordre. Contrôle. Discipline. Ce sont les trois mots que le docteur Garnier m'a dit de garder en tête.

Pour le contrôle et la discipline, on repassera !

Peut-être, mais je garde au moins l'ordre. Posséder une maison ordonnée permet de garder les idées claires. Je contrôle, en plus. Je suis concentrée sur mon but. Noah et moi, ça va fonctionner. C'est mon objectif.

Quand Noah arrive, je lui ouvre avec un grand sourire. La première chose qui me frappe quand j'ouvre la porte d'entrée, c'est l'odeur d'alcool qui émane de lui. La seconde, c'est sa bouche qui s'écrase sur la mienne et son corps qui me plaque contre le mur, me coupant la respiration. Il m'attrape par la taille d'une main et malaxe ma poitrine de l'autre avec urgence, comme s'il avait envie de moi tout de suite, dans le couloir.

Il ne peut plus se passer de toi, ma vieille !

À contrecœur, je le repousse. Il faut au moins que je referme la porte d'entrée derrière lui. Il me regarde faire, une lueur amusée dans les yeux. Sans un mot, il se dirige droit vers ma chambre.

Je m'appelle Lou

Je le suis, hypnotisée par sa démarche et par son physique de dieu grec. Il titube légèrement et ses yeux semblent plus fatigués que d'habitude. Il a l'air d'avoir pas mal bu. Il me défie du regard et passe son t-shirt par-dessus sa tête avant de me le lancer en plein visage. Je l'attrape au vol et le pose sur le coffre au pied de mon lit, sans le quitter des yeux.

— Tu veux peut-être m'aider à me mettre à l'aise ?
Me demande-t-il avec un demi-sourire.
Il est trop sexy, putain !
Je hoche la tête et m'approche de lui, tremblante. Il me montre sa ceinture d'un signe du menton et m'encourage du regard. Je la défais, sans le quitter des yeux. C'est terriblement érotique. Je détache les boutons de son pantalon et je le pousse sur le lit. Il tombe à la renverse et éclate de rire.

Il te laisse prendre les devants ! Vas-y ! Saute-lui dessus !
Je grimpe à califourchon sur lui et pose mes mains à plat sur sa poitrine. Ses muscles sont durs sous mes mains. Il a la peau douce. Je me penche et l'embrasse avec lenteur. Je titille sa langue de la mienne et lui mords la lèvre inférieure, le faisant grogner de plaisir.

— Tu es une petite allumeuse, hein, jolie Lou ? Me demande-t-il alors que je l'embrasse dans le cou.
— On dirait que ça ne te gêne pas, susurré-je à son oreille avant de lui mordre le lobe.
— J'aime les filles qui n'ont pas froid aux yeux...
Il n'a encore rien vu, le coco !
Je souris contre l'oreille de mon amant. La voix a raison. Il n'a encore rien vu. J'ai commencé ma vie sexuelle très tôt et pas avec des personnes très douces.

Je m'appelle Lou

J'ai essayé beaucoup de choses. J'ai eu des tas d'expériences et j'ai expérimenté toutes les pratiques sexuelles possible. Il rougirait s'il savait.

Je ne veux pas lui montrer tout de suite tout ce dont je suis capable. Noah est l'homme de ma vie. C'est avec lui que je vais me marier. C'est avec lui que j'aurai des enfants, je le sais. Je veux qu'il me découvre petit à petit. Je veux faire durer le plaisir. Je veux alimenter la flamme de notre amour récent. Je veux qu'il continue d'être surpris par moi, encore et encore.

Je prends mon temps, je l'embrasse dans le cou, sur le torse, les bras, le ventre. Je lui retire son pantalon mais pas son caleçon. Je le touche à travers le tissu du sous-vêtement. Il est dur. Il a envie de moi, ça se voit. Je continue ma torture à coups de baisers mouillés. Je me rassois à califourchon sur lui et je frotte mon sexe contre la bosse de son caleçon.

Tu as bien fait de ne pas mettre de culotte sous ta nuisette, cochonne !

Noah m'attrape par la nuque et attire mon visage près du sien. Il m'embrasse sauvagement, me tire les cheveux pour basculer ma tête en arrière et embrasser ma gorge. Je gémis. C'est bon. J'aime quand il est brutal. Ça montre qu'il tient à moi.

Au bout de quelques secondes, il s'arrête et me pousse sur le côté avant de se placer au-dessus de moi. Il me plaque contre le lit avec son corps et m'embrasse encore en grognant. Il remue des hanches contre moi. Je peux sentir nos intimités qui frottent l'une contre l'autre. J'ai chaud. J'ai envie de le sentir. Qu'est-ce qu'il m'a manqué !

Je m'appelle Lou

— Dis-moi ce que tu veux que je te fasse ? Demande-t-il en passant une main sous ma nuisette pour me toucher les cuisses.

— Fais-moi tout ce que tu as rêvé de me faire depuis notre dernier rendez-vous, murmuré-je, en transe.

Il sourit et remonte sa main au niveau de mon sexe avec une lueur diabolique dans les yeux.

— Tu es une coquine, toi, n'est-ce pas ?

— C'est le rêve de tout homme, non ?

Il s'arrête net et me regarde sans avoir l'air de comprendre.

— Une petite copine docile et coquine, expliqué-je en touchant son membre.

Cette fois, il retire carrément sa main et se redresse.

NON ! Pourquoi il s'arrête, ce con ?

Noah s'assoit en tirant sur son caleçon, le regard fuyant. Je me redresse en position assise à mon tour et je le regarde, sans comprendre ce qui se passe.

— Tu n'es pas ma petite copine, dit Noah d'une voix tranchante.

J'accuse le coup, la gorge serrée. Il me traite comme sa petite copine mais je ne le suis pas ? Il a quelqu'un d'autre ?

— On est au début de notre histoire, dis-je d'une voix mal assurée. On n'est pas obligé de nommer...

— Attends, attends ! Me coupe Noah, l'air plus du tout excité, à présent. Lou... J'ai été clair, la dernière fois. Je t'ai dit que je ne voulais pas d'attaches...

— Oui, oui, je sais, m'empressé-je de répondre.

Il panique ! Trouve une échappatoire ! Vite !

Je m'appelle Lou

— Je ne veux pas être en couple, continue Noah en se passant une main sur la tête. Je croyais qu'on était d'accord, tous les deux...

— Tu n'as pas compris ce que je voulais dire, dis-je en me forçant à sourire. C'était façon de parler...

Noah me regarde d'un air indéchiffrable et soupire avant de se laisser tomber sur le dos.

— Tu m'as manqué, c'est tout, je reprends en le regardant, le cœur serré. J'aimerais que tu me donnes des nouvelles plus souvent et...

— Pourquoi faire ?

— Parce que j'en ai besoin... Tu pourrais dormir ici, ce soir...

— Règle numéro une : ne jamais dormir chez un plan cul.

Je le regarde avec des yeux ronds comme des soucoupes. Cette phrase me fait l'effet d'un coup de poing dans l'estomac. Un plan cul ? Il vient sérieusement de dire ça ? Lui et moi, on n'est pas un plan cul, on est des âmes sœurs. On va finir notre vie ensemble. J'ai envie de le gifler.

Enfoiré !

— Tu as déjà eu des plans cul ? Me lance Noah sans me jeter un regard.

— Il y a longtemps, avoué-je.

— Alors laisse-moi t'expliquer comment ça marche. On peut discuter un peu quand on se voit mais la plupart du temps, on se voit juste pour baiser. Rien d'autre. Pas la peine de s'appeler tous les jours ou de se parler tous les jours.

Le mec, il croit qu'il va t'apprendre à toi ce qu'est un plan cul ! Il ne sait vraiment pas à qui il a à faire !

— Je sais ce qu'est un plan cul, dis-je d'un ton sec. Je n'avais pas compris que c'est ce qu'on est tous les deux.
— Tu m'as sauté dessus la dernière fois, rappelle Noah en me jetant un regard en coin.
— Parce que tu me plais, rétorqué-je.
— Et tu me plais aussi, dit-il d'une voix plus douce. On est d'accord, alors ?

Je hoche la tête avec un petit sourire forcé. Il n'est pas prêt à assumer notre relation. Ce n'est pas grave. Je veux bien lui dire ce qu'il a envie d'entendre. Je sais que j'ai raison. Il soupire, l'air soulagé de ma réponse muette et ferme les yeux avant de poser son bras sur son front.

— Je vais me reposer cinq minutes, annonce-t-il. Après, je rentrerai chez moi.

Je ne dis rien et me lève pour aller dans mon salon.

Bah super, la soirée ! Ce n'est pas ce soir que tu vas prendre ton pied !

J'ai envie de pleurer. Le sexe est bien le cadet de mes soucis, là. Je suis déçue. Je ne comprends pas pourquoi il réagit comme ça. Je lui plais, il me plaît. C'est le plus important. On ferait un couple génial. On aurait des enfants magnifiques ensemble !

Il a peur ! C'est passionnel entre vous ! Laisse-lui le temps d'apprendre à gérer !

Mais pourquoi il aurait peur ? On a de la chance d'avoir une telle alchimie ! Le sexe, c'est rarement jouissif la première fois. Les corps ne se connaissent pas, il faut du temps pour appréhender l'autre, savoir ce qu'il aime, ce qui lui fait plaisir. Mais Noah et moi, ça a été parfait

Je m'appelle Lou

dès la première fois ! C'est bien un signe !

Toi et moi, on le sait. Pas lui. Il saura. Laisse-lui le temps.

Je fais quoi, moi, en attendant ? S'il croit qu'on est juste un plan cul, il ira voir ailleurs. Et moi, dans l'histoire ? Qu'est-ce que je dois faire ? Je le laisse aller voir toutes les filles qui passent ? Non. Il est à moi. Je ne partage pas.

Il est dans ton lit, ce soir. Pas avec une autre. TOI.

C'est vrai ça. Pourquoi il m'a appelée alors qu'il était dans un bar ? Il devait y avoir un paquet de filles. Pourquoi moi ?

Parce qu'il voulait être avec toi. Pas une autre. TOI.

Je prends une profonde inspiration. Je suis rassurée. La voix sait trouver les mots pour me calmer, parfois. Heureusement qu'elle est là pour m'apaiser. En plus, elle a raison. Il est ici et nulle part ailleurs. Il aurait pu trouver une fille au bar et la ramener chez lui ou la suivre chez elle. Il a préféré m'appeler et venir me voir. Me voilà calmée, à présent. Il faut que je retrouve Noah. Je vais lui montrer qu'on est en phase tous les deux. On va reprendre où nous en étions avant cette conversation difficile.

Je retourne dans ma chambre, détendue. Noah dort. Il ronfle. Il est beau. Je m'approche de lui en faisant le moins de bruit possible et je le regarde dormir. Sa bouche est entrouverte, laissant apparaître ses dents parfaitement alignées et blanches. Je me penche et pose un baiser sur ses lèvres.

On dirait que la partie de jambes en l'air n'aura vraiment pas lieu, ma pauvre Lou !

Peu importe. Il est si mignon quand il dort. Il vaut

Je m'appelle Lou

mieux que je le laisse se reposer. Toujours en m'efforçant de faire le moins de bruit possible, j'ouvre le coffre au pied de mon lit et en sors un plaid. Noah dort sur les couvertures, je ne veux pas le réveiller, il a l'air si paisible. Je déplie le plaid et le dépose sur lui. Il bouge légèrement et se tourne sur le côté. Je fais le tour du lit et me glisse sous le plaid pour m'allonger sur le côté, face à lui. Je soulève sa main avec délicatesse et la pose sur ma hanche. Sa paume est chaude sur ma peau. Je lui caresse la joue en souriant.

— Bonne nuit, mon chéri, murmuré-je avant de fermer les yeux.

Règle numéro une : ne jamais dormir chez un plan cul. Alors, cocotte, tu vois que j'ai raison ?

Oui, la voix a raison. Il me dit qu'il ne veut rien de sérieux, qu'il ne veut que s'amuser mais ce ne sont que des mots. Les gestes parlent mieux. Les actions sont plus loquaces. Et là, c'est clair. Il me considère comme sa petite-copine.

Je m'appelle Lou

-7-

AOÛT 2021

C'est une belle journée comme je les aime. Le mois d'Août vient à peine de commencer et le parc est relativement calme pour une si belle journée. Les habitants de la ville ont tous déserté le coin pour partir en vacances, certains à la mer, d'autres à la montagne, d'autres encore à la campagne.

Ce n'est pas mon cas. Je ne pars plus en vacances depuis que je suis adulte. En tous cas, je ne partais plus jusqu'à maintenant. Ça changera peut-être, bientôt. Noah aime peut-être partir en voyage. On n'en a pas discuté, je ne sais pas vraiment s'il préfère la mer ou la montagne. J'espère qu'il n'aime pas la campagne, ce n'est pas ma tasse de thé. Je déteste les odeurs de fumier. J'aime avoir un beau paysage à regarder. Je ne comprendrai jamais les gens qui aiment regarder des étendues d'herbes sans intérêt.

Alicia marche à mes côtés, silencieuse. Je ne lui en

Je m'appelle Lou

veux pas. Moi-même, je ne parle pas. Je suis perdue dans mes pensées. Je pense à Noah, comme toujours. On se voit régulièrement depuis qu'il a débarqué à la maison, le soir de la fête de la musique. On s'entend bien. Tout se passe bien. On ne se dispute jamais et nous n'avons pas reparlé de cette histoire de plan cul. Il répond de temps en temps à mes messages. J'essaie de ne pas lui en envoyer trop souvent. Je ne veux pas l'étouffer. Notre relation suit son cours tranquillement.

Il dit qu'il ne veut rien de sérieux. Il me dit qu'on s'amuse, qu'il ne veut pas d'attaches. Pourtant, il m'appelle régulièrement. Quand j'arrive à ne pas lui écrire pendant plusieurs jours, il finit par me rappeler. Il s'intéresse à ce que je fais. Il me demande si j'ai passé une bonne journée au travail. Il s'inquiète pour moi quand j'ai l'air trop fatiguée. Quand je ne réponds pas à ses messages, il appelle plusieurs fois, jusqu'à m'avoir au téléphone. Je sens qu'il s'attache à moi, même s'il ne veut pas me le dire. Je le vois dans sa façon de me toucher, de me regarder.

Au lit, entre lui et moi, c'est bestial. On aime les mêmes choses. Il a dormi plusieurs fois à la maison. Parfois, il s'endormait avant même qu'il ne se passe quoi que ce soit entre nous. J'ai trouvé la solution pour le faire rester. J'ai toujours de l'alcool fort à la maison. Quand il boit plusieurs verres rapidement, il finit toujours dans un état d'ébriété avancé. Il est plus docile. Il me laisse prendre les devants et contrôler nos ébats. Et surtout, il s'endort juste après. Il reste dormir près de moi. Je me love dans ses bras et j'arrive à dormir quelques heures quand il est là.

Je m'appelle Lou

— Dire que l'usine rouvre la semaine prochaine ! Soupire Alicia en ajustant ses lunettes de soleil. Je n'ai pas vu passer les vacances.
— On est obligées d'y retourner, malheureusement, marmonné-je.

Alicia ne dit rien, elle se contente de hocher la tête.

J'aime me balader dans ce parc. Il est arboré, un chemin de terre le parcourt de part en part et des étendues d'herbes longent ledit chemin. C'est agréable, un petit coin de verdure dans la ville. Les gens viennent s'y allonger, s'y balader ou y manger.

C'est un endroit apprécié par les couples. Aujourd'hui ne fait pas exception. Autour de nous, des dizaines de couples sont allongés ou assis dans l'herbe sur des couvertures. Ils mangent, ils discutent, ils rient. Certains sont allongés côte à côte sans se parler, d'autres se bécotent. Je les envie. Il faudrait que j'arrive à convaincre Noah de sortir. On ne se voit que chez moi. Jamais chez lui. Jamais en extérieur. On ne va pas au restaurant, on ne sort pas boire de verre, pas de cinéma, rien.

Tu devrais te montrer plus convaincante, c'est tout !

Je ne l'avais pas encore entendue, aujourd'hui. Elle m'avait manqué. La voix s'était calmée, ces derniers temps. Elle ne crie plus, non plus. Elle se fait discrète, la plupart du temps. Elle ne me parle que quand Noah est là. À croire qu'elle a remarqué que je suis heureuse. Finalement, elle avait raison. Les médicaments étaient une mauvaise idée. Ils me faisaient plus de mal que de bien.

Je ne les prends presque plus. Une fois par semaine, je dirais. Quand je suis trop fatiguée à cause du sommeil

Je m'appelle Lou

qui ne veut pas me rendre visite, je prends un petit comprimé pour m'aider à dormir. C'est tout. Je m'en sors très bien comme cela.

Après tout, je n'en ai plus besoin. Je gère ma vie correctement. Je me nourris, je vais travailler. J'ai une vie amoureuse maintenant. La voix et moi, on s'entend bien et on cohabite en parfaite harmonie. Finalement, le docteur Garnier avait peut-être tort. Peut-être qu'on peut guérir de la schizophrénie. Peut-être que je suis juste la première personne qui y arrive, c'est tout.

— Regarde la fille là-bas ! Me lance Alicia d'une moue moqueuse en montrant une blonde du menton. On dirait une poupée de cire tellement elle est maquillée !

Je suis son regard en souriant de sa remarque. Alicia aime tellement critiquer les gens dans la rue. Elle s'entendrait bien avec la voix, elles sont pareilles. Quand mon regard se pose sur la personne en question, mon sourire se crispe. Non, c'est faux. C'est en voyant l'homme qui l'accompagne que mon cœur se serre si fort que j'ai envie de crier. Il la regarde en souriant et elle minaude comme une adolescente. J'ai l'impression que mes poumons se vident de tout leur oxygène et je ne parviens pas à reprendre ma respiration. La colère gronde en moi et mes poings se serrent contre mes flancs.

Il se fout de ta gueule ou quoi ?

Noah. C'est lui qui accompagne la poupée de cire. Qu'est-ce que Noah fait avec cette fille, au juste ? J'ai toujours du mal à respirer, j'ai l'impression d'avoir un poids sur la poitrine et la fureur m'oppresse le cœur. Alicia me regarde sans comprendre. Comment le pourrait-elle ? Elle ne connaît pas Noah, elle ne sait même pas que j'ai quelqu'un dans ma vie. Je ne l'ai dit à personne, c'est mon secret. Il est si beau, si adorable, si gentil, je ne veux pas risquer de me le faire voler.

Tu parles ! Cette pimbêche est en train de te le piquer !

Alicia me met un léger coup de coude pour me faire réagir. A contrecœur, je quitte le couple des yeux pour la regarder. Elle me regarde avec une expression amusée. Je ne vois pas ce qu'elle trouve drôle ! J'ai envie de hurler.

— Tu as kiffé sur la poupée de cire ? Se moque mon amie.

— Non, non, réponds-je en rougissant. Elle n'est pas belle du tout !

C'est faux. Elle est très maquillée, c'est un fait. Mais elle a l'air d'être très jolie, pourtant. Je vois qu'elle a dû passer du temps à se préparer et maquiller son visage. Elle est coquette. Ils sont assis dans l'herbe, ils discutent en riant.

Mon Noah porte un bermuda marron et un t-shirt blanc. Il a posé ses lunettes de soleil sur sa tête et ses yeux semblent encore plus clairs que d'ordinaire avec l'éclat du soleil. La fille porte une longue robe fluide bleue, trop décolletée à mon goût. Elle a de longs cheveux blonds lisses et ses yeux semblent aussi bleus que le ciel. Je suis jalouse.

Regarde comme elle lui touche le bras ! Allumeuse !

— Le mec avec qui elle est, en revanche, j'en ferais bien mon « quatre heures », commente Alicia avec un petit rire.

J'ai envie de hurler. Elle ne va pas s'y mettre, elle aussi ? Je ne veux pas qu'une autre femme regarde mon

Je m'appelle Lou

Noah. Je veux qu'il soit uniquement à moi. J'aurais peut-être dû parler de lui à Alicia. C'est mon amie, elle ne se serait jamais permis une telle remarque si elle avait su qu'on était ensemble.

Je continue de marcher en jetant des regards assassins à Noah et la blonde. Qu'est-ce qu'il fait avec cette fille ? Pourquoi sont-ils ici, à la vue de tous ? Il savait que j'allais venir ici ? C'est pour me blesser ?

Ou pour te faire prendre conscience qu'il a envie de te voir à l'extérieur...

Il n'avait qu'à me proposer qu'on sorte ! Je lui propose souvent, il ne veut jamais. Il me dit qu'il préfère être avec moi, à l'abri des regards, à la maison. Il me dit qu'il a envie de me faire l'amour tout le temps, qu'il vaut mieux qu'on reste à l'abri dans mon appartement.

— Attends ! S'exclame Alicia en me touchant le bras. Ce n'est pas le mec du Makina ?

Mon sang se glace dans mes veines. Ce n'est pas possible ! C'est un cauchemar ! Il l'a tant marquée que ça ? Elle se souvient de son visage. Il faut que je trouve une solution pour détourner son attention. Je ne sais pas quoi dire.

— Je ne... balbutié-je.
— Mais si ! Insiste mon amie. Regarde ! C'est le mec qui avait bu un verre avec nous, tu ne te souviens pas ?
— Non, je ne me souviens pas.

Je mens. C'est la seule parade que j'ai trouvée. Je ne veux pas qu'elle sache que je l'ai reconnu. Elle risque de comprendre qu'il y a un truc entre lui et moi. Et si elle voulait me le voler, elle aussi ?

Je m'appelle Lou

— C'est lui, j'en suis sûre ! Rajoute Alicia.

J'ai envie de vomir. Je me sens vraiment mal, tout à coup. Voir mon Noah avec cette pétasse me donne la nausée. Qu'Alicia le reconnaisse me retourne l'estomac. Tout le monde veut me prendre mon Noah. Je vais être malade.

— Je vais rentrer, dis-je à Alicia d'une voix sourde. Le soleil m'a donné la migraine.

— Je te ramène chez toi, propose-t-elle avec douceur.

J'acquiesce en jetant un dernier regard à Noah, le cœur au bord des lèvres. Il ne m'a pas vue. En même temps, il ne regarde qu'elle. Il ne la quitte pas des yeux. Il la regarde comme si c'était la plus belle femme de la terre. Il la fixe comme s'ils étaient seuls au milieu du parc. Elle a l'air d'apprécier. Elle minaude. Elle parle et lui touche le bras en souriant. Il sourit aussi en buvant ses paroles. Je suis dégoûtée. Je suis dévastée. J'ai envie de pleurer.

Traître ! Rassure-toi, Lou ! On ne va pas le laisser s'en sortir comme ça !

Ça, c'est sûr ! Il va avoir des explications à me donner.

Je suis hors de moi. Je n'arrive pas à me calmer. Mon cœur bat à coups sourds dans ma poitrine et mes mains tremblent. La rage bouillonne dans mes veines. J'ai pourtant essayé de me calmer. Ça fait trois heures que je suis rentrée chez moi et rien n'y fait. Je n'arrête pas de revoir Noah assis à rire avec cette femme. Je suis en colère.

Je regarde une nouvelle fois l'écran de mon ordinateur. J'ai réfléchi depuis mon retour à mon appartement. J'avais plusieurs solutions. J'aurais pu

Je m'appelle Lou

l'appeler, le questionner, lui demander qui est cette fille. Je ne l'ai pas fait.

Tu as peur de la réponse.

Évidemment que je crains la réponse. S'il me dit que c'était un rendez-vous galant, je vais devenir folle. Il est à moi. Il n'a pas le droit de voir d'autres personnes. Je refuse qu'il regarde une autre femme. Je refuse qu'il accorde de l'attention à quelqu'un d'autre. C'est avec moi qu'il doit être. Pas une autre. Pas elle.

Je sais ce qu'il faut faire, moi.

— Tais-toi ! Dis-je à voix haute. Je ne veux pas t'entendre !

Bien sûr que la voix sait ce qu'il faut faire. Elle a toujours des solutions. Mais j'ai peur. Je redoute qu'elle me force à faire des choses qui pourraient me faire du mal. Je ne veux pas mettre ma vie en danger. Elle m'a déjà poussée à le faire. Je ne veux pas recommencer.

Je ne veux que ton bien, Lou !

— Tais-toi ! Crié-je.

Il faut que je me calme. Il faut que je trouve un plan. Je passe mes deux mains sur mon visage en soufflant. Je suis en transe. J'ai l'impression que la situation m'échappe. J'ai envie de pleurer. L'écran de mon ordinateur semble me narguer, la page internet sur le réseau social favori de Noah semble m'appeler. Je pourrais me créer un compte. Je pourrais le surveiller un peu, comme ça.

Sois intelligente, Lou. Fais les choses dans l'ordre.

Quel ordre ? J'ai les larmes aux yeux. Je ne sais pas comment procéder. Je ne sais même pas comment les réseaux sociaux fonctionnent. Je passe mes doigts tremblants dans mes cheveux. Je suis perdue, je suffoque. Qu'est-ce que je dois faire ? J'ai mal au cœur. Noah était avec une fille. Et s'il me laissait tomber ? Qu'est-ce que je deviendrais sans lui ? Mon cœur s'affole et ma respiration est laborieuse. Mes oreilles bourdonnent. J'ai envie de hurler. J'ai envie de pleurer. J'ai envie de frapper. Je souffle par la bouche pour tenter de calmer mes nerfs. Je ne sais pas quoi faire.

Je me lève d'un bond et me dirige vers la cuisine. Il faut que je prenne un médicament pour me calmer. Je suis en sueurs, j'ai la tête qui tourne, j'ai envie de pleurer. Un comprimé va me soulager.

Et après, quoi ? Tu vas recommencer à t'assommer avec toutes ces merdes ?

— Qu'est-ce que tu veux que je fasse d'autre ?

Voilà que je hurle toute seule dans mon appartement. Je suis pathétique. J'attrape la boîte de médicaments, j'en sors la plaquette de comprimés et je la regarde en tentant de réfléchir.

Écoute-moi, Lou. J'ai un plan.

Je n'ai pas envie de répondre. Je ne dis rien. Je n'ai pas envie d'écouter non plus. Je tremble. Mes yeux me brûlent. Je regarde toujours les comprimés que je tiens dans ma main. J'ai envie d'appeler le docteur Garnier. Il faut que je lui parle, que je lui explique ce qui m'arrive. Il m'aidera à comprendre et à aller mieux.

Il va te faire interner ! Il va te forcer à reprendre ton traitement !

— Noah me trompe ! Je préfère être abrutie de médicaments que de voir ça !

Il y a une autre solution.

Je m'appelle Lou

Quelle solution peut-il y avoir à tout ça ? J'ai si mal. Le souvenir de cette fille et Noah en train de discuter en se touchant le bras me nargue. Il passe en boucle dans ma tête. Je fonds en larmes, les doigts crispés sur la plaquette de comprimés.

Lou, jette ces médicaments. Laisse-moi t'aider.

Je déplie mes doigts et regarde encore la plaquette de médicaments. Je suis complètement déboussolée. Je ne sais plus quoi faire. Je ne sais pas quoi penser. Qu'est-ce que je dois faire ? J'ai mal. J'ai envie de crier. J'ai si mal au cœur. Noah me trompe.

Tu vas te créer un compte. Tu vas regarder si tu trouves la blonde dans ses amis. Tu vas fouiller et trouver qui c'est. Ensuite, on avisera.

C'est ça, le plan ? On avisera. Aviser quoi ? Regarder cette blonde me piquer l'homme de ma vie, sans rien faire ? Ce n'est pas un plan. C'est juste un moyen de me faire encore souffrir. Je ne veux plus souffrir. Je ne veux pas perdre Noah. Je veux qu'il quitte cette fille. Je veux qu'il ne pense qu'à moi. Une boule de larmes monte dans ma gorge et mes yeux deviennent humides. J'ai si mal au cœur !

Je ne te laisserai pas tomber. Je ne veux que ton bien. Je suis la seule à vouloir ton bonheur.

Je sanglote pour de bon, cette fois. J'ai le cœur en mille morceaux. Je pensais que Noah pourrait être l'homme qui m'est destiné. Je pensais qu'il serait la personne à souhaiter mon bonheur. J'ai tellement mal au cœur. Ma poitrine semble compressée, je respire difficilement.

Je ne sais pas si je peux croire la voix. Elle me dit

Je m'appelle Lou

qu'elle a un plan, qu'elle ne va pas me laisser tomber. Elle dit vouloir mon bonheur mais qu'est-ce qui me prouve que c'est vrai ? La voix a voulu que je mette fin à mes jours, quand j'étais seulement une adolescente. Elle m'a poussée à me faire du mal. Maintenant, elle me dit qu'elle m'aidera. Je ne sais pas si je peux lui faire confiance.

Je vais tout faire pour que Noah reste avec toi. Je serai avec toi tout le temps, maintenant. Je ne pars plus.

Mais cette fille ! Putain ! J'ai vu comme il la regardait. J'ai vu la façon dont il posait ses yeux sur elle. J'ai vu comme elle le charmait. OK, Alicia a raison, elle se maquille beaucoup trop. Mais elle a du potentiel. Je l'ai vu. J'ai vu qu'elle pouvait être jolie sans tout ce maquillage. Plus jolie que moi.

Noah est ton homme. Tu auras des enfants avec lui. Toi et moi, on va dégager cette blonde de pacotille. Fais-moi confiance.

Je sens mes larmes se tarir. La voix semble sincère. Elle a vraiment l'air de prendre cette histoire à cœur. Elle semble aussi déçue et blessée que moi. Peut-être qu'elle veut vraiment mon bien. Peut-être qu'elle veut vraiment que je sois heureuse. Peut-être que je devrais l'écouter. Je crois que cette fois, elle est sincère. Je crois que la voix veut vraiment m'aider.

Jette tous tes médicaments et occupons-nous de ton compte sur les réseaux.

J'ouvre la poubelle, dans un état second et balance la plaquette dedans. Je prends ensuite ma boite qui contient toutes les autres pilules et la vide à son tour dans la poubelle. Je referme le couvercle en prenant une profonde inspiration. Je m'essuie les yeux et me mouche.

Je m'appelle Lou

J'en ai marre que tout le monde se moque de moi. Alicia semble trouver drôle de me voir seule, le docteur Garnier semble trouver normal que je n'ai aucune relation avec un homme. Bernard ne prend plus de mes nouvelles. Il doit être content d'être débarrassé de sa folle de nièce. Je dois être folle.

Moi, je suis là. Je ne te mens pas. Tu n'es pas folle. Je suis la seule à être là pour toi.

C'est vrai. Je la crois à présent. C'est la voix qui m'a poussée dans les bras de Noah. C'est elle qui m'a aidée à le charmer. C'est elle qui me rassure quand j'ai peur qu'il me laisse. Encore une fois, elle est là. Elle va m'aider. Pourquoi je n'ai rien vu avant ? Elle est la seule personne sur qui je peux compter. Elle veut mon bonheur. Elle est mon ange-gardien.

Occupons-nous de ce compte, maintenant.

J'accepte d'un signe de tête et je retourne m'asseoir devant mon ordinateur, le cœur un peu moins lourd. Je crée mon compte en quelques minutes seulement. Ça va vite. Maintenant, il faut que je me familiarise avec tout ça.

Je surfe un peu, je regarde comment ça fonctionne. Ce n'est pas spécialement compliqué, les gens publient des images avec des textes. J'aime des publications, au hasard. J'adore les séries, je trouve une page qui ne parle que de ça. J'aime toutes les publications. C'est marrant, les réseaux sociaux, finalement. Je me balade sur les pages et je ris même devant des publications drôles.

Lou, reste concentrée. Trouve le profil de Noah maintenant.

C'est vrai ! Je suis trop curieuse. Je me suis éloignée de mon objectif. Quand Noah dort à la maison, j'aime regarder dans ses poches et son portefeuille. C'est

Je m'appelle Lou

important de tout savoir de celui qui partage notre vie, pas vrai ? Je connais son numéro de sécurité sociale par cœur, je connais son nom et son prénom, son adresse qui est écrite sur la carte grise de sa voiture, sa date de naissance. Je sais beaucoup de choses de lui. Je connais même son pseudo sur les réseaux, il me l'a dit.

Je tape dans la barre de recherche et je trouve son profil du premier coup. La photographie qu'il a utilisée est superbe. Il est beau, il se tient droit, debout devant un mur de pierres blanches. Il porte un costume, il semble être à un mariage. Il sourit. Bref. Tout son profil est public, je regarde ses photos, ses vidéos, je passe tout au crible. J'ai envie de mettre un cœur sur toutes ses photos pour montrer qu'il m'appartient.

Non, pas pour l'instant. Regarde qui a aimé ses photos. Regarde ses abonnés.

J'obéis en silence, concentrée sur ma tâche. Je commence par les abonnés. Il y a beaucoup de femmes. Pourquoi a-t-il plus de femmes que d'hommes ? Je fais défiler leurs noms, sans prendre la peine de regarder leurs photos de profils. Elles sont trop nombreuses. Je vais ensuite sur ses publications et je vérifie qui a aimé. Je la trouve très vite.

Trouvée ! Eva ! C'est bien un prénom de peste !

Je suis d'accord. Son profil est digne du genre de filles que je déteste. Toutes les photos sont retouchées, ça se voit. Elle met des filtres à outrance.

Maintenant, Lou, on va réfléchir à un moyen de pouvoir approcher cette salope !

Je suis toute ouïe. J'ai hâte de savoir la suite du plan de la voix.

Je m'appelle Lou

Je m'appelle Lou

-8-

SEPTEMBRE 2021

Je lève les yeux de mon travail pour jeter un regard autour de moi. Aujourd'hui, il n'y a pas de responsable et ça se voit. Les filles discutent, elles se baladent à travers l'usine comme si elles étaient en train de faire du tourisme. Elles semblent ici pour s'amuser et discuter alors qu'on a un travail à faire. Je ne supporte pas leur attitude. Elles flânent et rient, elles bavardent et pendant ce temps, la production n'avance pas. Quand on travaille, on doit faire preuve de discipline. J'ai presque terminé de contrôler les fermetures éclairs que m'a déposées Fanny ce matin et elle ne m'en a toujours pas ramené d'autres.

On n'est pas ici pour bavarder. Nous sommes payés pour effectuer un travail et je trouve ça inadmissible de toutes les voir rire et se promener comme si elles n'avaient rien à faire. Je bouillonne intérieurement. J'ai envie de me lever. J'ai envie de leur hurler dessus. Je voudrais leur crier de retourner à leur poste et d'effectuer leur travail.

Pense à Noah. Vous avez passé une bonne soirée, hier.

Je souris sans me soucier du fait qu'on puisse me voir. Cette simple remarque me calme immédiatement. Merci la voix. C'est vrai. Hier soir, j'ai envoyé une photo suggestive à Noah, juste pour voir s'il allait débarquer. Une heure après, il était à la maison, en train de me faire l'amour sauvagement.

C'est bien la preuve qu'il se fout de cette blonde insipide !

Je ne veux pas penser à elle. Je ne veux pas imaginer qu'il la voit encore, qu'il fait des choses avec elle, ça me rend ivre de colère. Il est à moi, c'est mon homme, celui de personne d'autre.

Noah est à toi. Eva n'est qu'une pauvre fille. Continue de la garder à l'œil.

C'est ce que je fais. J'ai bien pris mes marques sur les réseaux sociaux et je me débrouille même plutôt pas mal. J'ai établi le contact avec Eva. En réalité, ce n'était pas bien compliqué, on aime les mêmes choses, on commente les mêmes choses, elle et moi. On communique par messages privés tous les soirs et on a même échangé nos numéros de téléphone. Sois proche de tes ennemis. C'est ce qu'on dit, non ?

Pour le moment, elle ne m'a pas parlé de sa vie privée. J'ai essayé de la questionner, je lui ai parlé de ma propre vie, je lui ai parlé de ma relation avec Noah. Je ne voulais pas vraiment le faire. C'est mon histoire, ma vie, ça ne regarde personne. Pourtant, la voix m'a conseillée de me confier à elle. Il fallait la mettre en confiance. Il faut qu'elle suppose qu'on est vraiment amies. Alors, j'ai

Je m'appelle Lou

raconté mon histoire avec Noah. J'ai énormément parlé de lui. Je lui ai dit à quel point il est beau. Je lui ai dit à quel point notre relation est merveilleuse. Elle sait à quel point je l'aime. Mais elle, elle ne me raconte rien.

Je suis sûre qu'elle sait qu'il est avec toi. Elle est dégoûtée de ne pas pouvoir l'avoir, c'est tout.

C'est une certitude, elle ne l'aura pas. Noah et moi, c'est pour la vie.

Je me lève et me dirige vers les toilettes. J'entre dans une cabine et je rabats le couvercle pour m'asseoir. On fait toutes ça, quand on a besoin d'une pause et que les chefs sont là, on feint une envie d'uriner pour souffler cinq minutes. Je garde le même réflexe, même si aucun chef n'est là aujourd'hui. Ça m'évite d'entendre toutes ces dindes ricaner à m'en donner la migraine.

La porte des toilettes s'ouvre et je les entends entrer. A priori, elles sont trois. Elles utilisent les lavabos car j'entends l'eau couler alors qu'elles discutent sans penser que je peux les entendre.

— Tu as vu comme Lou a l'air heureuse, en ce moment ? Dit la première.

Je sursaute en entendant mon prénom. Je reconnais la voix d'Édith, c'est la peste de l'usine. Elle parle sur tout le monde, tout le temps. Elle ne doit pas avoir une vie bien passionnante pour faire cela. Moi, je ne m'occupe pas d'elle. Pourquoi s'occupe-t-elle de moi ?

— Elle est bizarre, cette nana, remarque une autre.

Marion. J'ai envie de rire. Marion est une vieille fille laide comme un pou. Elle me trouve bizarre. Au moins, je suis jolie. Idiote !

Je m'appelle Lou

— Tu dis ça parce qu'elle ne vient jamais aux soirées de l'usine, reproche la dernière.

C'est Carine, une des dernières arrivées. Elle a mon âge. Elle me paraît gentille. Jamais une remarque désagréable sur les autres. Toujours polie, toujours souriante.

— Je suis sûre qu'elle cache un truc, elle n'est pas claire ! Insiste Marion.

— Mais non ! Contredit Carine. Elle est discrète, c'est tout !

— Non mais tu as vu comment elle regarde tout le monde de travers ? Demande Marion. On dirait qu'elle veut tuer quelqu'un !

Édith éclate de rire. Ça ne me fait pas rire du tout, moi. Je déteste qu'on parle de moi. Je déteste être jugée. Je sais ce que les gens pensent en me voyant mais l'entendre, ça fait mal. Et ça m'énerve. J'ai envie de sortir de ma cabine pour lui demander de me répéter tout ça en face.

Tu devrais lui mettre une baffe dans la gueule à cette conne !

La voix a raison. Marion mériterait que je sorte de ma cachette et que je lui refasse le portrait. Je n'entends pas la réponse des autres, on dirait qu'elles lui font la morale mais je n'en suis pas sûre. Le bruit du séchoir à main couvre leurs voix. Ensuite, j'entends la porte s'ouvrir puis se refermer. Elles sont sorties.

J'ai le cœur qui bat à coups sourds dans ma poitrine et je tremble. Mes oreilles bourdonnent. Je suis furieuse. Ma gorge est serrée, comme si quelque chose bloquait ma respiration. Il faut que je me calme avant de sortir ou je vais être violente.

Je m'appelle Lou

Et alors ? Elle le mérite ! Elle cherche à te faire sortir de tes gonds !

Je prends une profonde inspiration et je sors enfin de ma cabine. Je me lave les mains et me passe de l'eau sur le visage. Je suis un peu à fleur de peau en ce moment. Je dors très peu. Je sais que c'est le manque de médicaments. J'ai tout jeté, je n'en prends plus. Il faut que mon organisme s'habitue.

Je suis tendue depuis que j'ai totalement arrêté mon traitement. Je sens bien que je suis irritable. Quand j'étais hospitalisée, le docteur Garnier m'a expliquée que c'était un traitement lourd qui inhibait mon système nerveux. Ce genre de traitement peut avoir des effets néfastes s'il est arrêté trop brusquement. Le docteur Garnier m'a souvent dit qu'il fallait réduire les doses avant de l'arrêter. C'est pour ça qu'il m'avait demandé de ne prendre que deux comprimés par jour. Je ne l'ai pas écouté. Je suis plus forte que toutes ces drogues. Je gère. J'ai réussi à tout arrêter sans être en manque. Je suis juste un peu plus irritable que d'ordinaire. Bon, peut-être beaucoup plus parce que là, je suis en rogne.

Je sors des toilettes et marche vers mon poste de travail en regardant droit devant moi. Je me sens épiée, comme si tous les regards étaient braqués sur moi. Je déteste cette sensation. Je n'aime pas qu'on m'observe.

Elles sont jalouses. Tu es heureuse, ça se voit.

Qu'elles me foutent la paix, surtout !

Je rejoins mon bureau et prend un ZIP que je place sous la loupe pour le vérifier. J'essaie de me concentrer mais je n'y arrive pas, j'ai l'impression d'être observée. Je

Je m'appelle Lou

pose le ZIP avec aplomb et lève les yeux de la loupe. Mes yeux se posent sur Marion qui se tient près de mon poste de travail. Elle me toise d'un air qu'elle doit croire amical. Mais je ne suis pas dupe.

Quel laideron !

Elle me fait un sourire hypocrite et pose sa main sur mon bureau. Je baisse les yeux vers ses doigts boudinés par ses bagues. Elle a mis un vernis rouge criard sur ses ongles beaucoup trop courts. C'est laid et ridicule. Je relève les yeux vers son visage grassouillet pour lui jeter un regard meurtrier.

Frappe-la !

— Qu'est-ce que tu veux ? Je demande.

Elle tique au ton que j'emploie mais se force à garder son sourire ridicule plaqué sur ses lèvres fines. Ses cheveux roux partent dans tous les sens autour de son visage. Ses yeux de fouine me scrutent avec curiosité. Elle transpire alors que la température de l'usine est supportable aujourd'hui. J'ai envie de gerber juste à la regarder.

— Je te trouve bien en forme, en ce moment, dit-elle d'une voix si fausse que j'en ai la nausée. Tu as des secrets ?

— En quoi ça te concerne ? Répliqué-je, agressive. On n'est pas amies, toi et moi.

Elle accuse le coup sans me quitter des yeux. Moi, je suis encore plus sur les nerfs. Je ne croyais pas que ce soit possible. Les bavardages autour de nous m'agacent. Il y a beaucoup de bruit. En plus, Marion est trop près de moi. Sa présence m'indispose. Je voudrais qu'elle recule. Je veux qu'elle me laisse tranquille.

Je m'appelle Lou

— Allez ! Insiste-t-elle. Raconte-moi, Lou. Pourquoi es-tu si rayonnante, ces derniers temps ? Tu as rencontré un homme ?

Elle veut te piquer Noah, elle aussi !

Je prends le temps de respirer pour me détendre. Elle n'a aucune chance avec Noah. Il n'y a que dans les films que la fille moche finit au bras du beau mec. Dans la vraie vie, ça n'arrive pas.

Dommage, la vilaine !

Je souris. Bien dit, la voix.

— C'est moi qui te fait sourire ? S'intéresse Marion en touchant ma loupe du bout des doigts.

— Va travailler ! Ordonné-je avec virulence.

Elle me fusille du regard. Je la vois prendre son élan et elle met un coup dans la loupe qui se décroche de son socle et éclate en morceaux au sol, à mes pieds. C'est quoi son problème à celle-là ?

Frappe-la !

Je me lève d'un bond et je la pousse violemment, tremblante de rage. Je ne sais pas ce qui me prend mais j'ai envie de lui faire mal. Je ne supporte plus de la voir face à moi. Je ne supporte pas qu'on touche à mes affaires.

— Tu es folle, ou quoi ? Hurle-t-elle en s'approchant de moi.

— Dégage de là !

Sans la quitter des yeux, je sais que tous les employés sont en train de se regrouper autour de nous. Ils aiment bien les disputes. Il n'y a plus de bruit, dans l'usine. Quant à moi, je tremble de tous mes membres. J'ai envie de la tuer. Vraiment.

— Ton mec devrait mieux te baiser, je te trouve

Je m'appelle Lou

tendue, déclare Marion avant de se tourner pour partir.

DÉFONCE-LUI LA GUEULE MAINTENANT !!!

Je contourne mon bureau et rattrape Marion en deux enjambées. Les cris de la voix font encore monter le niveau de colère qui pulse dans mes veines. Marion ne semble pas avoir remarqué que je suis dans son dos. Je lui agrippe le poignet avec force pour la faire pivoter. Elle me jette un regard furibond et essaie de dégager son bras mais je resserre mon étreinte. Une grimace de douleur lui déforme peu à peu le visage.

PÈTE-LUI LES DENTS !

Entre ma haine et les hurlements de la voix dans ma tête, je suis totalement déconnectée de la réalité. Je vois rouge, je suis en transe. Je prends mon élan et, de ma main libre, je lui colle une violente gifle en plein visage. Elle pousse un cri de surprise et tire sur son bras d'un geste vif, me faisant lâcher prise.

— Lou ! M'interpelle Fanny dans mon dos. Arrête !

Ne l'écoute pas ! La vilaine se moque de toi ! Elle raconte des choses fausses sur toi ! Elle te provoque depuis tout à l'heure ! Montre-lui que tu n'es pas sa copine !

Je ferme un instant les paupières autant pour tenter de me calmer que pour faire taire la voix. Marion me pousse avec violence. Je rouvre les yeux pour la regarder avec fureur.

— Espèce de tarée ! Hurle-t-elle en me poussant une nouvelle fois. Tu es folle, ma parole ! Bonne à enfermer !

— Arrêtez ! Ordonne Fanny d'une voix forte.

Tu vois ! Elle veut que tu te fasse de nouveau interner,

Je m'appelle Lou

comme ça, elle pourra te prendre Noah.

Mes joues se mouillent sans que je ne me rende compte que j'avais envie de pleurer. Je ne veux pas retourner à l'hôpital. Je secoue la tête et me jette sur Marion en grognant. Je vais la tuer. Je lui attrape les cheveux des deux mains et je lui secoue tellement fort la tête qu'elle se met à crier. Je tire un grand coup vers le bas et la fais tomber la tête la première sur le sol en béton.

Je ne retournerai pas en hôpital psychiatrique. Je ne serai plus enfermée. Je la frappe si fort au visage que mes mains me font mal. Je déverse ma haine sur elle, je lui mets des coups de poings, des coups de pieds, des gifles. Chaque coup que je lui donne me soulage un peu plus. Espèce de peste ! Tu veux me voler mon homme ? Il est à moi ! Tu veux qu'on m'enferme pour me voler mon Noah ? Je ne te laisserai pas faire !

C'est bien, Lou. Ne te laisse pas faire !

Je frappe encore et encore. Je me défoule sur elle. Je lui griffe le visage et les mains quand elle essaie de me repousser. Je lui arrache les cheveux par poignées. Je n'ai plus conscience de ce qui m'entoure, je n'ai plus conscience de mon corps. J'imagine Eva à sa place. J'imagine Noah en train de lui sourire et la regarder comme si elle était la plus belle femme au monde. J'imagine Noah en train d'embrasser Marion.

Elles veulent toutes me le voler. Elles sont toutes jalouses de moi et de ma relation avec Noah. Il est à moi ! Il n'est à personne d'autre ! Personne ne doit l'approcher ! Je ne suis pas folle !

Tout le monde est contre toi. Je suis la seule à qui tu peux faire confiance.

Je m'appelle Lou

Les larmes me brûlent les yeux. La voix a raison. Elle est la seule en qui je peux avoir confiance. Je ne peux croire personne. Tout le monde est contre moi.

Soudain, des bras puissants m'attrapent sous les aisselles et me soulèvent de ma victime comme si je ne pesais rien. Je lâche Marion pour tenter de me débattre de la personne qui me maintient en retrait.

Je reprends peu à peu conscience de mon corps, de mon environnement. Toutes les filles de l'usine semblent médusées, elles me regardent comme si j'étais un monstre. Marion est au sol, son nez saigne, ses cheveux sont dressés sur sa tête, elle sanglote. Fanny me regarde d'un air triste, Alicia a une main sur sa bouche, signe qu'elle est choquée. Je tourne la tête vers l'homme qui me tient encore par les deux bras. C'est un agent de sécurité. J'avais carrément oublié qu'on en avait.

Tout le monde a l'air d'avoir vu un fantôme. L'agent de sécurité me traîne derrière lui sans ménagement. Je lève les yeux vers le bureau de la direction, m'attendant à ne voir personne. Après tout, les filles ont passé leur journée à bavarder et se balader au lieu de travailler, il n'y a donc pas de directeur non plus. Si. Il est là. Debout face à la fenêtre de son bureau qui donne sur l'atelier. Il me fusille du regard.

Tu l'as bien démontée, cette connasse !

Je soutiens le regard du directeur encore une poignée de secondes et je balaie l'atelier des yeux. Tout le monde m'observe d'un air effrayé. Moi qui déteste être remarquée, je suis servie. Je vois Fanny qui aide Marion à se relever, elle tient à peine sur ses jambes.

Tu aurais dû la tuer !

Je m'appelle Lou

Soudain, je trouve cette situation extrêmement drôle. Mon amie aide cette peste à se relever. On me regarde comme si j'étais une bête de foire. Moi qui ai toujours voulu passer inaperçu, je suis à présent le centre de toutes les attentions. C'est hilarant !

J'éclate de rire, incapable de me retenir. Je ris si fort que les larmes me montent aux yeux et que ma respiration est coupée. Je suis en fou rire quand j'arrive au bureau du directeur de l'usine. Il me regarde d'un air froid jusqu'à ce que j'arrive à calmer mon hilarité.

— Mademoiselle Calvas, dit-il d'une voix glaciale. Pouvez-vous m'expliquer ce qui vient de se passer ?

Bah tu ne l'as pas vu ? Elle vient de lui mettre sa raclée à cette vilaine !

J'éclate de rire à nouveau. Je n'aurais pas mieux résumé la situation. Merci, la voix.

Je m'appelle Lou

Je m'appelle Lou

-9-

Mercredi, 14h30. J'arrive devant le magasin pile à l'heure. J'entre dans la grande surface d'un pas nonchalant, c'est encore une belle journée, il fait encore beau, le soleil est encore de la partie et moi, je vais croiser Noah dans ce magasin.

Il va être tellement content de te voir !

Bien sûr qu'il va être content. Je ne l'ai pas contacté depuis presque deux semaines. Depuis notre dernière soirée. Depuis la veille de ma mise à pied. Il ne m'a pas contactée non plus, cela dit, mais peu importe. Aujourd'hui, on va se croiser et il va se souvenir à quel point il tient à moi.

C'était prévisible, après la bagarre avec Marion, j'ai été mise à pied pour un mois. Je dois voir un psychiatre pour être autorisée à reprendre le travail. Le directeur ne sait pas ce qui l'attend. Il est hors de question que je voie qui que ce soit. Je ne veux pas qu'on me force à reprendre un traitement. Je n'ai jamais été aussi bien et alerte de toute ma vie.

Tu es enfin toi-même !

Je m'appelle Lou

Oui, et c'est grâce à elle. La voix m'aide, elle me soutient, elle me comprend. Elle et moi, c'est une évidence. On est comme les deux faces d'une même pièce. On est différentes mais l'une ne peut exister sans l'autre. Prendre tous ces traitements, c'était comme me tuer à petit feux. Comme la tuer, elle.

Être mise à pied a de nombreux avantages. Déjà, j'ai beaucoup de temps libre. Je peux passer du temps sur les réseaux sociaux et parler avec Eva. Elle pense que je suis son amie. Elle ne sait pas que je veux juste la garder à l'œil.

Et faire en sorte qu'elle n'approche pas Noah.

En plus, j'ai enfin réussi à connaître l'emploi du temps complet de Noah. Je sais à quelle heure il part travailler, à quelle heure il sort le soir. Je sais ce qu'il mange. La plupart du temps, il rentre avec un sac de fast-food. Je sais à quelle heure il se couche. Je sais à quelle heure il se lève. Il fait ses courses tous les mercredis dans la même grande surface.

J'ai passé des journées entières à le suivre pour connaître le plus de choses possible sur lui. Je n'ai rien d'autre à faire, de toute façon. Et puis, c'est ce que doit faire une femme pour son homme, non ? Il faut être présente. Il faut le connaître par cœur pour savoir comment le rendre heureux. Alors je joue mon rôle à merveille. Je suis allée le voir devant son travail, j'ai attendu qu'il sorte le soir. J'ai suivi ses déplacements pour connaître ses lieux favoris, ses habitudes. J'ai même passé plusieurs nuits entières en bas de son immeuble pour être sûre qu'il dormait toute la nuit.

Je m'appelle Lou

Je me balade dans les rayons du magasin en souriant. Je me sens bien. Tout se passe parfaitement bien. J'ai réussi à tenir deux semaines sans contacter Noah. Il me manque. Je suis sûre que je dois lui manquer aussi.

Évidemment que tu lui manques ! Il va être heureux de te voir !

Je souris en m'arrêtant devant le rayon boulangerie. La voix est adorable avec moi. Elle ne me laisse pas tomber, elle continue de m'encourager sans cesse. Je ne sais pas ce que je ferais sans elle.

Je jette un coup d'œil en coin vers l'entrée du rayon. Mon cœur s'affole dans ma poitrine. Il est là. Qu'est-ce qu'il est beau ! Il marche vers moi sans sembler me voir. Il tient un panier d'une main et pianote sur son téléphone de l'autre main.

Il parle avec elle, j'en suis sûre ! Lou ! Tu dois faire en sorte que cette salope le lâche !

Patience. Ils ne sont pas ensemble. Pendant mes heures de surveillance, j'ai toujours vu Noah seul. Il ne voit pas Eva régulièrement.

Qu'est-ce que tu en sais ? Peut-être qu'il va chez elle. Toi, il vient te voir chez toi !

Peut-être mais je passe mes soirées à parler avec Eva. Si elle voyait quelqu'un, je le saurais. Elle me fait confiance. Elle pense qu'on est amies. Elle me l'aurait dit. Je sais qu'elle m'en aurait parlé.

Je prends une baguette et me tourne à l'instant où Noah arrive à mon niveau. Il lève les yeux de son téléphone et me regarde avant de reporter son attention sur son écran. Une seconde passe et il me regarde à nouveau, l'air surpris. Je lui souris de toutes mes dents. Il est encore plus beau que la dernière fois qu'on s'est vus. Il range son téléphone dans sa poche et me sourit sincèrement.

Tu vois ! Je te l'avais dit ! Il est content de te voir !
Je savais que je lui manquais.
— Tiens ! Quelle surprise ! Dis-je en lui touchant le bras d'un geste tendre. Tu fais tes courses ici ?
— Oui, répond-il en souriant toujours. Tu ne travailles pas ?

Mens ! Ne lui dis pas que tu as été mise à pied !
— Je suis en vacances. J'avais des jours à récupérer. Comment vas-tu ?

Il détourne le regard un instant et me sourit à nouveau.
— Bien, bien... Toujours très occupé. Tu as l'air en forme.

Tu as vu comme il te mate ! Il est dingue de toi !
Je vois, oui. Je vois ses yeux qui se baladent sur mon corps et son expression lubrique alors qu'il lorgne ma poitrine. Je souris un peu plus, fière de l'effet que je lui fais.
— Je vais très bien, je confirme. C'est marrant qu'on se croise, je pensais à toi, en plus !
— Ah oui ? Demande-t-il d'un air intéressé.
— Oui, avoué-je en me mordant la lèvre. Ça fait un moment que tu n'es pas passé me voir...

Il semble vouloir parler mais il ouvre la bouche avant de la refermer. Il jette un regard derrière moi puis reporte son attention sur moi.
— Tu pourrais passer à la maison ce soir, je propose en lui faisant un sourire charmeur. Je pourrais te

Je m'appelle Lou

préparer un petit truc à manger.

Il détourne le regard et balaie le magasin des yeux d'un air mal à l'aise.

Putain ! Il va refuser !

Non. Il ne va pas refuser. Il tient à moi. Je lui plais. Je le vois. Je lui manque, j'en suis sûre.

— J'ai déjà un truc de prévu ce soir, dit-il dans un souffle. Ça aurait été avec plaisir, vraiment...

— Oh ! Je réponds.

Je ne sais pas quoi dire d'autre. Je ne pensais pas qu'il allait refuser. Il n'a même pas l'air déçu de refuser mon invitation. Je suis sous le choc.

C'est Eva. Je t'avais dit que cette salope lui avait mis le grappin dessus !

On se calme. Ce n'est rien. Eva, j'en fais mon affaire.

— Peut-être une autre fois ! Propose Noah en évitant de croiser mon regard.

Je me force à sourire en hochant la tête. Je n'arrive plus à parler. J'ai l'impression d'avoir une boule dans la gorge. Je ne m'attendais vraiment pas à ça. Il faut que je me calme. On se verra une autre fois, il vient de le dire.

Tu parles ! Il va la sauter et te zapper !

— Je dois y aller, reprend Noah en sortant son téléphone de sa poche. Bonne journée, Lou !

Je hoche de nouveau la tête et le regarde partir en pianotant de nouveau sur son téléphone. Il faut que je rentre à la maison. Maintenant.

Là, ma cocotte, il va falloir mettre les bouchés doubles !

Je sais comment faire. Il est temps de rencontrer Eva.

Je pose ma baguette avec mauvaise humeur sur la

Je m'appelle Lou

table de ma cuisine. Je suis énervée. Noah m'a regardée comme il le fait toujours. Avec envie. Donc je lui plais toujours, je le sais. En revanche, il a refusé mon invitation.

Parce qu'il a rencard avec l'autre salope !

Tais-toi ! Je sais qu'il doit la voir ! Tu me parles comme si j'étais la dernière des idiotes ! Je ne suis pas bête ! Je me force à respirer calmement et lentement. Il faut que je me calme. Il faut que je reste concentrée.

Je prends mon ordinateur et je vais m'asseoir sur le canapé. Je l'allume et je vais directement sur les réseaux sociaux. Eva est connectée. Je lui envoie un message banal, lui demande comment elle va. Elle répond presque immédiatement et me dit qu'elle va plutôt bien. Je discute quelques minutes avec elle, en jouant sur les émoticônes pour lui faire sentir que je ne suis pas en super forme.

Je suis assez fière de moi parce qu'elle semble voir que ça ne va pas. Elle me raconte des blagues et m'envoie des mèmes pour me remonter le moral. Je continue de l'accaparer pour être sûre qu'elle n'ait pas le temps de se préparer pour un éventuel rendez-vous.

C'est bon signe qu'elle réponde aussi vite. Peut-être que ce n'est pas elle qu'il doit voir ce soir. Peut-être qu'il doit juste aller voir des amis.

Tu cherches des excuses. Parce que tu sais qu'il va te remplacer.

Non. Je ne lui laisserai pas cette opportunité. Noah est à moi. C'est mon homme. Il n'est à personne d'autre.

Je continue de discuter avec Eva. Il est presque 19h quand elle m'explique qu'elle a un rendez-vous ce soir, qu'elle doit partir d'ici une heure. Je ne sais vraiment pas comment faire en sorte de la retenir. Je ne veux pas

Je m'appelle Lou

qu'elle aille à ce rendez-vous parce que je sais que c'est Noah. La voix a raison. Il essaie de me remplacer. Je ne dois pas le laisser faire. Eva ne doit pas passer la soirée avec Noah. Je dois l'en dissuader. Je lui dis que je ne vais vraiment pas bien. Que j'ai besoin de voir une amie. Comment lui faire comprendre que je veux la voir, elle ?

Dis-lui que tu crois que ton mec te trompe.

Oui, c'est une bonne idée ! Merci. Je m'exécute. La réponse ne tarde pas. Elle me demande de lui laisser deux minutes. Elle va m'appeler.

Quand mon téléphone se met à vibrer, je suis rassurée. Je suis même presque contente de pouvoir lui faire confiance. Elle m'a dit qu'elle m'appellerait, elle le fait.

Ne va pas faire ami avec l'ennemi, Lou !

— Raconte-moi, ma belle, me dit Eva d'une voix douce dans le combiné.

Une salope veut me piquer mon mec !

Je lève les yeux au ciel à cette remarque. Je ne peux pas le tourner comme ça. La voix est parfois un peu trop cache. Heureusement que je suis là pour arrondir les angles.

— Mon copain et moi, on est ensemble depuis plusieurs mois, dis-je doucement. Depuis quelques semaines, il est assez distant.

— Tu m'as déjà parlé de ton copain, dit Eva d'une voix toujours aussi bienveillante. Tout semblait bien aller, pourtant. Tu lui as demandé ce qu'il a ?

Comme s'il allait te dire la vérité ! Quelle cruche, celle-là !

Arrête un peu avec tes commentaires ! Laisse-moi réfléchir. Dans les séries, les couples communiquent sur

Je m'appelle Lou

ce qui ne va pas. Quand une femme en veut à son compagnon, elle lui raconte ses craintes et il la rassure. Parfois, il ne le fait pas et la plupart du temps, c'est quand il a quelque chose à se reprocher. Il faut que je m'inspire de toutes les séries que je regarde. Je dois trouver une parade pour qu'elle croie à mon histoire.

— Il me dit que je suis parano. Je suis sûre qu'il voit une autre femme.

— Mais non, ma chérie, me rassure Eva.

Putain ! Lou ! Mets-y du tien ! Tu n'es pas crédible !

Je soupire. Je repense à ce jour où je les ai vu, Noah et Eva, au parc, à discuter. La colère monte en moi par vagues. J'ai envie de pleurer.

Oui ! Pleure !

Je sens ma gorge qui se contracte et les larmes viennent s'accumuler dans mes yeux.

— Il n'est plus pareil, dis-je d'une voix étouffée. J'ai peur qu'il ait une autre femme en vue. J'ai peur qu'il me trompe.

Voilà ! Là, on croit à ton histoire !

J'entends le téléphone d'Eva vibrer. Elle soupire et me demande de patienter pendant qu'elle répond à un message. J'ai envie de hurler.

Tu penses toujours qu'elle tient à toi ? Cette pimbêche se tape Noah, j'en suis sûre !

Je crois que tu as raison, la voix. Je crois que Noah doit vraiment voir Eva, ce soir. Ça me donne envie de vomir. J'ai envie de hurler. Comment faire pour qu'elle le quitte ?

— Je suis désolée, reprend Eva après un silence. Je n'aime pas te savoir aussi mal.

Je m'appelle Lou

Je renifle bruyamment. Je suis dépassée. J'ai envie de pleurer pour de bon cette fois. Elle parle avec Noah. Elle va me voler mon homme. Je suis triste et en colère. Il faut que j'arrive à les séparer. Il faut que je la force à annuler leur rendez-vous de ce soir. Comment je pourrais la convaincre ? Réfléchis, Lou. Réfléchis. J'ai une idée !

Supplie-la de venir te voir !

— Je vais boire un verre et me coucher, annoncé-je en forçant sur ma voix pour qu'on entende des larmes. Profite de ta soirée !

Tu es malade ou quoi ? NON !

J'ignore la voix et je raccroche d'une main tremblante.

— Elle va me rappeler, dis-je à haute voix en essuyant les larmes qui viennent de couler sur mon visage.

N'importe quoi ! Tu lui as donné ton approbation pour se taper ton mec ! Espèce de conne !

— Elle va me rappeler, insisté-je en gardant les yeux fixés sur mon téléphone.

Pauvre conne !

Mon téléphone annonce l'arrivée d'un message. Je le lis en souriant, les yeux encore embués. J'ai réussi. Mon idée a marché.

Ne fais plus ce genre de choses sans mon accord !

Eva : *J'ai annulé mon rendez-vous. Je pars de chez moi. J'arrive chez toi dans un quart d'heure. À tout de suite.*

Je souris de plus belle en répondant au message. Alors, qui est la plus maline, maintenant ?

Je m'appelle Lou

Je m'appelle Lou

-10-

Je remercie Eva avec un sourire et je descends de sa voiture. Il est près d'une heure du matin, c'est clair qu'elle ne va pas aller rejoindre Noah maintenant. J'ai réussi à les empêcher de se voir, au moins pour aujourd'hui.
Tu as juste eu de la chance.
Non, j'avais tout prévu. La voix déteste quand je prends des initiatives sans elle. Pourtant, il faut se rendre à l'évidence, j'ai bien géré.
Pour une fois. C'était juste de la chance.
Je secoue la tête en l'ignorant. Peu importe. J'ai réussi. Eva a passé la soirée avec moi. Elle est venue à la maison et m'a proposé d'aller boire un verre. Nous sommes allées dans un bar et on a discuté toute la soirée. Elle avait éteint son téléphone pour être totalement disponible pour moi.
Elle est fausse. Elle joue la comédie.
Je ne suis pas sûre qu'elle joue tant la comédie que ça. Elle avait vraiment l'air de s'inquiéter pour moi. Je lui ai raconté mon histoire avec Noah. Je lui ai parlé de notre relation qui dure depuis plusieurs mois maintenant. Elle

Je m'appelle Lou

avait vraiment l'air de comprendre ce que je ressens.

Quand le bar a fermé, elle m'a proposé de me ramener à la maison. Elle est vraiment gentille. Je suis sûre qu'on pourrait être amies, toutes les deux. Je suis sûre qu'on pourrait bien s'entendre.

Tu n'as pas d'amis ! Je suis la seule à t'accepter comme tu es !

Il vaut mieux que j'ignore la voix. Elle est en colère parce que je ne l'ai pas écoutée. Elle n'aime pas que je prenne des initiatives. Elle n'aime pas que je puisse me débrouiller un peu sans elle. Elle m'en croit incapable. Pourtant, les faits sont là. Noah et Eva n'ont pas pu avoir leur rendez-vous ce soir. Mon plan a fonctionné.

Je monte les escaliers jusqu'à mon appartement en souriant. La voix grogne dans ma tête. Je l'ignore. Quand elle est dans cet état, il vaut mieux ne pas faire attention à ce qu'elle peut dire. Le plus important, c'est que j'ai passé une bonne soirée.

Dans la précipitation de notre départ au bar, je n'ai pas pensé à prendre mon téléphone. Je me presse dans les escaliers pour arriver à mon étage. Peut-être que Noah m'a envoyé un message.

Peut-être qu'il voulait te voir ! Mais tu étais trop occupée avec cette gourde !

Ça va ! Elle n'est pas si gourde que ça. Je trouve presque drôle de voir que la voix pourrait être jalouse d'Eva. Il ne faut pas. Ce sera toujours la voix avant le reste. Elle fait partie de moi.

Arrivée à mon étage, je sursaute en voyant Noah, assis contre ma porte, à même le sol. Il est concentré sur

Je m'appelle Lou

son téléphone et une ride d'inquiétude barre son front. Malgré moi, mon cœur loupe un battement et s'emballe. Je ne m'attendais pas à le voir là.

Il t'a attendue toute la soirée ! Imbécile !

Noah lève les yeux vers moi. Il se redresse avec souplesse pour se remettre sur ses pieds, verrouille son téléphone et le range dans sa poche en me regardant d'un air blasé.

Il est furieux ! Ça se voit !

— Qu'est-ce que tu foutais ? S'emporte-t-il en me fusillant du regard.

— J'étais avec une amie, réponds-je en sortant mes clés de mon sac à main.

Il grogne quelque chose que je ne comprends pas et m'attrape le poignet, m'arrachant un cri de stupeur.

— Tu m'as proposé de passer chez toi, ce soir, rappelle-t-il d'une voix dure. Je me pointe et tu n'es pas là !

S'il savait que tu étais en train de copiner avec sa maîtresse, il t'en mettrait une dans la tronche !

Mais tu vas te taire, oui ! Je n'ai pas copiné avec elle. Elle est attachante, je n'y peux rien ! En plus, Noah n'est pas violent, je le sais. C'est un homme adorable et respectueux. Il ne me ferait jamais de mal.

— Lou ! S'exclame Noah en resserrant son emprise sur mon poignet. Je te parle.

Je le regarde d'un air absent. C'est mignon. Il s'énerve parce qu'il avait vraiment envie de me voir. Tu vois, la voix, je ne suis pas si bête que ça. Je sais moi aussi faire en sorte d'attirer son attention.

— Tu avais d'autres plans, dis-je en baissant les yeux

Je m'appelle Lou

sur ses doigts encerclant mon poignet.

— J'ai annulé pour toi, reproche-t-il.

La voix éclate de rire dans ma tête. Je pourrais rire, moi aussi parce que je sais que c'est faux. Il n'a rien annulé mais peu importe. J'ai fait ce qu'il fallait pour que ce rendez-vous n'ait pas lieu. Il ment mais je lui pardonne. Parfois, on préfère mentir pour ne pas blesser la personne qu'on aime. Noah m'aime. C'est pour ça qu'il me ment. Noah m'aime. Cette affirmation gonfle mon cœur de joie. J'ai envie de le serrer contre moi et de sourire.

— J'étais avec une copine, me justifié-je en me maitrisant du mieux que je puisse le faire.

La voix rit à gorge déployée dans mon crâne. Elle a ravalé ses commentaires désagréables, à présent. Je suis sûre qu'elle est fière de moi. Ses éclats de rire raisonnent dans ma tête. Son hilarité est communicative, j'ai envie de rire aussi. Mais Noah semble vraiment agacé, si je ris, il risque de mal le prendre.

— Tu n'as pas répondu à mes appels, reproche cette fois Noah.

Je lève les yeux vers son visage et je lui souris en m'approchant de lui de manière suggestive.

— Je suis là, maintenant, dis-je d'une voix suave. Laisse-moi sortir mes clés pour qu'on entre chez moi.

Il hoche la tête et lâche mon poignet en baissant les yeux sur ma bouche avant de se mordre la lèvre inférieure. Il est déjà excité. Je sors mes clés, ouvre la porte et entre dans mon appartement, suivie de près par Noah.

Je m'appelle Lou

Et maintenant ? Tu lui dis que tu étais avec sa maîtresse ?
Sûrement pas. Il n'a pas besoin de savoir avec qui j'étais. Qu'est-ce que ça changera, de toute manière ? Il est là. Il est venu me voir. OK, il a menti en me disant qu'il a décommandé sa soirée. Mais je lui pardonne.
On sait toi et moi qu'il s'est fait poser un lapin.
Oui. On le sait. Mais il ne sait pas qu'on sait. Et après tout, qu'est-ce que ça change ? Il est là. C'est ce que je voulais. Je voulais qu'il vienne me voir moi. Pas elle. Il est venu. Il m'a attendue. Il n'est pas parti. Il est dans mon entrée. C'est moi qu'il veut. Pas elle.
Tu me surprends, Lou. Tu apprends vite.
Je vais à bonne école. Tu es mon guide. Grâce à toi, je peux m'en sortir. Je peux faire en sorte que Noah revienne à moi. La preuve. On forme une bonne équipe toutes les deux. Tu n'as même pas besoin de me crier dessus pour que je prenne les bonnes décisions. Tu peux te détendre, la voix. Tout va bien, maintenant. Noah est avec moi.
Il a envie de toi.

— Je t'ai manqué, alors ? Demandé-je en me tournant vers Noah.

Il me regarde de la tête aux pieds avec une expression indéchiffrable. La voix a raison. Il a envie de moi. Ça se voit.

— J'avais vraiment envie de te voir, dit-il en m'attrapant par la taille.

Je souris alors qu'il m'attire à lui pour m'embrasser. Tous mes sens s'éveillent, je suis en transe juste par ce contact. Il me pousse contre le mur et plaque son corps contre le mien. Je passe mes doigts sur ses cheveux courts

Je m'appelle Lou

en souriant contre sa bouche. Je lui ai manqué. Je le savais.
Il faut passer à la vitesse supérieure, Lou !
Je sais. Je dois le rendre fou de moi. Je dois faire en sorte qu'il ne pense à personne d'autre à part moi. C'est le moment de lui montrer tout ce que je sais faire dans un lit.

Je mords la lèvre inférieure de Noah, lui arrachant un gémissement entre le plaisir et la douleur. Il ne lui en faut pas plus. Il me soulève contre lui et me porte jusqu'à mon lit où il me jette sans ménagement.
— Tu veux me rendre dingue, c'est ça ? Demande-t-il en retirant sa veste et son t-shirt avec des gestes rapides.
— J'y arrive ? interrogé-je avant de passer ma langue sur mes lèvres.
Il sourit et se mord la lèvre en détachant sa ceinture.
Il est dingue de toi, Lou ! Ça crève les yeux !
Je me redresse sur mes coudes et je lui jette un regard alors qu'il se débarrasse de ses vêtements sans me quitter des yeux. Il semble en transe, comme un prédateur prêt à foncer sur sa proie d'une seconde à l'autre.
— Je rêve de te posséder depuis que je t'ai vue cet après-midi, dit-il en attrapant ma robe pour la faire passer par-dessus ma tête.
Je suis sûre que l'autre pimbêche ne lui fait pas cet effet !
Je ne pense pas non plus. Il faut quand même que je lui rappelle que je suis la seule à pouvoir le contenter. Il faut qu'il comprenne que je suis celle qu'il lui faut. Il faut qu'il comprenne que lui et moi, c'est pour la vie. Les paroles de la voix me motivent à faire de mon mieux

Je m'appelle Lou

pour montrer ma valeur à mon homme.

J'attrape Noah par le cou et je le pousse sur le lit pour qu'il s'allonge. Je monte à califourchon sur lui pendant qu'il défait mon soutien-gorge. Je me frotte langoureusement contre lui. Il est déjà dur contre moi, il m'attrape les fesses et les malaxe. Je me frotte un peu plus contre lui. Ses yeux se révulsent. Il aime.

Montre-lui ce que tu sais faire, Lou ! Fais en sorte de le rendre dingue de toi !

Motivée par la voix, j'embrasse le cou de Noah et je lui mordille le lobe de l'oreille. Je le sens frissonner sous mes assauts. Je reprends mon chemin et l'embrasse sur le torse. Je le mordille et le lèche, il tremble et il grogne. Je passe ma main entre nos deux corps et je l'empoigne avec vigueur. Il grogne un peu plus et pousse des reins contre ma main.

— Ce soir, c'est moi qui gère, murmuré-je à son oreille.
— Prends-moi dans ta bouche, ordonne-t-il d'une voix grave.

Je souris en continuant mes baisers pour remonter à son cou. J'aspire la peau juste sous son oreille pour le marquer. Il est à moi. Il appuie un peu plus sur mes fesses avec ses mains en suffoquant. Je lâche la peau de son cou pour lui mordiller à nouveau le lobe de l'oreille.

— Dis-moi que je suis la seule, ordonné-je à voix basse.

HAHA ! Bien joué !

— Lou, suce-moi, s'il te plaît, supplie Noah alors que je le caresse toujours.
— Dis-moi que je suis la seule, répété-je d'une voix

dure en resserrant mon poing autour de son membre.

Il gémit de plus en plus. Je veux qu'il comprenne que personne ne lui donnera ce que moi je lui donne. Il faut qu'il prenne conscience que c'est moi, sa femme. Eva ne vaut rien à côté de moi. Elle ne connait pas son corps comme je le connais. Je suis la seule à pouvoir le satisfaire. Je lui lèche le lobe de l'oreille, je le masturbe énergiquement d'une main et mon autre main se balade sur son corps. Il tremble de tous ses membres.

Pousse-le à bout !

— Je pourrais te faire jouir comme ça, dis-je d'une voix rauque à son oreille. Juste en te touchant, sans que tu me possèdes d'aucune sorte. Je pourrais aussi m'arrêter tout de suite et te laisser en plan...

— Lou... grogne Noah d'une voix rauque. J'ai envie de toi...

Et si vous le faisiez sans vous protéger, pour une fois ?

Je ne réfléchis pas et je décale mon string pour m'empaler sur Noah. Ses yeux s'ouvrent grand et il me regarde d'un air choqué, la bouche ouverte dans un O parfait. Il semble déjà au bord de l'orgasme.

Il plante ses doigts dans mes fesses en haletant tandis que je me mets à bouger sur lui. Il tremble de tous ses membres, ses mains attrapent mes hanches et empoignent ma peau. Je me redresse pour lui offrir une vue parfaite sur mes seins. Je prends mon temps pour faire de grands mouvements du bassin. Je veux qu'il sente à quel point nous sommes connectés lui et moi.

— Qu'est-ce que tu es bonne ! S'exclame-t-il en lâchant mes hanches pour prendre mes seins dans

Je m'appelle Lou

ses mains. Tu me rends dingue !
Bah ouais ! Ce n'est pas Eva qui lui ferait ça, hein ! Elle doit faire l'étoile de mer, cette pimbêche !
J'accélère mes mouvements en plantant mes yeux dans le regard de Noah. Il est trouble, il n'en peut plus, ça se voit. Il a l'air de tout faire pour se contrôler. Il a l'air au bord du précipice et j'aime le voir à ma merci, de cette façon.

— Putain Lou ! S'exclame-t-il en m'attrapant les cheveux. Qu'est-ce que j'aime baiser avec toi ! Tu es le meilleur coup de ma vie !

Je souris, satisfaite. Nos corps claquent l'un contre l'autre, Noah suffoque et grogne sous moi. Il tire mes cheveux en arrière d'une main tout en malmenant mes seins de son autre main. Je fais un dernier mouvement de bassin et je le sens qui se contracte en gémissant. Son orgasme est puissant, je le sens dans tout mon corps. Il semble durer de longues secondes durant lesquelles Noah tire encore plus fort sur mes cheveux. Le mélange plaisir et douleur me fait décoller à mon tour et je jouis en me laissant tomber sur lui, le cœur battant à tout rompre. C'était si intense ! Il n'a pas dit que j'étais la seule mais je suis la meilleure et ça, c'est tout ce qu'il me fallait.
Tu le mènes par le bout de la queue. Bien joué, cocotte !

Je me tourne pour prendre Noah dans mes bras. Mes doigts rencontrent la place vide à mes côtés. J'ouvre les yeux, surprise. La lumière du jour inonde déjà la pièce. Je grogne et referme les yeux.
Quelle nuit !
Oh oui ! Je suis d'accord. Quelle nuit ! Noah et moi,

Je m'appelle Lou

on a fait l'amour toute la nuit. C'était bestial. C'était intense. C'était comme toute notre relation. C'était passionnel. Il n'était jamais resté aussi longtemps à la maison. Il n'avait jamais voulu qu'on remette ça autant de fois. Il n'avait jamais oublié les préservatifs avant cette nuit.

Il veut que tu tombes enceinte.

Je me redresse en posant les mains sur mon ventre. Je suis encore nue. Je n'ai pas pensé à ça. Je n'ai pas pensé une seconde au risque de grossesse. La seule chose qui comptait, c'était Noah et moi, dans ce lit. Nos corps emboîtés. Ses bras autour de moi. Je n'ai pas imaginé le risque qu'on prenait.

Tu ne prends pas la pilule.

Je touche mon ventre en fermant les yeux. Je me concentre pour essayer de ressentir quelque chose. A partir de quand sait-on qu'on attend un enfant ? Est-il possible de le savoir juste après la conception ?

S'il t'avait mise enceinte, ça réglerait tous tes problèmes.

C'est vrai. Si Noah et moi avons fait un bébé cette nuit, il ne pourra plus me quitter. Il n'aura pas le choix que de rester avec moi.

Et si c'était ce qu'il cherche ? Peut-être qu'il m'aime trop et qu'il ne sait pas comment le dire.

Il n'a fait que te montrer des signes contradictoires depuis que tu le connais.

C'est vrai. Il me dit qu'il ne veut pas d'attaches mais on se voit régulièrement. Il me dit qu'on ne doit pas dormir ensemble, pourtant, il a dormi avec moi plusieurs fois. Il fixe des rendez-vous à Eva et finit par passer la nuit à me faire l'amour.

Je m'appelle Lou

Je souris en touchant mon ventre d'un geste doux avant de sortir de mon lit. J'enfile mon peignoir et je vais chercher mon téléphone qui est resté posé sur la table basse dans le salon. Je consulte mes messages. Eva m'a envoyé plusieurs SMS.

Elle semble inquiète. Elle me demande comment je vais. Je réponds rapidement que je me sens un peu mieux.

Elle veut surtout savoir si elle peut recommencer ses manigances pour te piquer ton mec !

Voyons, il ne faut pas être aussi négative. Eva est vraiment une fille gentille. Quand je lui aurai expliqué que Noah est l'homme dont je lui parle depuis des semaines, je sais qu'elle coupera les ponts avec lui. Je suis sûre qu'on peut être amies. Elle s'effacera pour moi. Elle comprendra. Peut-être qu'elle n'aura même pas à le faire, peut-être que Noah va tout simplement arrêter de lui répondre.

Noah. Il me manque. J'ai envie de lui parler. Je ne sais même pas à quelle heure il est parti. J'essaie de l'appeler une première fois. Il ne répond pas. Il est déjà plus de 10h du matin, il doit être en train de travailler. Il me rappellera quand il aura une minute.

Après cette nuit, il ne te laissera plus sans nouvelles, c'est sûr !

Bien sûr. Maintenant, on a un lien tous les deux. Encore plus si un bébé grandit dans mon ventre.

Je me fais couler un café en chantonnant. Je me sens bien. Je ne me souviens pas la dernière fois où je me suis sentie aussi heureuse. Noah et moi, ça a pris une nouvelle tournure. Il est raide dingue de moi. Autant que je le suis de lui. Lui et moi, on va être heureux. Pour toute la vie.

Je m'appelle Lou

Et l'autre pimbêche, tu en fais quoi ?
Elle restera mon amie. Elle sera heureuse pour moi. Heureuse pour Noah aussi. Elle restera amie avec nous parce qu'elle nous verra fonder une famille et être heureux.

Mon téléphone vibre et je le prends pour décrocher, le sourire aux lèvres. C'est un numéro inconnu.

— Mademoiselle Calvas ? Demande une voix féminine.

— Elle-même, réponds-je en perdant mon sourire.

C'est qui, ça, encore ?

— Je suis Elodie Minet, l'assistante du docteur Garnier, se présente l'inconnue. Je vous contacte au sujet d'un appel reçu de la part de votre employeur. Le docteur Garnier voudrait vous recevoir.

— Je ne suis pas vraiment disponible, dis-je d'une voix tendue.

Les enfoirés ! Ils ont appelé ton psy ! Putain ! Lou ! Pourquoi tu leur as donné ses coordonnées ?

Je ne pensais pas qu'ils les avaient gardées. J'étais obligée, quand j'ai été embauchée. Je devais aller à des rendez-vous régulièrement. Je prenais un traitement lourd. Je devais prévenir mon employeur.

Ce vieux con t'a embobinée ! Il t'a fait croire que ton boulot devait savoir ! Merde !

Je vais trouver une solution. Il ne faut pas paniquer. Il ne faut pas s'énerver. De toute façon, je ne veux plus travailler là-bas.

— Mademoiselle Calvas, insiste la femme au téléphone. Vous m'entendez ?

Je m'appelle Lou

— Oui, oui, dis-je d'une voix étouffée.
— Donc, reprend la femme d'une voix agacée. Je vous expliquais que si vous ne vous présentez pas au bureau du docteur Garnier avant la fin de la semaine, il sera dans l'obligation de prévenir votre employeur que vous n'êtes plus apte à exercer votre métier.
— D'accord, murmuré-je, sans vraiment comprendre.
— Vous serez licenciée, explique la secrétaire. Je me dois d'insister, mademoiselle. Le docteur Garnier souhaite vraiment vous rencontrer.

Tu ne peux pas aller le voir ! Il va te faire enfermer !

Je sais. Je ne compte pas y aller.

— Dites au docteur Garnier que je n'ai plus besoin de ses services, déclaré-je d'une voix claire. Bonne journée, madame.

Je raccroche alors qu'elle tente de dire quelque chose.

— Satisfaite ? Demandé-je à haute voix. Il ne reste que toi et moi, à présent.

Et Noah. On va bien s'amuser tous les trois !

Je m'appelle Lou

Je m'appelle Lou

-11-

OCTOBRE 2021

Je sors de l'usine en respirant à plein poumons. J'ai envie de rire comme une forcenée. Cet entretien était vraiment drôle. Je souris en repensant à la tête du directeur quand je lui ai dit que je ne comptais pas voir de psychiatre.
Il a failli faire une attaque !
Qu'il aille au diable ! C'est ma vie, c'est à moi de décider ce que je dois faire ou non. Je ne suis pas folle. M'envoyer voir un psychiatre c'est me prendre pour une tarée. Ce n'est pas le cas. Je n'ai fait que me défendre. Marion m'avait cherchée. J'aurais pu la tuer, je ne l'ai pas fait. Je lui ai juste arrangé le portrait. Qu'ils s'estiment heureux.
Je suis soulagée d'un poids. Je n'aurai plus à venir dans cette usine de malheur. Je n'aurai plus à entendre le brouhaha incessant des discussions futiles de mes collègues. Je suis libre. Je vais pouvoir passer tout mon temps à me concentrer sur Noah et sur notre relation.

Je m'appelle Lou

Il va être content que tu lui accordes tout ton temps.

J'espère bien. Il mérite que je me dédie à lui corps et âme. Je passe une main discrète sur mon ventre. Notre bébé grandit bien. Je le sens qui s'installe dans mon ventre. Il commence à se développer tranquillement. Je sais qu'il est tôt pour en être sûre mais au fond de moi, je le sais. C'est sûrement mon instinct maternel qui parle. Notre dernière nuit d'amour était parfaite et il en est sorti quelque chose de bon. On a fait un enfant ensemble. Un mini-nous. Le symbole de notre amour.

Mon attention est attirée vers la porte de l'usine. Des filles discutent. C'est l'heure de la pause déjeuner. J'aurais dû me hâter de quitter les lieux pour ne croiser personne. Mes anciennes collègues sortent du bâtiment par vagues. Alicia et Fanny me font un signe et se dirigent vers moi en souriant.

Ne leur dis pas pour Noah. Ne leur parle pas de ta grossesse.

Je ne compte rien leur dire du tout. Je ne risque pas de les revoir après aujourd'hui. Je vais être polie. Je vais discuter quelques minutes avec elle et ensuite, je partirai. Je n'aurai plus jamais besoin de les revoir. Elles seront de l'histoire ancienne. Il n'y a pas de place pour elles dans ma nouvelle vie avec Noah et notre enfant.

Alicia me prend dans ses bras, l'air triste. Fanny me touche l'épaule d'un geste réconfortant. Elles ont l'air tristes pour moi.

Elles sont tristes que tu partes.

Ou elles pensent que je suis triste. Il ne faut pas. Ce n'est pas le cas.

— Comment s'est passé ton rendez-vous ? Demande

Je m'appelle Lou

Fanny en me détaillant de la tête aux pieds.
— Très bien, dis-je en souriant. Marion n'a pas porté plainte contre moi.
— Tu lui as présenté tes excuses ? Demande Alicia.
Et puis quoi encore ? Qu'elle crève cette connasse !
— Je ne l'ai pas vue, soufflé-je en ignorant volontairement la voix. Je n'ai pas à m'excuser.
— Tu l'as quand même agressée, rappelle Alicia d'un air entendu.

Parce qu'elle t'avait insultée ! Mais de quel côté est-elle, cette grognasse ?

— Tu reviens travailler avec nous ? Questionne Fanny en jetant un regard en coin à Alicia.
— Je suis licenciée, annoncé-je en tentant de ne pas fusiller Alicia du regard.

Quelle espèce de conne ! Elle est censée être ta copine ! Elle défend cette connasse ! J'hallucine.

Je secoue légèrement la tête pour faire taire la voix. Elle est intenable, en ce moment. Là, je la comprends, elle est énervée contre Alicia parce qu'elle soutient Marion. Mais ce n'est pas grave. On doit lui pardonner. Peu importe ce qu'elle pense. La voix et moi savons que je n'ai rien fait de mal. La voix me soutient. C'est le plus important.

— Je m'inquiète pour toi, dit Fanny d'une voix douce. Tu devrais peut-être voir un psychiatre... Je veux dire... Tu sembles différente, en ce moment. Tu es sûre que tout va bien ?

Je m'agite et je regarde autour de nous. Ses propos me blessent et m'agacent. Je n'aime pas le ton qu'elle emploie pour me parler. Je n'aime pas non plus cette idée de vouloir m'envoyer voir un psychiatre dès que quelque chose ne va pas. À croire que tout le monde pense que je suis folle !

Ils ne te comprennent pas. Je suis la seule à savoir qui tu es réellement.

Quand même. Ces filles, ce sont mes amies ou en tous cas, elles sont censées l'être. Elles me connaissent quand même un peu. On a passé beaucoup de temps ensemble, ces dernières années. Elles devraient savoir que je ne suis pas folle. Elles devraient savoir que je mérite autre chose que d'être traitée comme une malade. Je me sens légèrement énervée. Mes mains tremblent et mes oreilles bourdonnent.

   — Je vais bien, dis-je d'un ton sec. Et puis, ça tombe bien que j'aie été licenciée, j'ai d'autres projets. J'en avais marre de travailler ici.

   — Vraiment ? S'intéresse Alicia avec surprise. Tu vas faire quoi ?

   — Je préfère ne pas en parler pour le moment, réponds-je d'un ton sans appel. Je dois y aller !

Alicia hoche la tête alors que Fanny me prend dans ses bras pour me saluer. Son étreinte me rassure et me calme. Elle me sert fort contre elle et je peux sentir son cœur battre contre ma poitrine. Quand elle me lâche, je lui souris sincèrement, cette fois. Je leur dis au revoir. Je leur promets de les appeler bientôt et je me dirige vers l'arrêt de bus. Mes mains ont arrêté de trembler mais mes oreilles bourdonnent toujours. Je suis encore un peu fébrile. J'ai envie d'aller me balader un peu avant de rentrer. Il faut que je me change les idées.

Je m'appelle Lou

Le centre-ville est relativement calme. Les rues piétonnes sont presque désertes à part quelques personnes qui déambulent. Je marche en regardant les vitrines, perdue dans mes pensées. Maintenant que je ne travaille plus, je vais pouvoir me concentrer sur ma relation avec Noah.

Il faudrait que tu lui annonces la nouvelle.

C'est vrai. Je devrais peut-être lui dire que je vais être plus disponible à présent. Depuis notre dernière nuit ensemble, je n'ai pas eu beaucoup de ses nouvelles. Je ne luis écris pas souvent. Il faut dire que je suis très fatiguée. Je dors tôt le soir et je me réveille tard le matin.

Fabriquer un bébé, ça fatigue.

Je ne veux pas m'avancer. Je n'ai pas de retard, pour le moment. Je ne veux pas me faire de fausses idées.

Tu es enceinte, j'en suis sûre.

C'est vrai que j'ai pas mal de symptômes. Je suis très fatiguée et ma poitrine est très sensible. Mais ce ne sont que les premiers signes. Je préfère laisser le temps au temps. Une grossesse dure neuf mois. J'ai le temps de voir mon ventre s'arrondir. Le bébé a le temps de bien s'installer puis d'évoluer tranquillement. Il faut du temps pour fabriquer un bébé.

Tu devrais prévoir une soirée en amoureux avec Noah.

J'y pense. Je pourrais m'acheter une petite tenue affriolante et lui proposer de venir me voir. Je pourrais cuisiner quelque chose et on passerait la soirée à manger et faire l'amour. Il n'est pas très disponible ces derniers temps. Il travaille beaucoup, d'après ce qu'il m'a dit. J'ai des nouvelles, il m'envoie un petit message de temps en temps et me répond qu'il pense à moi quand je lui demande comment il va. Les choses ont changé depuis notre dernière nuit. Je le sens moins distant dans ses messages.

Il doit sentir que tu attends son enfant.

C'est vrai qu'il ne m'écrit jamais en premier et qu'il met parfois plusieurs heures avant de me répondre mais il travaille beaucoup, je le sais. C'est mon homme, je sais que je peux lui faire confiance. La dernière nuit que nous avons passée ensemble a tout changé entre nous. On a passé un cap.

Tu n'as pas beaucoup de nouvelles d'Eva, non plus.

Je n'en prends pas. Mon amitié avec elle a commencé parce que je voulais qu'elle s'éloigne de Noah. Je sais que j'ai réussi. Je veux conserver son amitié mais on doit garder nos distances. Noah n'appréciera peut-être pas qu'on soit trop proches toutes les deux. Je peux le comprendre. Eva le comprendra aussi si on finit par avoir cette discussion toutes les deux. Eva est une fille respectueuse. Elle respecte l'intimité des gens. Elle ne me harcèle pas. Si je ne la contacte pas, elle ne fait pas le geste de le faire. C'est ce que j'aime chez elle. Elle me laisse mon espace.

Ou elle s'applique à te piquer ton mec pendant que tu as le dos tourné.

Non. Je suis sûre qu'Eva a coupé les ponts avec Noah. Elle m'apprécie, on est amies. Si elle avait un homme dans sa vie, je sais qu'elle m'en aurait parlé. Après tout, quand ils avaient un rendez-vous tous les deux, elle me l'a dit. Je sais que je peux lui faire confiance.

Je m'arrête devant un magasin de lingerie pour regarder la vitrine. Je n'ai jamais mis les pieds dans ce

Je m'appelle Lou

genre de boutique. Il faudrait que j'entre pour regarder les modèles de lingerie. Je trouverais sûrement quelque chose qui ferait plaisir à Noah. Sans savoir pourquoi, mes yeux se posent sur une femme qui discute avec une vendeuse. Elles rient ensemble et la cliente semble apprécier les conseils que lui prodigue la vendeuse. Je sens mes poils se hérisser sur ma nuque. Je reconnais la cliente. C'est Eva. Elle tient un ensemble de sous-vêtements sexy.

Qu'est-ce que je te disais ! Ne me dis pas que c'est pour porter sous ses jeans !

Je sens ma gorge se nouer d'appréhension. J'aimerais pouvoir contredire la voix. Je voudrais pouvoir lui dire qu'elle a tort mais quelque chose me dit que ce n'est pas le cas. Je continue de fixer Eva alors qu'elle se dirige vers le comptoir de la caisse avec la vendeuse en riant.

Fanny porte toujours des sous-vêtements sexy, elle adore ça, on en a déjà parlé. Elle m'a raconté qu'elle aimait se sentir belle. Elle m'a dit que la jolie lingerie lui donnait confiance en elle. Je trouvais ça bizarre, la lingerie sexy est faite pour être montrée. Il n'y a aucun intérêt d'en porter seulement pour soi. Pourtant, Fanny m'a assurée que c'était valorisant. Peut-être qu'Eva est comme elle. Peut-être qu'elle aime avoir des dessous sexy, peut-être qu'elle veut juste se faire plaisir.

Ou peut-être que c'est pour allumer Noah !

Mais Noah n'est pas le seul homme de la ville. Peut-être qu'Eva a rencontré quelqu'un d'autre. Peut-être qu'elle a justement un rendez-vous avec un nouveau prétendant. Je suis sûre qu'il ne se passe rien entre Eva et Noah.

Je m'appelle Lou

A d'autres ! Tu les as déjà vus ensemble !

C'était avant, ça ! C'était avant que Noah me dise qu'il aimait faire l'amour avec moi. C'était avant qu'il me dise que je suis le meilleur coup de sa vie. Il ne m'aurait pas dit ça s'il avait déjà eu des relations intimes avec Eva, surtout en voyant le genre de dessous qu'elle achète.

C'est une salope ! C'est une allumeuse !

J'ai envie de hurler à la voix de la fermer. Elle m'énerve à me contredire. Elle m'énerve à vouloir me monter contre Eva. Elle m'énerve à ne pas vouloir lui laisser le bénéfice du doute. Noah m'a dit que j'étais le meilleur coup de sa vie. Notre dernière nuit était parfaite. Je sais qu'il ne s'est rien passé avec Eva. Je tremble et je serre les poings si fort que mes ongles s'enfoncent dans mes paumes. Je serre les dents pour ne pas crier. Il ne faudrait pas que je me ridiculise en plein centre-ville.

Eva sort du magasin d'un pas tranquille. Quand ses yeux se posent sur moi, elle me fait un grand sourire. Je ravale ma colère et ma frustration puis je lui souris à mon tour. Je dois me faire violence pour paraître sincère alors que la voix hurle des insultes dans ma tête. Eva me prend dans ses bras et me serre contre elle.

— Comment vas-tu ? Demande-t-elle en me lâchant au bout de plusieurs secondes. Je suis contente de te voir !

— Je vais bien, dis-je en jetant un coup d'œil au sac qu'elle tient entre ses mains. Tu fais des achats ?

— J'adore la lingerie de cette boutique, avoue Eva en rougissant.

Espèce de salope allumeuse !

— C'est ton petit-ami qui va être content, murmuré-je

Je m'appelle Lou

en tentant d'ignorer la voix hystérique dans ma tête.

Eva secoue la tête, l'air mal à l'aise. Son regard papillonne un peu partout autour de nous sans parvenir à se fixer plus d'une seconde.

Tu ne vois pas qu'elle se fout de ta gueule ? Lou ! Ouvre les yeux !

Je serre les dents pour ne pas me laisser déborder par mes émotions. Eva est mon amie. Je ne veux pas croire la voix. Si elle avait continué à voir Noah, elle m'aurait forcément parlé d'un potentiel petit-ami. On s'entend bien, on se raconte beaucoup de choses.

— Je n'ai pas de petit-ami, répond enfin Eva.

Espèce de salope ! Menteuse ! Ne la crois pas ! Elle se fout de ta gueule !

— Tu ne vois personne ? Demandé-je, le cœur battant.
— Je vois quelqu'un, avoue Eva en rougissant un peu plus. Mais ce n'est rien de sérieux. On n'a eu que quelques rendez-vous...
— D'où les dessous sexy, lâché-je sèchement malgré moi.
— Non ! S'empresse de répondre Eva. On n'a même pas échangé un bisou. Il veut prendre son temps... Si j'avais quelqu'un, tu le saurais.

Menteuse ! Peste ! Allumeuse ! Voleuse de mec !

Je soupire en fermant un instant les yeux. J'ai du mal à rester concentrée à cause de la voix. Elle me donne la migraine à crier et pester ainsi dans ma tête.

— J'espère que tu m'en parleras, si ça devient sérieux, dis-je en souriant à Eva.
— Bien sûr ! S'exclame-t-elle avec un grand sourire.

Je m'appelle Lou

On est amies, toi et moi !
Ce n'est pas ton amie ! C'est juste une voleuse de mec !

Je ferme mon journal de bord, les mains tremblantes et le cœur battant à coups sourds dans ma poitrine. J'ai regardé une page vierge pendant plus d'une heure, le stylo suspendu au-dessus. Je n'ai pas réussi à écrire. Je voulais le faire, pourtant. Ça fait des semaines que je ne l'avais pas ouvert. Je n'en avais pas besoin. J'allais bien. La voix et moi étions souvent d'accord. Le carnet de bord me sert à canaliser mes émotions. Il me sert à garder le contrôle et la discipline dont ma vie a besoin. J'avais tout ça. Il ne servait plus à rien. Pourtant, en rentrant de ma balade, je voulais écrire. J'avais besoin de me confier. Mais je n'ai pas réussi.

Je suis tendue, ce soir. Faux. Je suis tendue depuis que j'ai vu Eva. Je n'arrête pas de penser à son achat. Je revois l'ensemble sexy que la vendeuse a glissé dans le sac. Je repense au regard d'Eva qui n'arrivait pas à rester fixe. Elle avait l'air mal à l'aise. Mais je sais que je dois me faire des idées. Je sais qu'elle ne m'a pas menti. J'ai vu dans ses yeux qu'elle disait la vérité. Je sais que je peux lui faire confiance. C'est une personne douce.

C'est une putain de voleuse de mec !

La voix me rend folle à me contredire. Elle me rend ivre de rage à insulter Eva de cette manière. Eva n'est pas une mauvaise personne. Elle ne mérite pas de se faire insulter de la sorte. Elle n'a rien fait de mal. Elle s'est juste acheté de la lingerie. La voix lui en veut et ses reproches constants me font douter.

Je prends une profonde inspiration pour me

Je m'appelle Lou

détendre. Je passe mes mains sur mon ventre en me concentrant sur ma respiration. Ces derniers mois, il y a eu beaucoup de changement dans ma vie. J'ai rencontré Noah, j'ai arrêté mon traitement, j'attends sûrement un enfant... J'ai rencontré Eva. Qui aurait cru qu'en à peine une année, tout pourrait évoluer aussi vite pour moi ? Pas moi, c'est une certitude.

Ce n'est pas ton amie, c'est une voleuse de mec !

— Tu es jalouse ou quoi ?

Je soupire avec mauvaise humeur. Je sais que mon ton est sec mais peu importe. Parfois, la voix me rend dingue. À croire qu'elle me veut pour elle tout seule. À croire que je n'ai pas le droit de m'attacher à quelqu'un d'autre qu'elle.

Pas à cette salope d'allumeuse !

— Arrête de l'insulter ! Crié-je. C'est une fille bien !

C'est une allumeuse ! Tu es complètement conne ! Tu ne vois pas qu'elle est en train de te piquer ton mec sous le nez !

— Elle ne me pique personne ! Elle m'a dit que ce n'était rien de sérieux. Rien ne prouve que ce soit Noah.

Mais oui, à d'autres ! Tu l'as déjà vu avec elle. Tu as vu comme il la regardait.

— Tais-toi ! Hurlé-je.

Me voilà en train de crier, seule dans mon appartement. J'ai envie de pleurer. Quand la voix me pousse à bout de cette façon, j'ai envie d'appeler le docteur Garnier et de lui parler de tout ce qui m'arrive. Il me comprendrait, j'en suis sûre.

Il te ferait enfermer !

Je ne pense pas. C'est toi qui veux me faire penser ça.

Je m'appelle Lou

Il ne veut que mon bonheur. Il veut que j'aille bien. Comme Eva.

Eva est une peste. Elle va te piquer Noah.

J'ai l'impression d'être folle à lier. Je me lève et fais les cent pas à travers mon salon. Je tremble. Mon cœur bat fort dans ma poitrine. J'ai du mal à respirer. L'angoisse et la colère me nouent les entrailles. Il faut que je me calme. J'ai besoin de voir Noah. Il me manque.

Dans un état second, j'attrape mon téléphone et essaie de le joindre. Il ne répond pas. Je tombe sur sa messagerie une fois, deux fois, trois fois. Il est 22h, il n'est pas au travail, il devrait être disponible. Pourquoi ne répond-il pas ?

Il doit être en train de se taper ta soi-disant copine !

— Je vais te prouver que tu as tort ! Dis-je d'une voix forte.

Je compose le numéro d'Eva d'une main tremblante. Mon souffle est court, erratique. Je suis en transe. Heureusement, Eva décroche dès la seconde sonnerie.

— Lou ? Tu vas bien ?

J'ai envie de pleurer. Les larmes me montent aux yeux et s'accumulent sous mes paupières. Je suis heureuse de l'entendre. Je suis soulagée. La voix se tait. Bien fait.

— Oui, désolée de t'appeler aussi tard, dis-je d'une petite voix. Je voulais juste te proposer d'aller boire un verre. Tu es disponible ?

Eva laisse passer quelques secondes de silence. Je n'entends rien derrière elle, on dirait qu'elle est seule.

— Je suis déjà dans mon lit, annonce-t-elle d'une voix désolée. On s'appelle demain. On se prévoit un petit repas entre filles, ça te dit ?

150

Je m'appelle Lou

— Avec plaisir, dis-je avant de raccrocher.
Et tu la crois ? Tu es encore plus bête que je ne pensais, ma parole !
— Tu as entendu comme moi ! Elle était seule !
Elle se fout de ta gueule !
— Non ! Eva est mon amie. Tu es juste jalouse !

Je m'appelle Lou

Je m'appelle Lou

-12-

Je sers un nouveau verre de vin à Eva en souriant. Pour moi, ce sera de l'eau pétillante. J'ai quelques jours de retard. Je suis bien enceinte, je le savais, je l'ai senti. Je ne dois pas boire d'alcool. Ce n'est pas bon pour le bébé. Je dois prendre soin de lui. Noah m'en voudrait d'apprendre que je ne suis pas attentive à notre enfant.

La voix me fait la tête, ce soir. Je ne l'ai pas entendue une seule fois depuis qu'Eva est arrivée à la maison. Elle n'était pas d'accord que je l'invite. Elle pense qu'Eva me veut du mal. Elle est persuadée qu'elle veut me voler Noah. Je ne crois pas. Je pense qu'Eva est vraiment mon amie. Je suis convaincue qu'elle ne voit plus Noah.

La voix et moi, on s'est vraiment disputées aujourd'hui. Elle m'a hurlé dessus mais je ne me suis pas laissé faire. C'est ma vie. C'est moi qui décide. Elle pense que je ne suis pas capable de savoir à qui je peux faire confiance ou non. La voix a tenté de m'empêcher de voir Eva. Elle voudrait que je la sorte de ma vie. Je ne veux pas. Je tiens à elle. C'est mon amie. Ce n'est pas à la voix de décider qui je peux fréquenter ou non. Je suis capable de prendre mes propres décisions.

La soirée touche à sa fin. Il est presque minuit. Eva est venue à la maison avec un assortiment de plats asiatiques. On a mangé en riant et en discutant de tout et de rien. On a parlé séries, on a parlé maquillage, on a parlé livres.

J'ai quand même gardé les réserves de la voix dans un coin de ma tête. Je reste convaincue qu'elle a tort mais elle fait partie de moi. Je ne peux pas l'ignorer. Alors, je pense quand même à ce qu'elle m'a dit aujourd'hui. Je voudrais prouver à la voix qu'elle a tort. J'ai sorti deux bouteilles de vin pour qu'Eva boive un peu plus que de raison. Je veux qu'elle s'ouvre à moi et qu'elle se confie. Je veux qu'elle me dise qui est cet homme qu'elle voit. Je veux que la voix comprenne que je peux être amie avec Eva.

C'est ça, le problème. J'en suis sûre. La voix est jalouse. Elle m'assure que non mais elle ment. Elle me veut pour elle toute seule. Elle dit qu'elle est à la seule à me comprendre. Je sais qu'elle en est convaincue. C'était le cas avant. Mais plus maintenant. J'ai une vie, à présent. J'ai des amis. J'ai Noah. J'avais Noah.

Je ne sais plus trop. Noah ne répond plus à mes appels, ni mes messages. Il doit avoir perdu ou cassé son téléphone car je tombe sans arrêt sur son répondeur. Il me manque mais je ne m'inquiète pas trop. Il est déjà resté plus longtemps que ça sans me donner des nouvelles. Il finit toujours par revenir. Je suis le meilleur coup de sa vie. Il reviendra. Et puis, je porte son enfant.

Eva boit une grande gorgée de vin et pose son verre en souriant. Elle a les yeux qui brillent. Ses cheveux sortent de son chignon et son maquillage a coulé, comme

Je m'appelle Lou

si elle avait trop chaud. Elle semble avoir un peu trop bu.

— Tu ne m'as pas dit si ça allait mieux avec ton amoureux, dit Eva en se penchant vers moi avec un air de conspiratrice.

— Ça suit son cours, dis-je d'une voix absente. Et toi, alors ?

Elle minaude avant de se pencher un peu plus vers moi. On dirait qu'elle va me raconter un secret. L'expression de son visage est drôle. On dirait qu'elle essaie de paraitre dans son état normal alors que je vois bien que l'alcool l'a atteinte.

— Je crois que je suis en train de tomber amoureuse, souffle-t-elle sur le ton de la confidence.

J'ai hâte d'entendre ce qu'elle a à te dire !

Et merde. La voix est de retour. C'était trop beau pour être vrai. Elle ne pouvait pas me laisser tranquille toute une soirée. Je prends une profonde inspiration pour ne pas m'énerver. Je lui intime de ne pas me pousser à bout. Pas ce soir. Eva a des choses à me raconter.

— L'homme dont tu m'as parlé l'autre jour ? Demandé-je en souriant. Celui avec qui ce n'était pas sérieux ?

Eva hoche la tête en souriant. Elle semble heureuse, elle rayonne.

— Oh Lou ! S'exclame-t-elle en me prenant la main. Il est tellement beau ! Il est si gentil, si romantique. On a eu 4 rendez-vous galants. J'ai l'impression d'être une princesse quand je suis avec lui.

— Comment s'appelle-t-il ? Interrogé-je, la gorge serrée malgré moi.

— Noah, dit-elle avec les yeux pétillants de malice.

Je m'appelle Lou

Allez ! Je te l'avais dit ! Alors, qui avait raison ?
Ferme. Ta. Gueule.
— Il est commercial, reprend Eva en lâchant ma main. Il est intelligent, cultivé, gentil... Il est sérieux. Il me dit qu'il veut prendre son temps avec moi, que je suis une femme en or.

J'ai envie de vomir. C'est de mon Noah qu'elle est en train de parler. Je suis sûre que c'est lui. Il est commercial, il est gentil et cultivé. Pourtant, Noah ne voulait pas d'une vraie relation. Il me l'a dit lors de notre première soirée ensemble. Il a dit qu'il ne voulait pas d'attaches. Elle doit s'imaginer des choses. Il est beau, il fait fantasmer les femmes. Je le sais. Je connais Noah, je le connais mieux qu'elle. Ce qu'elle dit n'a pas de sens. Ce n'est pas le genre de propos qu'il pourrait tenir. Je le sais. Elle parle de mon homme, le père de mon enfant. Je le connais.

C'est le moment de la défigurer !
Non. Tais-toi. Je veux savoir.
— Comment vous êtes-vous rencontrés ? Demandé-je en sentant mon pied se mettre à cogner nerveusement contre le sol sans que je puisse le contrôler.
— Sur une application de rencontres, raconte Eva avant de boire un peu dans son verre, sans remarquer mon trouble. On a matché et on s'est mis à discuter. On a parlé pendant quelques jours avant de se rencontrer pour la première fois.

Éclate son verre et fais-lui bouffer les débris !
Ça suffit maintenant ! Arrête de t'énerver comme ça. Laisse-moi faire comme je l'entends. Je veux qu'elle me

raconte tout.

— Je t'assure ! Reprend Eva comme si je n'étais pas en train de bouillir intérieurement. Je me sens tellement bien quand je suis avec lui. Il est si respectueux ! On s'est embrassé lors de notre dernier rendez-vous. C'était comme dans un rêve.

— Vous avez couché ensemble ? Demandé-je d'une voix sèche.

— Non ! S'offusque Eva. Il veut qu'on prenne notre temps, je te l'ai dit ! Il m'a dit qu'il voulait une relation sérieuse avec moi. Il ne veut pas d'un plan cul.

C'est une putain de blague ! Tu vas la laisser continuer à se foutre de toi longtemps ?

Je me lève d'un bond, prise de nausées. Je cours aux toilettes sous les yeux ébahis d'Eva. Je ferme la porte à clés et me jette au sol, la tête au-dessus de la cuvette, les larmes aux yeux. Mon estomac est secoué de spasmes. J'ai mal. Les crampes me plient en deux. Les hauts le cœur expulsent tout ce que j'ai bu et mangé ce soir. C'est si douloureux que les larmes s'échappent de mes yeux et coulent sur mes joues. Je tente de reprendre ma respiration quand les spasmes s'arrêtent enfin.

Alors toi, il te dit qu'il ne veut rien de sérieux et elle, il lui sort tout le contraire !

— Je ne veux pas t'entendre, marmonné-je, les dents serrées.

Parce que j'ai raison ! Ta copine est une allumeuse ! Elle t'a piqué ton mec ! C'est pour ça qu'il ne donne pas de nouvelles ! C'est pour ça qu'il te laisse tomber alors que tu es enceinte de son enfant ! Parce qu'il se tape ta pimbêche de

Je m'appelle Lou

copine !

— Il ne se la tape pas, soupiré-je en m'appuyant contre le mur derrière moi.

C'est une menteuse ! Tu as passé un paquet de soirées avec Noah ! Il est accro au sexe ! Tu le sais ! Elle ment !

Je ne suis pas sûre qu'elle mente. Elle a l'air sincère quand elle me parle. Noah m'a dit qu'il aimait coucher avec moi. Peut-être que c'était la vérité. J'ai bien vu qu'il aimait nos parties de jambes en l'air. Un homme qui prend du plaisir, ça se voit. Il aimait être avec moi. Il aimait être en moi. Il aime me prendre sauvagement. Noah n'est pas romantique au lit. Je pense qu'il se moque d'elle. Peut-être qu'il ment à Eva. Il lui fait croire qu'il veut prendre son temps juste parce qu'il aime tellement coucher avec moi qu'il craint d'être déçu avec elle.

Jusqu'à quand, Lou ? Il va finir par se la faire ! Il va te laisser tomber pour elle.

— Laisse-moi réfléchir, marmonné-je en fermant les yeux. Il faut que je réfléchisse.

Réfléchis à comment la butter, cette salope !

— Lou, ma chérie ? Demande Eva à travers la porte. Tu as besoin de quelque chose ?

— Non, ça va, dis-je en me relevant avec précautions.

Je me passe de l'eau sur le visage en me concentrant pour calmer les battements fous de mon cœur. Je me brosse les dents en fixant mon reflet dans le miroir. J'ai le teint crayeux, des cernes soulignent mes yeux. J'ai l'air malade. Je me rince la bouche en prenant soin de respirer calmement.

Je sors enfin de la salle de bain en titubant, j'ai l'impression d'être passée sous un bus. Je tremble de tous

Je m'appelle Lou

mes membres, j'ai mal partout et j'ai l'impression d'avoir tout un orchestre qui joue des percussions dans ma tête.

Bah ouais ! Tu es enceinte et tu viens d'apprendre que celle que tu prends pour ta copine est en fait la maîtresse de ton homme !

Ce n'est pas sa maîtresse. Ils n'ont pas couché ensemble. Noah ne me trompe pas vraiment. Je peux encore arranger les choses.

Comment ? Tu comptes demander gentiment à la peste de quitter Noah pour toi ?

Je n'y ai pas réfléchi. Je pourrais lui demander gentiment. Elle ne sait pas pour nous. Elle ne sait pas qu'elle est en train de tomber amoureuse de mon Noah. Je dois réfléchir à tout ça. Je dois trouver une solution. Je vais la trouver. Il me faut juste un peu de temps pour penser à tout ça.

— Je devrais peut-être te laisser te reposer, propose Eva en enfilant sa veste. Tu es vraiment blanche.
— Je ne suis pas en forme, j'ai dû manger quelque chose qui n'est pas passé, supposé-je en lui ouvrant la porte d'entrée.
— Repose-toi, ma belle, conseille Eva en me déposant un bisou sur la joue. On s'appelle dans la semaine ?
— Oui, rentre bien.

Je ferme la porte sans plus de cérémonie et je vais dans ma chambre d'un pas lourd.

Tu aurais pu l'accompagner dans les escaliers. Tu la pousses et c'est réglé.

N'importe quoi. Je vais surtout aller me coucher. Une bonne nuit de sommeil va m'aider à y voir plus clair.

Tu dois te débarrasser d'elle ! Il n'y a pas trente-six

Je m'appelle Lou

solutions !

— Je ne veux pas lui faire de mal ! Grogné-je, à bout de nerfs. C'est mon amie. Je tiens à elle !

Mais tu vois bien que tu ne peux pas compter sur elle ! Je ne t'aurais jamais fait un truc pareil, moi !

— Mais toi, tu n'existes pas ! Hurlé-je en me mettant à pleurer. Tu es dans ma tête ! Tu n'existes pas !

Je suis la seule en qui tu peux avoir confiance. Je suis la seule qui ne te fera jamais de mal !

— C'est faux !

Je prends ma tête dans mes mains en tentant de contrôler mes cris. Eva est mon amie. Je tiens à elle. Je pensais que la voix était juste jalouse. Quand elle me répétait que je ne pouvais pas faire confiance à Eva, je ne voulais pas y croire. Elle me disait qu'Eva me cachait des choses. Je n'y croyais pas.

J'avais raison, tu as vu. Elle te cachait des choses.

Non, elle ne m'en parlait pas parce que cela ne signifiait rien pour elle. Eva est une personne discrète. Elle ne s'avance pas. Elle prend son temps. Même notre amitié a pris du temps. J'ai dû gagner sa confiance. J'ai dû lui prouver que j'étais une personne bienveillante quand on s'est rencontrées sur les réseaux. Elle a mis du temps. Pour Noah, c'est sûrement de la même manière que ça s'est passé. Elle a pris le temps d'apprendre à le connaitre avant de penser à une histoire avec lui. Maintenant, elle croit en cette relation. Elle est amoureuse de Noah. Elle aime mon Noah.

Elle va te le piquer.

Non. Elle tient à moi, je le sais. On s'est peut-être rapprochées pour les mauvaises raisons mais on a tissé

Je m'appelle Lou

de vrais liens d'amitié. Je sais qu'elle m'apprécie. Je le vois dans son sourire et dans ses yeux quand on se retrouve toutes les deux. Elle apprécie mon amitié. Je sais qu'elle veut que je sois heureuse.

Tu devrais te débarrasser d'elle.

Non. Je ne veux pas lui faire de mal. Elle ne le mérite pas. Je vais devoir lui dire la vérité sur Noah. Je vais devoir lui expliquer qu'elle est en train de tomber amoureuse de mon copain. Je vais devoir lui dire qu'elle doit mettre un terme à leur relation. Elle comprendra. On est amies, elle acceptera.

Et si elle n'accepte pas ?

Elle acceptera. Nous sommes amies. On est des femmes. On est solidaires. Je porte l'enfant de Noah. Elle voudra que Noah s'occupe de son bébé et qu'il reste avec la femme qui le porte. Elle s'effacera pour qu'on soit heureux tous les trois.

Je prends le temps de choisir un pyjama avant de me rendre dans la salle de bain. Je me déshabille devant le miroir et je pose les yeux sur mon ventre. Je me tourne pour me regarder de profil. Mon ventre commence à gonfler. Je pose mes mains de part et d'autre de mon nombril et je ferme un instant les yeux en inspirant profondément. Mon bébé. Je l'aime déjà. Je le sens qui grandit tranquillement. Notre enfant, à Noah et moi. Le fruit de notre amour.

Je prends une douche rapide avant d'aller me mettre dans mon lit en continuant de penser à Noah. Je l'imagine passer une soirée romantique avec Eva. Il lui sourit, il l'embrasse, il la tient dans ses bras alors qu'ils regardent un film. J'ai envie de pleurer. Il ne m'a jamais tenue dans ses bras. Il ne m'a jamais embrassée hors du contexte sexuel. Il n'a jamais été romantique avec moi hors de mon lit.

Il n'a jamais été romantique avec toi. Il t'a baisée, c'est tout ce qu'il a fait.

Non. Il m'a fait l'amour.

Tu ne fais pas l'amour, Lou. Tu ne sais pas ce que c'est. Tu baises. C'est tout.

Noah et moi, c'est de l'amour. C'est l'homme de ma vie. On est faits pour être ensemble. J'ai un bébé qui grandit en moi pour le prouver.

Je ferme les yeux en me concentrant sur ma respiration. Il faut que je me détende pour passer une bonne nuit. Je pose mes mains sur mon ventre. Même s'il est encore tout petit, mon bébé doit sentir que je l'aime. Son papa l'aimera tout autant, je le sais. Je sais aussi qu'Eva comprendra. Quand je lui aurai tout expliqué, elle comprendra.

Et si elle ne comprend pas, je m'occupe d'elle.

Je te laisserai faire ce que tu veux si c'est le cas. Mais je sais qu'elle comprendra. C'est mon amie.

Si elle ne s'efface pas, je la tue.

Je hoche la tête, un peu plus détendue. On a trouvé un compromis. Je souris et je m'endors.

Je m'appelle Lou

-13-

NOVEMBRE 2021

Je pose ma tête contre la vitre froide en soupirant. Le ciel est bas, gris et menaçant, à l'image de mon humeur. C'est comme si j'étais au bord d'un précipice sans fond. J'ai l'impression que rien ne va. Je ne contrôle plus rien. Ni mes pensées. Ni mes angoisses. Je suis au bord de la rupture.

Je suis là, moi. Je te soutiens. Tout ira bien, Lou.

Non. Rien n'ira ! Je baisse les yeux vers mon ventre qui commence à s'arrondir et je sens les larmes me brûler les yeux. Comment cela pourrait-il aller alors que Noah ne me donne plus aucune nouvelle ? Je tombe sur son répondeur sans arrêt, mes SMS restent sans réponses. J'ai essayé de lui envoyer un message sur les réseaux sociaux mais il n'a même plus de profil. On dirait qu'il a tout simplement disparu de la surface de la terre. Je ne sais plus quoi faire.

Il reviendra. Il ne va pas te laisser seule alors que tu portes son enfant.

Comment pourrait-il le savoir ? Je ne peux rien lui dire, je n'ai plus de contacts avec lui. Je n'ose même plus sortir de chez moi. Je suis au plus mal. Les jours se succèdent et je n'arrive plus à mettre le nez dehors. Je sombre lentement. Je glisse inexorablement. Je suis seule. J'essuie rageusement une larme qui mouille ma joue. Je ne me sens pas capable d'y arriver. Je ne m'en sortirai pas seule. Je ne saurai pas comment m'occuper de ce bébé. J'ai besoin de Noah.

Je t'avais dit de t'occuper d'Eva.

— Tais-toi ! Dis-je d'une voix forte. Je n'ai pas envie de parler d'elle.

Il le faut, pourtant. Tu sais que c'est sa faute si Noah a disparu comme ça.

Non. Peut-être qu'il est arrivé quelque chose à Noah. Peut-être qu'il ne va pas bien en ce moment. Je ne veux pas penser que ce soit la faute d'Eva. Je ne peux pas le croire. Eva est mon amie.

Elle ne t'appelle plus.

Parce qu'elle a une vie, elle aussi. Elle a un travail et des amis, sûrement. Elle a tout ce que je n'ai plus depuis plusieurs semaines. Elle a raison de profiter de sa vie. A sa place, je ferais la même chose. Je secoue la tête en passant une main sur mon ventre. Toujours les mêmes pensées, les mêmes disputes depuis des jours et des jours. La voix ne comprend pas cette amitié qui nous lie, Eva et moi. Elle est jalouse.

Je ne suis pas jalouse ! C'est une salope ! Une voleuse d'homme !

J'essaie d'ignorer la voix en me mettant à faire les cent

Je m'appelle Lou

pas à travers mon appartement. Je vais devenir folle à rester enfermée ici. Ou peut-être que je le suis déjà. Je suis perdue. Mes pensées sont floues. Je passe une nouvelle fois les mains sur mon ventre. Mon bébé. Il grandit, je le sens. Noah doit savoir. Il faut que je trouve une solution pour voir Noah. Il ne répond pas. Il a décidé de m'ignorer. Il faut que je sorte de chez moi. Je n'ai pas le choix. Je dois aller le voir.

Tu n'es pas censée savoir où il vit.

Tant pis. C'est bien le cadet de mes soucis pour le moment. Je ne peux pas faire grandir un enfant en moi toute seule. Je n'ai pas la force. Il doit être là pour moi. Je dois me faire violence pour sortir de chez moi et aller le voir. Il ne posera sûrement pas de question. Et si c'est le cas, j'aviserai en temps voulu.

Je vais dans ma chambre d'un pas décidé puis j'enlève mon pantalon d'intérieur pour enfiler un jean, des chaussettes chaudes et un gros pull. Je n'ai pas pu fermer mon pantalon correctement. Mon bébé commence à prendre de la place. Ce n'est pas grave. Le pull est long, on ne voit rien. Je me rends chez Noah. Il le faut. Je dois le voir. Je vais marcher jusque chez lui. En chemin, j'aurai le temps de penser à ce que je vais lui dire.

Une fois emmitouflée dans mon long manteau noir, j'enfile mes bottes, j'attrape mon téléphone et je sors de mon appartement. Je descends les escaliers et je me retrouve vite dans la rue. Je suis étourdie. La rue est bruyante. Les gens se pressent sur les trottoirs. Ils marchent vite et parlent. La cacophonie me donne envie de hurler. Et ce froid ! Il gèle. Le froid mordant m'arrache un frisson.

Je m'appelle Lou

Marcher va te réchauffer. Tu as raison d'aller le voir, Lou. Je suis fière de toi.

Je me mets en marche en soupirant. Je me sens épiée de tous les côtés. Je regarde autour de moi, inquiète. Les passants ne font même pas attention à moi. Ils marchent, ils discutent au téléphone ou sont concentrés sur un point invisible devant eux. Personne ne s'occupe de moi. Ça ira. Je vais voir Noah. On va discuter. Il sera heureux de me voir. Il faut que je le vois. J'ai besoin de voir mon homme. Il me manque. J'ai besoin de lui.

Je fais attention à ne pas marcher trop vite pour ne pas risquer de faire du mal à mon bébé. Je ne veux pas qu'il lui arrive quoi que ce soit. Ce petit être n'a rien demandé. Je suis la seule à pouvoir le protéger.

Je le protège aussi.

Je ricane à cette remarque. Ce n'est pas totalement vrai. Elle accepte sa présence, c'est déjà un grand effort pour une entité qui ne semble vouloir me partager avec personne.

C'est faux ! Je veux juste que tu sois heureuse !

Bien sûr ! En tentant de me monter contre ma seule amie.

Ce n'est pas ta seule amie ! C'est une peste !

Je secoue la tête sans rien penser. On n'est jamais d'accord quand je pense à Eva.

Parce que je sais qu'elle se fout de toi !

Bref. Peu importe ce que la voix pense d'Eva, c'est quand même la seule à prendre de mes nouvelles. Alicia et Fanny ne m'appellent plus. Depuis que j'ai quitté l'entreprise, on dirait que j'ai quitté leurs vies en même temps. Tant pis. Elles ne sont pas de vraies amies. Si

Je m'appelle Lou

c'était le cas, elles prendraient le temps de savoir comment je vais.

Tu ne peux compter sur personne à part moi.

Évidemment, comme c'est arrangeant. Je me retrouve seule, coincée avec une voix dans ma tête qui essaie de me contrôler.

Je ne veux pas te contrôler ! Je veux juste que tu sois heureuse !

À d'autres ! J'étais heureuse avant de te laisser le pouvoir de m'influencer. Maintenant, je me retrouve seule. Noah ne me répond plus. Fanny et Alicia m'oublient. Je suis enfermée toute la journée chez moi.

C'est moi qui t'ai aidée pour charmer Noah !

Je grogne en arrivant enfin devant l'immeuble de Noah. Finalement, le chemin est passé assez vite. Je n'ai pas vu le temps défiler. Entre la voix dans ma tête et ma difficulté à me concentrer, j'ai l'impression qu'il ne s'est écoulé que quelques minutes. Je ne réponds plus à la voix depuis de longues minutes. Je n'ai pas envie de me disputer. Je n'ai plus envie de l'entendre. Ce discours de sourd m'épuise. Je lève la tête vers la fenêtre de Noah mais les lumières sont éteintes. La lumière du jour commence déjà à faiblir. Dans une heure, il fera nuit. Il n'est pas là. Il fait froid.

Attends qu'il revienne.

Je n'ai pas besoin de tes conseils ! Je fais ce que je veux. Je m'assois à même le sol en repliant mes genoux contre mon menton. Je vais l'attendre.

Trois heures. Ça fait trois longues heures que j'attends en bas de chez Noah dans un froid polaire. Je ne sens

Je m'appelle Lou

plus mes doigts. Mes fesses sont gelées à force d'être assise sur le bitume glacé. J'ai le nez qui coule. J'ai envie de pleurer. La nuit est tombée depuis longtemps. J'ai vu les lumières s'allumer chez les voisins de Noah. J'ai vu des gens rentrer chez eux les uns après les autres. Mais toujours aucune trace de Noah. Que fait-il ?

Il est avec elle !

Il a peut-être déménagé. Ce serait la seule explication logique pour qu'il ne soit toujours pas rentré. Je sens les larmes me monter aux yeux. Ma gorge est serrée, j'ai envie de pleurer. S'il a déménagé, comment je vais faire pour savoir où le retrouver ? Je pourrais appeler son travail pour savoir s'il est toujours employé là-bas. Je pourrais retourner au magasin où il fait ses courses toutes les semaines. Il va falloir que je trouve une solution pour le revoir. Je ne peux pas le laisser seul. Il a besoin de moi comme j'ai besoin de lui. Il a besoin de savoir qu'on attend un enfant.

Alors que je continue de réfléchir aux possibilités, du mouvement attire mon attention en face de moi. Une voiture se gare sur le parking attenant à l'immeuble. Je me lève brusquement.

C'est lui !

J'ai reconnu sa plaque d'immatriculation. C'est bien lui. Je souris, rassurée. Il n'a pas déménagé, il vit toujours ici. Tout n'est pas perdu. Il rentre juste un peu plus tard que d'habitude. Il a dû travailler tard.

Je lisse mon manteau et je marche d'un pas rapide vers la voiture. Je vois la porte côté conducteur s'ouvrir et Noah descend du véhicule. Mon cœur loupe un battement en le voyant. Il est toujours aussi beau. J'ai des

Je m'appelle Lou

frissons, juste à le regarder. Je ne sens plus le froid, à présent. Je me sens mieux parce qu'il est à quelques pas de moi. Il m'a manqué. Mon homme m'a manqué.

Je m'arrête brusquement en voyant la porte passager s'ouvrir. Il n'est pas seul. Qui peut bien être avec lui ?

Arrête d'être aussi naïve ! Tu sais très bien qui c'est !

Ce n'est pas possible. Je dois rêver. Je regarde Eva sortir de la voiture, le cœur au bord des lèvres. Elle a l'air heureuse. Elle sourit. J'ai envie de hurler. Je suis tétanisée. J'ai l'impression que je vais m'effondrer d'une seconde à l'autre. Noah fait le tour de la voiture tranquillement. Il lui prend le bras en lui parlant et lui dépose un baiser sur le bout des lèvres.

Tu me crois maintenant ? Tu vois ! J'avais raison.

Je n'arrive pas à formuler une pensée cohérente. On dirait que mon cerveau s'est mis en pause. Seule la voix continue de s'énerver alors que je les observe, estomaquée. Mes pieds semblent avoir pris racine dans le sol. Je ne sens plus mes doigts gelés dans mes poches. Je suis tout près d'eux mais ils ne semblent pas me voir. Je suis à seulement quelques mètres d'eux. Je vois Noah entourer la taille d'Eva et l'embrasser une nouvelle fois. Je la vois minauder. Elle a l'air contente, en plus !

Salope ! Voleuse de mec ! Pute !

Je n'arrive pas à bouger. Je les regarde. La colère pulse dans mes veines. La haine gronde dans ma tête. Je me mets à trembler de tous mes membres. Je veux qu'elle meure !

Au bout de ce qui me semble une éternité, Noah tourne la tête dans ma direction. Il me détaille une poignée de secondes et lâche Eva par réflexe. Il semble

Je m'appelle Lou

surpris de me voir. Il dit quelque chose à Eva mais je n'entends pas. Je suis trop loin. Elle tourne la tête vers moi. Son visage se fige.

Bah ouais ! Connasse !

Elle parle de nouveau à Noah et il secoue la tête. Il ne me quitte pas des yeux. Il a l'air en colère. Eva lui presse le bras et l'embrasse avant de me jeter un nouveau regard. Noah lui dit quelque chose. Elle semble l'ignorer en secouant la tête et vient à ma rencontre.

Je n'arrive toujours pas à bouger. Je voudrais pouvoir faire un geste, m'en aller ou aller à leur rencontre mais rien n'y fait. Je suis comme paralysée. Cette boule de sanglots coincée dans ma gorge m'empêche de respirer. Mon cœur bat de façon désordonnée dans ma poitrine. Mes mains tremblent le long de mon corps. Je ne maîtrise plus rien.

Laisse-moi prendre le contrôle. Je maîtriserai, moi, quand je lui éclaterai la tête sur le trottoir !

— Lou, ma chérie, dit Eva avec douceur en s'arrêtant face à moi. Qu'est-ce que tu fais ici ?

Je regarde Noah s'approcher de nous. Il ne me quitte toujours pas des yeux. Il s'arrête à côté d'elle et pose une main protectrice dans son dos. J'ai envie de vomir.

Sale pute ! Frappe-la !

— Tu m'espionnes ? Questionne Noah d'un air mauvais.

— J'avais besoin de te voir, dis-je d'une voix enrouée.

Eva me regarde avec une expression étrange. Je ne la regarde pas. Toute mon attention est concentrée sur Noah. Je ne veux pas la regarder. Je ne peux pas. Je lui en veux trop.

Je m'appelle Lou

— Comment tu connais mon adresse ? Interroge Noah d'une voix dure.
— J'avais besoin de te voir, répété-je doucement.
— Je ne veux plus te voir ! S'emporte Noah, me faisant sursauter. Tu es complètement tarée ! Tu ne peux pas attendre les gens en bas de chez eux de cette façon !

SALE ENFOIRÉ DE MERDE !

Je ferme un instant les yeux pour contrôler mon humeur autant que pour supporter la voix qui hurle dans mon crâne. Je pourrais fondre en larmes d'une seconde à l'autre, je le sais. Je sens mes yeux s'humidifier. Je sens ma gorge se serrer. J'ai mal dans la poitrine. Pourquoi est-ce qu'il ne veut plus me voir ? Qu'est-ce que j'ai fait de mal ?

— Lou, explique-moi ce qui se passe, conseille Eva en essayant de prendre ma main.

Je la pousse d'un geste brusque et je recule d'un pas. Je la déteste. Je déteste le ton qu'elle emploie avec moi. Elle me traite comme une petite chose fragile. Elle m'a volé mon Noah. Je suis fébrile, maintenant. J'ai des fourmis dans tout le corps. Au moins, je ne suis plus figée. J'arrive enfin à bouger, c'est une bonne chose.

Tu peux lui refaire le portrait à cette putain de voleuse de mec !

— Ne me touche pas ! Hurlé-je en fusillant Eva du regard. Tu n'as pas honte ?

Elle ouvre de grands yeux ronds. Elle ne devait pas s'attendre à ma rébellion. Elle semble surprise. Noah l'attire contre lui d'un air protecteur. Il me fusille du regard. Il semble dégoûté par ma simple présence. Le voir la toucher me fait si mal. J'ai l'impression que mon cœur est en train de se comprimer dans ma poitrine. Ma respiration devient laborieuse. Les larmes grossissent sous mes paupières.

— Noah est avec moi !
— Tu es complètement folle, ma pauvre ! S'exclame Noah d'un air outré.

Elle lui a monté la tête contre toi ! J'en étais sûre !

— Lou... soupire Eva d'une voix douce. Tu es sûre que tu vas bien ?
— Je t'ai dit que j'avais quelqu'un dans ma vie ! Crié-je à son attention. Je t'ai parlé de lui ! Tu veux me le voler !
— Lou... répète Eva d'une voix pleine de pitié.

J'ai envie de la frapper. J'ai envie de hurler. Elle semble avoir pitié de moi. C'est d'elle-même qu'elle devrait avoir pitié ! Elle savait pour Noah et moi. Elle savait qu'on était amoureux, elle était au courant de notre histoire. Elle me l'a volé et maintenant, elle se permet de me parler comme si j'étais la dernière des idiotes. Comme si j'étais une enfant qui fait un caprice.

— Tu étais mon amie ! sangloté-je. Je te faisais confiance !

Eva tente de s'approcher de moi mais Noah la retient par le bras. Il fait bien parce que je serais capable de la blesser. Si elle venait encore à poser une main sur moi, je pourrais lui faire du mal. Je le sais.

— Rentre chez toi ! Ordonne-t-il d'une voix mauvaise.
— Il faut qu'on parle ! Dis-je entre deux sanglots. Noah, s'il te plait, il faut qu'on parle tous les deux !
— Dégage ! Hurle-t-il en me poussant sans

Je m'appelle Lou

ménagement. Tu es folle ! Dégage ou j'appelle les flics !

Il m'a bousculée. Je suis abasourdie. Il a été violent avec moi. A cause d'elle. Je pleure de plus belle. Eva me regarde avec une expression désolée. On dirait qu'elle a pitié de moi.

Je n'aurai aucune pitié quand je vais la butter, moi !

Noah me tourne le dos et tire Eva par le bras pour qu'elle le suive. Je pleure toujours, le cœur douloureux. Je tremble de la tête aux pieds.

Je les regarde partir sans réussir à faire le moindre geste. Noah ne me jette même pas un regard alors qu'Eva ne cesse de se tourner vers moi avec son air désolé. Je la hais. Je voudrais qu'elle meure.

Je peux le faire pour toi, Lou.

La voix avait raison depuis le début. Eva n'est pas mon amie. Elle s'est servie de moi.

Elle avait besoin de te connaître pour savoir comment te voler Noah.

Je me suis fait avoir comme une idiote. Je sèche mes larmes, le cœur encore lourd. Je pose mes deux mains à plat sur mon ventre. Mon pauvre bébé. Je n'ai pas pu dire à Noah que j'attendais un enfant. Il ne sait pas que le fruit de notre amour grandit en moi.

Il faut te débarrasser de cette peste !

Je regarde Noah et Eva entrer dans l'immeuble. J'ai envie de hurler. Mon cœur est brisé. La douleur me vrille de part en part. Je n'ai jamais eu aussi mal de toute ma vie.

Je te l'avais dit. Tu n'aurais pas dû lui faire confiance.

J'ai cru qu'elle était vraiment mon amie. Elle était

gentille avec moi. Elle était douce. Elle était compréhensive. Elle était amicale. J'ai cru qu'on était amies toutes les deux.

Il n'y a que moi, Lou.

Je commence à le croire aussi. Je commence à croire que la voix est la seule personne de ce monde à vraiment vouloir mon bonheur. Tous les autres se servent de moi. Tous les autres veulent me blesser. Ils veulent que je souffre.

Laisse-moi prendre soin de toi, Lou. Tout ira bien, tu verras.

Je m'appelle Lou

-14-

Je n'ai pas dormi de la nuit. J'ai bien essayé mais impossible d'y parvenir. Je suis dévastée, littéralement. Noah m'a traitée comme une moins que rien hier soir. Il m'a regardée avec une expression de dégoût qui m'a retourné le cœur. Et Eva... Je n'arrête pas de changer d'avis sur elle. Je ne sais plus qui croire. Je ne sais plus quoi croire.

J'ai passé tout le trajet retour d'hier soir entre deux émotions. J'étais en colère. Même pire. J'étais furieuse. Eva m'a volé Noah. Il n'y a aucun doute possible. Ils sont ensemble. J'ai vu comme il la regardait. J'ai vu comme il la touchait. J'ai vu la façon dont elle minaudait. Quand le souvenir de son visage apparaissait devant mes rétines, je fondais en larmes. La tristesse. Le désespoir. C'est la deuxième émotion qui m'a étreinte hier.

Aujourd'hui est un autre jour. Je suis perdue. Je ne sais plus. Est-ce que j'ai bien vu ? Je me suis peut-être fait des illusions. Peut-être que j'ai imaginé tout ça ? Est-ce que je suis vraiment allée voir Noah ? J'ai peut-être trop dormi. C'était peut-être juste un cauchemar, l'expression de mes pires craintes. Ou alors, c'était une autre femme.

Oui, ce n'était pas Eva. Est-ce que c'était vraiment elle ? Je suis peut-être vraiment malade. Je suis peut-être en crise paranoïde. Peut-être que j'imagine des choses. Peut-être que j'ai de nouvelles hallucinations.

Non. Tu n'es pas en crise. Tu as bien vu. C'est une allumeuse. Une menteuse. Une manipulatrice.

Je ne suis pas sûre de ça. Je la connais, quand même. OK, notre relation amicale a commencé pour de mauvaises raisons mais ensuite, c'était sincère. On a partagé des discussions, des secrets, des soirées. On a passé du temps ensemble, Eva et moi. Elle a toujours été gentille avec moi. Elle est prévenante. Elle est souriante. Elle s'inquiète vraiment pour moi.

Elle a joué la comédie pour te manipuler. Elle voulait te détourner de ta relation avec Noah.

Elle ne savait pas qui il était. Je ne lui ai jamais dit. J'ai toujours gardé cette relation secrète. Je lui parlais de lui, bien sûr, mais elle ne connaissait pas son prénom. Elle n'avait pas besoin de savoir. Ça ne regarde personne. Ça ne la regardait pas. Comment aurait pu-t-elle le savoir ?

Comme toi. En te suivant. En menant son enquête.

Ce n'est pas son genre. Je la connais, elle n'est pas comme ça. Elle est gentille et prévenante. Elle est douce. Elle n'est pas du genre à suivre quelqu'un. Elle n'est pas du genre à éplucher un profil sur les réseaux sociaux.

Tu penses la connaître. C'est faux. C'est une manipulatrice.

Je secoue la tête en couvrant mon visage de mes mains. J'ai mal à la tête et j'ai encore envie de pleurer. Je suis assise sur une chaise, face à ma table. Je suis dans la même position depuis si longtemps que je ne sens plus mon derrière. Je ne sais même plus quel jour on est, ni

Je m'appelle Lou

l'heure qu'il est. Je ne sais plus si je dois faire confiance à Eva. Je suis perdue. Je ne sais plus quoi croire. Dois-je croire mon instinct ? Dois-je écouter la voix ? Je ne sais plus et ça me rend folle. Littéralement.

Il faut te débarrasser d'elle, Lou. Tu n'as pas d'autre solution. Elle doit disparaître de l'équation.

Je ne pense pas en être capable. Je ne veux pas faire de mal. Je ne suis pas ce genre de personne. Je ne suis pas une personne mauvaise.

Tu oublies Marion. Tu l'as frappée.

J'ai perdu le contrôle. Ça arrive. Elle s'est moquée de moi. Elle m'a provoquée. Je n'étais pas en forme ce jour-là. Tout le monde a des passages à vide.

Tu sais très bien que ça peut de nouveau arriver avec Eva.

Non. Je ne suis pas une personne violente. Eva est mon amie. Je ne peux pas lui faire de mal.

Pense à ton bébé, Lou. Tu dois le protéger.

Mon cœur se serre et les larmes coulent sur mes joues. Mon petit bébé. Mon bébé. Je suis enceinte. Un enfant grandit en moi. Le bébé de Noah et le mien. Mon enfant doit connaître son père.

Elle empêchera Noah de venir voir votre enfant. Elle le voudra pour elle toute seule.

Non. Eva est une personne gentille. Elle ne fera pas ça. C'est une femme. Nous, les femmes, on a cet instinct qui nous pousse à protéger les enfants. C'est dans notre nature. Elle a cet instinct aussi. Elle voudra protéger mon enfant. Si je parle de la grossesse à Eva, elle prendra la bonne décision.

Tu es trop naïve. Tu vas encore souffrir. Fais-moi confiance. Je sais ce qui est bon pour toi.

Je soupire, essuie mes larmes et me lève brusquement. Il faut que je bouge. J'ai des crampes dans les jambes. Je ne veux plus parler de tout ça. J'en ai marre de ces discussions. Marre de ne jamais être d'accord avec la voix. Ça ne peut plus durer. On doit réussir à composer ensemble. On doit réussir à s'entendre.

Si tu m'écoutais, tout serait plus simple !

La sonnette de ma porte d'entrée retentit, me faisant sursauter. Je me tourne vers celle-ci, le cœur battant. Qui peut bien venir chez moi sans prévenir ?

C'est Noah. Il regrette.

J'espère que c'est le cas. Je baisse les yeux vers ma tenue, les larmes aux yeux. Je suis laide. Je n'avais pas prévu d'avoir de la visite. Je suis en jogging. Il est taché. Mon pull est trop grand. Je suis ridicule. Je ne suis pas coiffée. Mes cheveux sont emmêlés. Il va avoir peur. Il va me trouver repoussante.

Je marche d'un pas mal assuré vers la porte alors qu'on sonne pour la seconde fois. Je passe mes doigts dans mes cheveux pour les démêler un peu. Je lisse mon pull trop grand et je prends une grande inspiration en jetant un coup d'œil à mon reflet dans le miroir de l'entrée.

Tu n'es pas si mal. Ouvre la porte.

Je m'exécute. Ce n'est pas Noah. C'est Eva. La déception doit se lire sur mon visage car son sourire s'efface dès que nos regards se croisent.

Espèce de traînée ! Elle vient te narguer !

J'ignore la voix et ouvre un peu plus la porte pour laisser Eva pénétrer dans mon appartement.

Elle sent le parfum. Ses cheveux sont parfaitement

Je m'appelle Lou

coiffés, lisses, tombant dans son dos. Elle a maquillé ses grands yeux bleus et peint sa bouche en rose. Elle est belle. À côté, je dois ressembler à une pouilleuse.

Ce sont des artifices ! Je donnerais cher pour voir à quoi elle ressemble sans tout ce maquillage sur la gueule !

Peu importe. Elle présente bien. Son long manteau blanc est ouvert. Dessous, elle porte une robe grise près du corps, des collants noirs et des bottines noires. Elle est parfaite.

Eva me suit jusqu'à mon salon en silence. Je sens qu'elle est stressée. Je le suis aussi. Pourquoi ? Parce que je sais que plus rien n'est comme avant, maintenant. Je sais que Noah a dû lui dire des choses atroces sur moi. J'imagine qu'il a dû se faire passer pour le gentil de cette histoire. Il a dû me faire passer pour une dingue.

— Je crois qu'il faut qu'on discute, dit Eva d'une voix douce en me couvant du regard.

Elle te prend de haut ! Putain, Lou ! Fous-la dehors ! Tu n'as rien à lui dire. Ne parle pas avec elle !

Je pose mon regard vide sur Eva. Quelque chose se passe alors dans ma tête. Je ne sais pas pourquoi mais maintenant, je sais. La voix a raison. Eva semble me regarder avec dédain. Elle se pense mieux que moi. Le ton qu'elle emploie est condescendant. La douceur dans sa voix n'est pas honnête. Comment j'ai fait pour ne pas le remarquer avant ?

Je te l'avais dit. Je suis la seule sur qui tu peux compter.

Je le sais maintenant. J'ai compris. Eva n'est pas mon amie. Elle ne l'a jamais été.

— J'ai parlé avec Noah, reprend Eva face à mon mutisme. Il m'a expliqué ce qui s'est passé entre vous et...

Fais-lui fermer sa gueule !

Je n'ai pas envie de lui parler. Je n'ai pas envie de me justifier. C'est moi la copine de Noah. Il est à moi et elle me l'a volé. Elle brise un couple et une famille. Il faut qu'elle voie ce qu'elle a fait. Je n'ai pas besoin de parler. Il faut que je lui montre mon état. Elle doit voir que je suis seule et enceinte à cause d'elle. Je regarde Eva d'un air de défi et je lève mon pull sans un mot. Elle baisse les yeux vers mon ventre et une expression de surprise se peint immédiatement sur son visage.

On fait moins la maline, hein ? Espèce de voleuse de mec ! Briseuse de couple !

Elle est livide. Elle regarde mon ventre pendant une poignée de secondes et reporte son attention sur mon visage. Je ne sais pas pourquoi mais je fonds en larmes. Les hormones, sûrement. Le soulagement de l'avoir dit à quelqu'un aussi. La jubilation de savoir qu'elle va le quitter pour de bon, à présent. La tristesse d'être la seule personne sur qui mon bébé peut compter.

Les sanglots sont puissants et incontrôlables. Je prends mon visage dans mes mains et je pleure. Je pleure ce bébé qui grandit en moi. Je pleure cette amitié que j'ai cru sincère. Je pleure mon avenir incertain. Je pleure tout ce que j'avais et que j'ai perdu à cause d'elle.

— Lou... souffle Eva, sous le choc. Tu es enceinte ?

Je renifle en retirant mes mains de mon visage. Je hoche la tête et la regarde, le visage baigné de larmes. Elle a l'air effrayée.

Parce qu'elle comprend qu'elle ne fera pas le poids. Espèce de manipulatrice !

Je m'appelle Lou

Il faut que je réussisse à la convaincre de quitter Noah. Je vois bien dans ses yeux qu'elle semble attristée. Elle s'était peut-être attachée à Noah. Mais maintenant, elle comprend qu'elle est la méchante de l'histoire. Elle comprend que je n'ai rien fait de mal. Il faut juste que j'arrive à lui faire prendre une décision. La décision qui m'arrange. Peut-être que je n'ai pas tout perdu, finalement. Peut-être que je peux encore arranger les choses. La seule chose que je n'aurai plus, c'est son amitié.
Elle s'est jouée de toi. Tu ne perds rien.
— Qu'est-ce que Noah t'a dit ? Demandé-je en essuyant mon visage.
— Ce n'est pas important, répond très vite Eva.
— Si ! Insisté-je. C'est très important. Qu'est-ce qu'il t'a dit ?

Elle semble surprise de mon ton. Eva ne me connaît pas autoritaire. Elle connait Lou gentille et souriante. Et douce. Elle ne sait pas que je peux être désagréable ou sèche. Peu importe. Au moins, elle voit à présent qui elle a en face d'elle. Je n'ai plus envie de pleurer maintenant. J'ai envie de tout savoir. Je veux qu'elle voie que j'ai du caractère. Il faut qu'elle ait conscience que je ne suis pas une petite chose fragile. Je suis forte et j'attends un enfant. Je suis prête à tout pour protéger mon bébé. Elle me regarde une poignée de secondes d'un air effaré puis détourne le regard.
Elle a peur de toi.
Tant mieux. Je suis prête à tout pour protéger mon enfant et sa future vie. Je suis prête à tout pour sauver mon couple avec Noah. J'espère qu'elle l'a bien compris. Je veux qu'elle me dise tout ce qu'il lui a dit. J'ai besoin de

savoir.

— Il m'a dit que ce n'était qu'un plan cul entre vous, explique Eva d'un air mal à l'aise. Que vous ne vous voyez pas souvent... Que vous n'êtes jamais sorti en ville ensemble. Que vous étiez d'accord.

— Est-ce qu'il t'a dit qu'il a dormi chez moi plusieurs fois ?

Eva secoue la tête, l'air apeurée.

— Est-ce qu'il t'a dit que ça fait 8 mois que ça dure entre lui et moi ?

Eva secoue encore la tête en signe de négation. Elle est de plus en plus livide.

Alors là, Lou, tu m'impressionnes. Je n'aurais pas fait mieux.

Je souris autant de ce compliment que des réponses d'Eva. Elle ne sait rien de ma relation avec Noah. Tant mieux. Je vais pouvoir tourner son ignorance à mon avantage. Je n'ai pas le choix. Je dois enjoliver les choses, je dois modifier la réalité pour qu'elle sorte de sa vie. C'est le seul moyen qu'il me reste pour récupérer mon Noah. Il doit revenir auprès de moi. Auprès de mon enfant. Auprès de nous.

— Lou... murmure Eva d'une voix tendue.

— Quand je lui ai annoncé ma grossesse, il a eu peur, coupé-je d'un ton sec. Il m'a dit qu'il n'était pas prêt. Je lui ai laissé le temps de réfléchir. Mais ça fait un mois. J'ai décidé d'aller le voir hier pour savoir s'il avait pris le temps de réfléchir. Et je vous ai vus...

— Il m'a assuré que tu n'étais pas censée savoir où il vivait ! Se défend Eva.

Je m'appelle Lou

— Il t'a menti ! Dis-je d'un ton exaspéré. Tu entends ce que je te dis, Eva ? Ça fait 8 mois que Noah et moi, on est ensemble.

Je vois le doute s'installer sur son visage. Je vois son regard se troubler quand elle m'observe. Je peux presque voir le moment où la réalité s'impose à elle. Il ne se passe qu'une poignée de secondes mais je vois le changement opérer. Maintenant, elle semble croire mes propos. Elle soupire et se laisse tomber lourdement sur la chaise où j'étais assise il y a quelques minutes.

— Je ne comprends pas... se plaint-elle, les yeux humides.

— Il n'y a rien à comprendre, décrété-je d'un ton dur. Il se moque de toi. Il s'amuse avec toi.

Elle se met à pleurer en silence. J'ai réussi. J'ai envie d'éclater de rire. C'était facile.

Tu es vraiment douée, Lou. Je suis fière de toi.

Je vais dans la cuisine et je prépare deux cafés. Je souris en préparant les tasses. Elle va le quitter. Elle a vu mon ventre. Quand elle l'aura quitté, il reviendra vers moi. Tout sera réglé.

Si elle ne le quitte pas ?

Je suis sûre qu'elle le fera. Elle a peur de moi, je le vois. Elle ne voudra pas entrer en conflit avec moi. Quand bien même elle décide de ne pas le quitter, je ferai ce que je dois faire pour me débarrasser d'elle. Je dois me battre pour protéger mon enfant et notre famille. Je ferai ce qu'il faut. Je n'ai pas le choix.

OUI ! Je dis OUI !

Je souris en versant le café dans les tasses. Finalement, ce n'est pas si difficile de m'entendre avec la voix. J'ai

Je m'appelle Lou

compris maintenant. Elle seule sait ce qui est bon pour moi. Elle seule veut mon bonheur. Je dois arrêter de me disputer avec elle.

Je retourne dans le salon et je dépose les tasses de café sur la table. Eva ne pleure plus. Elle a le regard perdu dans le vide. Je tire une chaise et je m'assois face à elle. Je la regarde prendre la tasse de café et enrouler ses doigts autour d'un air absent. Je bois une gorgée de café. Je suis satisfaite.

— Je n'arrive pas y croire, souffle Eva en reportant son attention sur moi. Il m'a dit qu'il était seul... Je...

— Tu t'es fait avoir, coupé-je d'un ton sec. Ça arrive à tout le monde.

— Mais je t'ai parlé de lui ! Se défend Eva. Tu aurais dû me dire que tu avais des doutes... Tu as bien dû trouver des similitudes entre l'homme dont je te parlais et celui qui partage ta vie...

Regarde-la essayer de se dédouaner ! Tu es une salope voleuse de mec, assume ma vieille !

J'opine du chef. Je suis d'accord. Elle fait tout pour retourner la faute contre moi. Ça ne marche pas. Je n'ai rien fait de mal. J'ai senti dès le départ qu'elle me poserait des problèmes. Tout ce que j'ai fait, c'était pour protéger mon couple.

— Et toi ? Accusé-je. Je t'ai dit que mon homme était peut-être infidèle. Pourquoi tu n'as pas pensé que tu étais peut-être la maîtresse ?

— Parce que Noah m'a assuré qu'il était seul depuis longtemps !

— Comme tous les hommes infidèles ! Crié-je malgré

Je m'appelle Lou

moi.

Elle sursaute et plante son regard bleu azur sur moi. Elle semble terrifiée.

— Je suis désolée, s'excuse-t-elle piteusement. Je suis sincèrement désolée, Lou.

Je balaie ses excuses d'un signe de la main. Je pose ma tasse sur la table et m'appuie contre le dossier de ma chaise en posant mes mains à plat sur mon ventre. Je vois ses yeux se poser dessus et remonter à mon visage alors qu'ils se remplissent à nouveau de larmes.
Elle se lève, sa tasse à peine entamée et lisse un pli imaginaire sur sa robe.

— Je vais le quitter, annonce-t-elle d'une voix claire. Je suis désolée, Lou.

— Je te pardonne, dis-je en me levant à mon tour.

Eva me regarde d'un air désolé et avant que je ne comprenne, elle se jette sur moi et me prend dans ses bras pour me serrer contre elle.

Étrangle-la ! Mets-lui une patate ! Défonce-lui la gueule !
J'ignore la voix mais l'envie de l'écouter est bien là. Ce serait facile. Je pourrais la tuer, ici, dans mon salon. Je pourrais dire qu'elle m'a agressée et que je me suis défendue. Je pourrais être débarrassée d'elle pour de bon.

— Tu peux compter sur moi, Lou, dit Eva à mon oreille. Je serai toujours ton amie. Je te soutiendrai dans cette grossesse si Noah ne le fait pas.

Elle n'a rien compris, la gourde ! Elle est vraiment complètement idiote, ce n'est pas possible !

Je fournis un effort surhumain pour pousser doucement Eva au lieu de la frapper jusqu'à ce qu'elle me lâche.

Je m'appelle Lou

— C'est gentil de ta part, dis-je doucement.
Elle doit sortir de ta vie !
Je sais. C'est ce qui va arriver, pas de panique.

Eva me regarde un instant en silence puis pousse un long soupir avant de se diriger vers la porte d'entrée. Je la suis sans dire un mot. Elle ouvre la porte et se tourne vers moi.

— Merci de me pardonner, dit-elle avec sincérité. Les amies comme toi, c'est rare.
— Merci à toi d'être venue, réponds-je en forçant un sourire.

Elle quitte mon appartement et je ferme la porte à clés derrière elle.

Et maintenant ?

— Maintenant, dis-je à voix haute. Soit elle sort de la vie de Noah, soit je la tue.

Je m'appelle Lou

-15-

Une semaine. Une semaine s'est écoulée depuis la visite d'Eva à mon appartement. Je n'ai pas eu de ses nouvelles depuis mais peu importe. J'ai d'autres choses à régler. Je suis enceinte. J'attends un bébé. Tous les signes sont là. Je n'ai pas mes règles. Je prends du poids. Je suis irritable. J'ai des nausées matinales. J'ai des envies atypiques de nourriture.

Ton bébé grandit tranquillement.

Oui, il grandit bien. Je le sens. Il prend tranquillement place au creux de mon ventre. Je vais être maman. Je suis déjà un peu maman. Je fais de mon mieux pour que mon enfant aille bien. Je mange équilibré. Je fais attention à ne pas trop me fatiguer. Je lis beaucoup d'articles sur la maternité sur internet. Je serai une bonne maman.

J'ai essayé de joindre Noah à plusieurs reprises depuis la visite d'Eva mais je n'ai toujours aucune réponse. J'ai tenté de lui envoyer des messages et de l'appeler, sans succès. Je tombe toujours sur son répondeur. Je me demande s'il n'a pas changé de numéro. Il a peut-être cru qu'il valait mieux en changer. Il m'en voulait peut-être. Je

Je m'appelle Lou

n'ai probablement pas été assez présente. Je ne lui ai pas assez montré que je tenais à lui. Il était sûrement en colère alors il a changé de numéro. Il pense à moi, j'en suis sûre. Il doit juste avoir besoin de temps pour se calmer. Il avait vraiment l'air énervé contre moi la dernière fois qu'on s'est vus.

Tu aurais pu retourner le voir chez lui.

Non, il vaut mieux lui laisser le temps. Il faut qu'il se rende compte que je lui manque. Il reviendra me voir. Il revient toujours. Il ne peut pas se passer de moi. Il aime être avec moi.

Je ferme les yeux avec un sourire béat flottant sur mes lèvres. J'ai bien mangé, maintenant, il est l'heure de la sieste. J'ai de nouvelles habitudes. Le docteur Garnier serait fier de moi. J'ai instauré un nouveau cadre dans ma vie. C'est important pour le bébé.

Pas sûr qu'il serait fier de te savoir enceinte !

Je ris. Je ris si fort que mes yeux deviennent humides et très vite, les larmes coulent sur mes joues. Je ris aux éclats en imaginant la tête du docteur Garnier s'il l'apprenait. C'est vrai qu'il ne serait pas content d'apprendre cette nouvelle. Je l'entends d'ici : « Lou, ce n'est pas une bonne idée. Ce n'est pas bon avec votre pathologie. »

Quel abruti !

Heureusement que je ne le vois plus. Je n'ai plus besoin de lui. La preuve. Plus de médicaments et je vais bien. Je dors bien.

Et tu dors même beaucoup !

C'est important pour le bébé. Je vais m'installer dans mon lit pour me reposer un peu. Mon bébé a besoin que

Je m'appelle Lou

je sois en forme. Je suis épuisée, j'ai toujours envie de dormir. Il est évident que je vais beaucoup mieux. Quand je suis en crise, je ne dors pas. Quand je prenais mon traitement, c'étaient les comprimés qui me faisaient dormir. Je n'en ai plus du tout besoin, à présent. Le sommeil me cueille très vite depuis que je porte mon enfant.

Je suis réveillée en sursaut par des coups puissants donnés contre ma porte d'entrée. Je mets quelques secondes à sortir de ma torpeur et je regarde autour de moi, légèrement désorientée. Mon réveil indique 15h. Je n'ai dormi que 30 minutes.

Les coups reprennent, encore plus fort. Je sors de mon lit en tremblant et j'attrape mon peignoir. Il fait très froid dehors et je baisse le chauffage au minimum dans mon appartement pour économiser sur les factures. Je dois faire attention à mes finances. Je n'ai plus de travail.

Et tu ne pourras pas travailler tout de suite avec le bébé.

Tout à fait. Il faudra que je reste à la maison avec lui. Je veux le voir grandir. Je ne veux rien louper de ses premiers mois. Je veux être présente pour mon bébé. Je vais m'occuper de mon enfant.

Et de Noah.

Oui. Noah me reviendra, c'est une certitude. On est des âmes sœurs lui et moi. Rien ne peut nous séparer. On vit des épreuves, c'est normal. Mais ensuite, on sera réunis. Il sera avec le bébé et moi. Je devrai tenir l'appartement propre et cuisiner pour mon homme. Il faudra qu'on discute d'où nous allons vivre. Quand il viendra me voir, on en parlera. J'imagine qu'il voudra qu'on prenne quelque chose ensemble. Il nous faudra une pièce en plus pour que notre enfant ait sa chambre.

La porte, Lou !

Oui, c'est vrai ! Merci la voix ! Quand je pense à Noah, mon esprit vagabonde. C'est l'amour. C'est accentué par les hormones de la grossesse. J'ai lu un article à ce sujet sur internet.

Ça frappe de nouveau. Je sors de ma chambre et je vais ouvrir la porte.

Mon cœur loupe un battement en voyant Noah. Mon homme est revenu !

Il en aura mis du temps !

Je lui souris, je suis tellement heureuse de le voir que je pourrais lui sauter dans les bras. Il est si beau ! Qu'est-ce qu'il m'a manqué !

Il me fusille du regard, effaçant mon sourire par la même occasion. Je sens ses yeux se balader sur mon corps tandis qu'une expression de dégoût se peint sur son beau visage. Il semble en colère.

Avant que je ne comprenne ce qui se passe, il me pousse violemment. Je recule sous l'impact de sa main sur mon épaule et je me cogne dans le mur derrière moi. Il claque la porte derrière lui et se tourne vers moi avec un visage menaçant. Mon cœur se met à battre plus fort dans ma poitrine et mes mains se mettent à trembler. Il a l'air soudain beaucoup moins attirant. Il a le visage déformé par la haine. Il me fait peur.

Tu n'as pas à avoir peur. Tu es la femme de sa vie, la mère de son enfant. Il ne te fera pas de mal.

Je n'en suis pas si sûre, là, tout de suite. Si ses yeux étaient des revolvers, je serais déjà morte sur place. Il me

Je m'appelle Lou

regarde avec une telle colère que j'ai envie de baisser les yeux.

Soutiens son regard, Lou. Montre-lui que tu n'es pas une petite chose fragile.

Je m'exécute, la boule au ventre. Je ne baisse pas le regard malgré l'envie de le faire. Il a les yeux injectés de sang. Je peux voir le sang pulser dans sa carotide. Il a l'air d'avoir le cœur qui bat la chamade. Ses mâchoires sont crispées, je distingue des tics nerveux qui font tressauter sa joue.

— Espèce de folle ! Grogne-t-il entre ses dents. Je peux savoir ce qui te prend de raconter des conneries sur mon compte ?

Je suis soufflée par son ton. Je voudrais pouvoir parler, dire quelque chose mais je n'y arrive pas. Je ne comprends pas sa colère.

C'est Eva qui a dû lui dire des conneries ! Cette peste a encore essayé de te manipuler !

Noah m'attrape par les épaules et me secoue, m'arrachant un cri de surprise. J'ai l'impression d'avoir une boule de plâtre dans la gorge. Elle comprime ma trachée et m'empêche de respirer correctement. Pour ce qui est de parler, je n'en suis clairement pas capable à cet instant. Pourtant, je ne baisse pas le regard. Je continue de le fixer d'un regard vide.

— Parle ! Ordonne-t-il plus fort.
— Tu me fais mal, dis-je clairement.

Il me lâche et recule d'un pas mais ne semble pas moins énervé. Je suis assez fière de moi parce que j'ai réussi à m'exprimer. Pourtant, il me fait vraiment peur. Il m'a bousculée pour la seconde fois en quelques jours. Je

Je m'appelle Lou

ne connaissais pas cette facette de sa personnalité. Je dois me reprendre. Il ne faut pas que je montre la crainte qu'il m'inspire.

— J'essaie de te joindre depuis des semaines, expliqué-je alors qu'il me regarde d'un air mauvais.

Il lève les yeux au ciel. Je tends la main vers lui pour le toucher mais il me repousse.

Putain Lou ! Tu vois ! Elle est pire que ce qu'on pensait ! Elle l'a retourné contre toi !

— Je ne veux plus te voir ! S'emporte Noah avec colère. Tu es dure de la feuille, ou quoi ?

— Tu ne m'as pas dit que tu ne voulais plus me voir, contré-je d'un ton calme.

J'arrive enfin à parler d'une voix normale, je suis plutôt fière de moi. J'ai réussi à me calmer sans même m'en rendre compte. Il semble un peu désarçonné par mon ton mais ne le montre qu'une fraction de seconde.

— Quand un mec ne te répond pas, ça veut dire qu'il te zappe ! S'exclame Noah avec haine.

— Non, dis-je en secouant la tête. Ça veut dire que tu étais occupé. Je comprends. Tu travailles beaucoup.

J'essaie à nouveau de lui prendre la main mais il me pousse encore une fois.

— Tu devrais te faire soigner ! Dit-il d'une voix forte. Tu es folle.

— Non, contré-je, sûre de moi. Je suis peut-être un peu impulsive, c'est vrai mais...

La voix éclate de rire dans ma tête, me faisant oublier ce que j'allais dire. C'est vrai que dit comme ça, c'est drôle ! Je suis vraiment impulsive. Pas juste un peu. Mais

Je m'appelle Lou

quand même ! Il dit que je suis folle. Je pourrais m'énerver, je n'aime pas quand on me traite de folle. Pourtant, je reste calme face à lui. La voix est toujours hilare dans ma tête. Son amusement est communicatif. Je ricane dans ma barbe à mon tour.

— Regarde-toi ! Intime Noah d'une voix blanche. Tu ris toute seule. Tu imagines des choses. Tu...
— Je quoi, Noah ? Le coupé-je. C'est drôle, non ? Tu finis toujours par revenir me voir après tous ces mois... Tu me dis que je suis folle mais tu es là, chez moi...

Il secoue la tête d'un air outré. Je peux voir ses yeux rouler dans leurs orbites. Il est décontenancé, il ne s'attendait pas à ce genre de remarque. Mais j'ai raison. Je le sais. Il le sait. La voix le sait.

Bien envoyé, cocotte ! Il ne peut pas nier l'évidence.

— Tu as raconté à Eva qu'on était ensemble depuis 8 mois, accuse Noah d'un ton soudain très posé. Lou. Toi et moi, on n'a jamais été ensemble.
— Bien sûr que si.
— Non ! On était d'accord, tous les deux. Pas d'attaches, pas de sentiments...

NON ! Il a décidé tout seul ! Lou ! Dis-lui !

— Je suis enceinte, dis-je en ouvrant mon peignoir.

Noah semble avoir vu un fantôme. Il devient plus blanc que le mur derrière lui et baisse les yeux vers mon peignoir ouvert. Je suis en nuisette. Elle est tendue sur mon ventre, il ne peut pas nier l'évidence.

— C'est une blague ? S'indigne Noah en reculant. Tu te fous de ma gueule, là ?

Je secoue la tête en fermant de nouveau mon peignoir.

Je m'appelle Lou

Il semble sous le choc. Je peux le comprendre, il ne s'y attendait pas. Pourtant, notre bébé grandit bien dans mon ventre.

Il se passe une main sur la tête et secoue la tête en semblant réfléchir. J'en profite pour lui toucher le bras. Il ne me repousse pas, cette fois.

Parce que tu portes son enfant.

— Suis-moi, dis-je d'une voix douce en lui prenant la main. Je vais nous faire un café.

Je le tire par la main jusqu'au salon et je le pousse pour qu'il s'assoie sur le canapé. Il semble choqué. Il se laisse faire docilement, le regard perdu dans le vide. Il ne réagit plus.

Je vais dans la cuisine et je m'affaire en réfléchissant. Il est arrivé en colère mais il semble que la fureur ait disparu, à présent. Pourquoi est-il arrivé aussi énervé ?

Parce que cette connasse d'Eva l'a monté contre toi !

Je dois me rendre à l'évidence, ça a tout l'air d'être le cas. Il pense que je raconte des choses fausses sur lui.

Elle a dû lui répéter tout ce que tu lui as dit.

Je suis déçue. Elle semblait comprendre ma situation. J'ai vu comme elle était anéantie. Elle m'a dit qu'elle allait le quitter. J'ai vu dans son regard qu'elle pensait ses paroles. Elle voulait vraiment mettre un terme à leur relation. Qu'est-ce qu'elle a bien pu lui dire ?

Elle s'accroche. Elle veut voir si elle peut gagner contre toi.

Mais elle a perdu d'avance. Je suis enceinte. Ça ne sert à rien de s'accrocher à un homme qui n'est pas disponible. Elle devrait en avoir conscience. J'ai presque pitié d'elle. Elle a essayé de le monter contre moi. Elle voulait qu'il reste auprès d'elle. Mais ce n'est pas possible.

Je m'appelle Lou

Noah va être père. Quel homme rejetterait la mère de son enfant pour une autre femme ?
Le genre d'enfoiré que Noah ne doit pas être.
Bien sûr que non, mon Noah n'est pas comme ça. Il est impulsif mais c'est normal, quand on aime. Notre amour est plus fort que cela. Il est plus fort que les moments passés loin l'un de l'autre. Notre amour est plus fort qu'une femme qui essaie de s'immiscer entre nous. Noah et moi, c'est pour la vie. Le bébé que je porte en est la preuve.
Tu vas vraiment devoir te débarrasser de cette nana !
On est d'accord. Il faut que je trouve une solution pour qu'Eva disparaisse pour de bon de la vie de Noah et de la mienne. Il va falloir que je réfléchisse à ça.
Tu peux la tuer.
Comment ? Je n'ai aucune idée de quelle manière procéder. Comment fait-on pour tuer quelqu'un ? Je pourrais regarder sur internet. Non. Je ne pense pas qu'on puisse trouver ce genre d'information. Un accident de voiture, peut-être... Non. Je ne conduis pas. Je ne peux pas la renverser. Je pourrais payer quelqu'un pour le faire à ma place.
Ou tu pourrais l'empoisonner.
C'est une bonne idée. Je pourrais l'inviter à manger et mettre du détergent dans sa nourriture. Il faudra que j'effectue des recherches sur le net pour savoir si ça suffirait à supprimer quelqu'un. Une chose est sûre, Eva doit disparaitre. Je ne peux pas me permettre de la laisser aller à sa guise. Elle essaiera encore de ruiner ma relation avec Noah. Elle voudra détruire notre famille.
Je ramène la tasse de café de Noah dans le salon,

Je m'appelle Lou

soulagée d'avoir trouvé un semblant de solution au problème Eva. Maintenant, je dois m'occuper de Noah. Il faut qu'il revienne auprès de moi pour de bon. Il semble vraiment calmé. Je ne décèle aucune animosité dans ses yeux quand il les lève vers moi.

Il prend la tasse que je lui tend et me fait un petit signe de tête pour me remercier. Je m'assois à côté de lui sur le canapé et j'inspire son odeur. Il m'a tellement manqué. Il est toujours aussi beau. Quel plaisir de le retrouver !

— Tu as vu un médecin ? Demande-t-il en se tournant vers moi.

Je secoue la tête en signe de négation en lui souriant. J'ai envie de l'embrasser. J'ai envie qu'il me touche.

Les hormones augmentent la libido. Laisse-le boire son café tranquille, d'abord.

Oui. Il faut qu'il boive son café. Ensuite, je l'emmènerai dans ma chambre et on fera l'amour tous les deux. Il se rappellera que je suis le meilleur coup de sa vie. Il se souviendra à quel point on est faits pour être ensemble. Toute cette dispute sera oubliée pour de bon.

— Il faut que tu ailles voir un médecin, décrète Noah avant de poser sa tasse sur la table basse.

— J'irai la semaine prochaine, dis-je d'une voix douce.

Noah fouille dans sa poche et sort son téléphone. Je le regarde pianoter dessus avec dextérité.

Ah ces doigts ! Il sait tellement bien s'en servir !

Je me retiens de pouffer de rire. La voix ne perd pas le nord. Je ne peux pas lui en vouloir. On est d'accord ! J'ai hâte qu'il ait fini de boire son café pour les sentir en moi. Ça fait longtemps.

Je m'appelle Lou

Beaucoup trop longtemps !

Noah porte son téléphone à son oreille et se lève pour aller dans la cuisine. Je le regarde s'éloigner avec envie. Il est si beau ! Il est sexy !

Et il est à toi.

Oui, rien qu'à moi. Je vais trouver un moyen de me débarrasser d'Eva pour de bon et ensuite, tout ira mieux. On s'installera ensemble et on élèvera notre enfant tous les deux. On sera heureux tous les trois. On pourra même en faire un autre dans quelques années.

Je l'entends parler au téléphone. Il prend un rendez-vous, on dirait. Il remercie son interlocuteur et me rejoint dans le salon en poussant un soupir. On dirait qu'il est soulagé. Je le comprend. Moi aussi. Je n'aurais pas supporté cette situation un jour de plus. Je l'aime trop pour ça.

— On a rendez-vous dans deux semaines à la clinique, annonce-t-il en se laissant tomber près de moi.
— Tu vas m'accompagner ? Demandé-je avec espoir.
— Évidemment ! S'exclame-t-il. On était deux à le faire, non ?

Quel homme merveilleux !

Je suis d'accord. J'ai de la chance. Noah est un homme adorable. Je suis tellement heureuse que je pourrais me mettre à pleurer de joie d'une seconde à l'autre.

Foutues hormones !

Je me jette sur Noah et je le prend dans mes bras. Il se laisse faire une poignée de secondes. J'ai envie de plus. Il m'a tellement manqué ! Je me penche sur lui pour l'embrasser. Tant pis pour le café. Je veux qu'il me prenne

tout de suite.
Sur le canapé ! Oui !
Noah m'attrape par les épaules et me pousse doucement. Je suis choquée de le voir me repousser. C'est la première fois qu'il ne me laisse pas l'approcher. Je suis sous le choc. La déception m'étreint tellement fort que je le regarde sans bouger.

— Que les choses soient claires, dit-il en détachant chaque syllabe. Je ne te laisserai pas gérer cette grossesse seule.
— Je sais, dis-je sans comprendre où il veut en venir.
— Je serai avec toi aux rendez-vous, on prendra les décisions qui s'imposent ensemble, reprend Noah d'une voix ferme. Mais toi et moi, c'est mort.

Quoi ? Mais pourquoi ?
— Je ne comprends pas, soufflé-je, prise de court.

Il secoue la tête d'un air agacé et soupire avant de me regarder de nouveau. Je ne l'ai pas lâché une seconde des yeux. Je ne comprends pas vraiment ce qu'il essaie de me dire.

— Toi et moi, on n'a jamais été un couple, dit-il. Et on n'en sera jamais un. Si on ne peut pas mettre un terme à cette grossesse...
— Mais je ne veux pas tuer mon enfant ! Coupé-je, indignée.
— On verra de quand date la grossesse, déclare Noah d'un ton sans appel.

Non mais c'est ton corps ! Pour qui il se prend ?
— Je ne tuerai pas notre enfant, dis-je clairement.
— On en reparlera. Ça ne change rien à ce que je viens de te dire. Toi et moi, c'est mort.

Je m'appelle Lou

— Et notre enfant ?

— Je serai là pour cet enfant si tu mènes la grossesse à son terme. Mais toi et moi, il ne se passera plus jamais rien. On ne se verra que pour les rendez-vous médicaux.

Alors là ! Sacré enfoiré !

Je le fusille du regard. Il pensait sérieusement que j'aurais pu être d'accord pour mettre un terme à la grossesse ? C'est notre enfant qui grandit en moi. Je ne veux pas lui faire le moindre de mal. Il devrait être d'accord avec moi. On a fait l'amour ensemble. On était deux pour faire ce bébé, il l'a dit lui-même. Je ne comprends pas d'où lui vient cette idée. Je suis en colère, à présent. Je lui en veux. Pourtant, je l'aime, c'est l'homme de ma vie. Je suis consciente de tout cela. Mais là, tout de suite, j'ai envie de lui éclater sa tasse sur la face !

Je m'appelle Lou

Je m'appelle Lou

-16-

DECEMBRE 2021

Je regarde mon téléphone d'un œil agacé et je supprime le message qu'Eva vient de m'envoyer. Je n'ai pas encore trouvé comment me débarrasser d'elle donc je préfère ne pas lui répondre pour le moment. Je suis en colère contre elle, elle a manipulé Noah et il ne veut plus de moi.

Il a juste pris peur, ne t'inquiète pas, Lou.

Si, justement ! Je m'inquiète. Il avait l'air sûr de lui quand il m'a dit qu'il ne voulait plus me voir en dehors des rendez-vous médicaux. Je ne veux pas élever mon enfant dans un tel climat.

Il reviendra. Tu portes son enfant.

En attendant, je supporte seule. C'est moi qui subis les sauts d'humeur, les angoisses, les nausées et la fatigue. Lui, il a sa petite vie de son côté, il va bien. Il ne s'inquiète pas pour moi. Il semble ne pas s'intéresser à ce que je lui raconte dans les messages que je lui envoie.

Mais il te répond, il y a de l'avancée.

Je m'appelle Lou

Oui, il a débloqué mon numéro. Dire que je me suis inquiétée en pensant qu'il lui était arrivé quelque chose. Dire que j'ai pensé qu'il avait perdu son téléphone. Dire que j'ai cru qu'il avait changé de numéro. Non ! Rien de tout ça ! Il avait juste bloqué mon numéro. Il m'avait tout simplement supprimé de sa vie.

Je suis sûre qu'il voit encore Eva. C'est à cause d'elle qu'il avait bloqué mon numéro, je le sais. Si j'apprends qu'elle ne l'a pas quitté, je la frappe à mort. Au moins, je n'aurai plus besoin de chercher un poison pour la tuer. Elle crèvera sous mes coups.

Calme-toi, ce n'est pas bon pour le bébé.

Je sais. C'est pour ça que j'ignore Eva. Pour mon bébé et uniquement pour lui. C'est vraiment difficile. Je hais cette femme de toutes mes forces. Je sais que si je la vois, je ne me contrôlerai pas et que je risque de la frapper. Si elle se défend, elle peut faire du mal à mon enfant.

Vu comme elle est peste, elle frapperait dans le ventre volontairement.

Justement ! Je ne veux pas lui laisser cette chance. Elle essaie déjà de me prendre mon homme, je ne vais sûrement pas lui donner l'occasion de me prendre mon enfant.

Un message sur mon téléphone m'annonce que Noah est en bas de mon immeuble. Il m'attend. Je saute sur mes jambes et attrape mon manteau. On va faire notre première échographie, aujourd'hui. Je vais enfin voir mon bébé. J'ai tellement hâte. Je sors de mon appartement en souriant et ferme la porte à clé derrière moi. Noah me manque, j'ai hâte d'être avec lui. C'est notre première sortie en couple.

Je m'appelle Lou

Et quelle sortie ! Vous allez faire la connaissance de votre bébé.

Je descends les escaliers en souriant. Je me suis maquillée et coiffée, ça faisait des semaines que ce n'était pas arrivé. Noah ne va pas en revenir. Je me suis trouvée particulièrement jolie dans le miroir. J'ai acheté des vêtements de grossesse. Le pantalon que je porte aujourd'hui maintient parfaitement mon ventre arrondi. La tunique que je porte en haut est cintrée au niveau de la poitrine. En me regardant de profil, j'ai adoré ce que j'ai vu. J'aime ma silhouette de femme enceinte.

Je monte dans la voiture de Noah en souriant. Il me sourit à son tour et dépose une bise sur ma joue. Mon cœur loupe un battement. J'aime quand il me touche. Ça pourrait ressembler à un baiser amical mais je vois bien ses yeux descendre vers mon décolleté. Il a envie de moi, je le vois.

En même temps, quoi de plus beau qu'une femme enceinte ?

C'est vrai qu'une femme enceinte dégage quelque chose d'envoûtant. Je l'ai lu sur le net. Noah n'y est pas insensible. Et puis, c'est moi. Il me connait sous toutes les coutures. Il m'a vue nue dans toutes les positions possibles. Et maintenant, je porte son enfant. Ça doit lui faire un effet monstre.

Il se met en route et baisse la musique avant de me jeter un petit coup d'œil.

— Tu as l'air en forme, dit-il avec gentillesse. Tu dors mieux ?

Tu vois qu'il s'intéresse à ce que tu lui dis !

Je ne pensais pas. Chaque jour, je lui envoie un message pour l'informe de mon état. Je lui détaille tout, si

Je m'appelle Lou

j'ai bien dormi, bien mangé, si le bébé va bien. Il ne me répond qu'avec des OK ou des phrases de trois ou quatre mots maximums. Je pensais vraiment qu'il s'en fichait. Mais non. Il a l'air de s'y intéresser.

— J'ai très bien dormi cette nuit, annoncé-je en souriant de plus belle. Je pense que le plus dur est derrière nous.

Noah hoche la tête en souriant. Il a l'air heureux pour moi. Pour nous.

— Tu n'es pas trop stressée ? Demande-t-il cette fois.
— Non, dis-je en souriant. Je suis heureuse. Je sens que notre bébé est en pleine forme. J'ai même eu l'impression de sentir un coup, cette nuit.
— C'est tôt ! S'exclame-t-il en me jetant un regard.
— Presque 3 mois, ça peut arriver qu'on sente des coups à cette période.

Il hoche la tête d'un air anxieux.

— J'aimerais beaucoup que ce soit une fille, dis-je avec entrain. J'ai pensé à plusieurs prénoms. Tu y as réfléchi, toi ?
— Non, dit-il sèchement.

Il ne sourit plus. Je n'ai pas vraiment remarqué quand il avait cessé. Sa gentillesse s'est évaporée et son ton est plus brusque. Je vois bien qu'il recommence à être agacé. Je préfère ignorer son changement d'humeur. Je suis bien assez enjouée pour deux.

— Ce n'est pas grave, rassuré-je avec douceur. Je passe mon temps sur internet, j'ai trouvé plein de prénoms adorables. Je te dresserai la liste. Il faudra qu'on le choisisse ensemble.

Noah ne répond pas. Il semble concentré sur la route.

Je m'appelle Lou

Je vois bien qu'il feint cette concentration pour ne plus me regarder. Il n'a pas l'air de partager mon engouement. Son changement d'attitude est perturbant. On dirait que c'est lui qui subit des fluctuations d'hormones. Peu importe. Qu'il fasse la tête si ça lui chante mais ça ne m'atteint pas. Je ne tiens pas en place. Je suis excitée comme une puce. Je suis tellement heureuse. Je voudrais tellement qu'il soit aussi heureux que moi.

Il le sera quand il verra votre bébé sur le moniteur. Il sera sous le charme, tu verras.

— Je pense qu'on devrait vivre ensemble pour le bébé, je reprends d'un ton enjoué.

Cette fois, il quitte la route des yeux pour se tourner brusquement vers moi. Je le dévisage en tentant de ne pas perdre mon sourire trop vite.

— Non, dit-il d'un ton sec. J'ai été clair avec toi, Lou.

J'accuse le coup en silence. C'est la douche froide. Je suis un peu vexée. Je pourrais me mettre à pleurer d'une seconde à l'autre si je ne me contrôlais pas.

Tu le presses trop ! Contrôles tes émotions, voyons !

Mais je suis tellement contente qu'on vive cette aventure ensemble ! Il devrait être heureux aussi. On va avoir un enfant. Ce bébé est le fruit de notre amour. Il devrait être au moins aussi excité que moi.

Il a besoin d'un peu plus de temps. C'est abstrait pour lui.

Je ne comprends pas pourquoi je devrais freiner mon bonheur. Je suis heureuse, j'ai le droit de le montrer, tout de même.

Être en couple, c'est savoir faire des concessions.

Il n'en fait aucune. Il n'essaie même pas de discuter avec moi. Je détourne mon regard de Noah qui s'est de

Je m'appelle Lou

nouveau concentré sur la route. Je regarde le paysage défiler, les lèvres pincées. Je sais que les hormones y sont pour beaucoup. Je suis trop impulsive. Mais je voudrais qu'il ressente les mêmes émotions que moi. Je voudrais qu'il comprenne les efforts que je fournis pour que notre relation fonctionne. Je fais des concessions tout le temps. Lui, il n'en fait jamais.

Cette grossesse doit vous rapprocher, Lou. Elle ne doit pas vous éloigner.

Je m'enfonce dans mon siège, boudeuse. Je déteste quand elle fait ça. Je déteste que la voix ait besoin de me faire la morale. Je n'aime pas qu'elle le défende. Elle est un peu comme un tampon entre mes émotions et Noah. Pourtant, je sais que je dois l'écouter même si ça me tue de l'admettre. La voix a raison. Cette grossesse est l'occasion de solidifier notre couple à Noah et moi. Je dois prendre sur moi jusqu'à ce qu'il soit aussi euphorique que moi. Mais c'est si dur !

Je n'arrive pas à rester concentrée sur le paysage alors je porte mon attention sur le pare-brise et sur le goudron qui s'étend face à nous. Je regarde la route en silence. Je sens que Noah est tendu. Je lui jette un regard discret. Il a les mâchoires contractées.

Il se sent sûrement coupable de la façon dont il t'a parlé.

Eh bien qu'il le dise ! Ce n'est pas à moi de faire tous les efforts. Depuis qu'on se connaît, c'est toujours moi qui mets de l'eau dans mon vin. Il faudrait qu'on puisse inverser les rôles de temps en temps.

— Lou, il faut vraiment qu'on discute, tous les deux, dit enfin Noah, à mon plus grand bonheur.

J'acquiesce en souriant, le cœur battant d'anticipation.

Je m'appelle Lou

— Je vois bien que cette grossesse t'enchante vraiment mais... comment dire... ce n'est pas vraiment mon cas.

Je le regarde sans cesser de sourire. Il ne m'apprend rien, là. Je vois bien qu'il n'est pas aussi emballé que moi.

C'est normal, c'est un sacré changement dans la vie d'un homme.

Oui, tout à fait. Il va devoir prendre soin de moi et du bébé. C'est quelqu'un d'indépendant, il a ses habitudes, il pratique du sport, il sort avec ses amis. Il va devoir changer tout ça. C'est normal que ça lui fasse un peu peur.

— Je comprends, dis-je avec douceur. Il te faut un peu de temps.

— J'ai toujours fait en sorte d'éviter de me retrouver dans cette situation, avoue Noah avec un air désolé.

Je l'encourage à continuer avec le même sourire figé sur mon visage. Je n'aime pas la façon dont il prend des pincettes pour s'adresser à moi. On dirait qu'il va m'annoncer une nouvelle qui ne va pas me faire plaisir du tout.

— Les accidents, ça arrive, reprend Noah en soupirant. Je préférerais qu'on mette un terme à cette grossesse mais j'ai discuté avec Eva et...

Quoi ? Il a discuté avec qui ?

J'ai pensé la même chose. Qu'est-ce qu'elle vient foutre là-dedans ? Le sourire disparaît instantanément de mon visage alors qu'il me jette de petits regards. Il n'a même pas terminé sa phrase.

— Et quoi ? Je demande d'un ton cassant.

— Elle m'a fait comprendre que ce bébé n'a rien

Je m'appelle Lou

demandé, explique-t-il avec patience. C'est toi qui le porte, en plus, donc le choix te revient.

Bah tiens ! Tu entends ça, Lou ? Elle l'a poussé à accepter que tu gardes le bébé.

J'entends très bien. En plus de vouloir me piquer mon homme, cette peste veut mon enfant aussi. Je crois halluciner. Si elle imagine que ça va se passer comme ça !

— Pourquoi tu as discuté de ça avec elle ? J'interroge en tentant de ne pas montrer ma hargne.
— Parce qu'entre Eva et moi, c'est sérieux, annonce Noah.

La voix éclate d'un rire diabolique. Tant mieux si ça la fait rire mais moi, je ne trouve pas ça marrant du tout. Eva m'a dit qu'elle allait quitter Noah. Elle m'a dit qu'elle me soutiendrait, elle semblait me comprendre. Tout ça, ce n'était que de la comédie ! Elle s'est moquée ouvertement de moi. Je la hais ! Elle ne peut pas se trouver un homme libre plutôt que de s'accrocher au mien ? Je cache mes mains sous mes cuisses pour calmer leurs tremblements. Je suis furieuse. La voix continue de rire comme une peste à l'intérieur de ma tête. J'ai envie de hurler.

— Tu continues de la voir ? Demandé-je, outrée.
— C'est ma copine, déclare Noah, comme si c'était logique. Je m'investis avec elle et on veut construire quelque chose de durable. Donc oui, en principe, ce genre de relation entraîne de voir la personne régulièrement.
— Et moi, dans tout ça ?
— Quoi, toi ? Demande Noah sans comprendre.
— Notre relation à nous, elle devient quoi ?
— Lou, s'il te plaît, soupire Noah. On s'est bien

amusés mais ça n'a jamais été sérieux entre nous. Ça n'aurait pas pu marcher, de toute façon.
— Tu n'en sais rien ! Dis-je d'un ton indigné. Tu ne sais pas comment les choses auraient pu tourner.
— Je suis avec Eva, tranche Noah. Je serai là pour toi et le bébé mais c'est tout. Eva reste la femme avec qui je veux être.

Il vaut mieux être sourd que d'entendre des conneries pareilles !

Je ne sais pas qui il essaie de convaincre en me disant tout ça. Il ne semble même pas sûr de lui. Il me parle d'Eva comme si c'était la femme de sa vie mais elle n'est pas là. Elle le laisse venir avec moi, m'accompagner à l'hôpital, sans être présente. Elle se fiche de lui et de leur relation.

Elle pose de sérieux problèmes, Eva.

Oui, oui, je sais. De toute façon, je m'occuperai d'elle. Je suis sûre que je n'aurai pas besoin de le faire. Noah n'a pas l'air sûr de lui. Il essaie de se donner un genre. Elle a dû lui faire miroiter des choses. Elle a dû lui faire du chantage, lui faire croire qu'avec elle, il serait mieux qu'avec moi.

Noah gare la voiture sur le parking de l'hôpital et descend avant moi. Je détache ma ceinture tranquillement, encore un peu sonnée par la discussion qu'on vient d'avoir. Noah ouvre ma portière. Il a fait le tour de la voiture pour me l'ouvrir. Il me tend la main pour m'aider à descendre du véhicule.

Genre monsieur veut être avec Eva mais il prend soin de toi comme si tu étais une petite chose fragile.

Je m'appelle Lou

Bien sûr ! Il se voile la face, le pauvre. Il croit qu'il veut être avec elle mais ses actes montrent le contraire. Il est galant, il prend soin de moi. Je ne suis pas née de la dernière pluie. Je vois bien que c'est avec moi qu'il veut être. C'est moi qu'il aime. Je saurai lui faire ouvrir les yeux.

Et il les ouvrira, Lou. De gré ou de force.

Je m'appelle Lou

-17-

Je pensais qu'on aurait à faire à un gynécologue mais c'est une sage-femme qui se tient derrière le bureau. Elle me pose plein de questions. Elle me demande la date de mes dernières règles, combien de rapports non protégés nous avons eu, mes symptômes. Je réponds à tout, timidement. J'ai l'impression de passer un interrogatoire. Je la trouve bizarre. Elle a une façon spéciale de me regarder. Elle semble me juger. Elle jette des regards furtifs à Noah, comme si elle lui demandait silencieusement si je dis la vérité. Je suis vraiment mal à l'aise. La voix ne dit rien, comme si elle trouvait aussi cette femme bizarre.

Noah est silencieux à côté de moi. Il écoute mes réponses mais ne dit rien. Quand je me tourne vers lui pour avoir son avis, il ne fait que hausser les épaules. Il ne se souvient pas de notre dernier rapport sexuel. Il ne se souvient pas combien de fois on a fait l'amour sans protection. Il semble ne rien savoir. On dirait qu'il a occulté toute notre histoire, comme si rien n'avait d'importance pour lui. Je suis déçue et triste. J'ai envie de le secouer. J'ai envie de lui rappeler le nombre de fois où

Je m'appelle Lou

il a débarqué chez moi pour me prendre sauvagement comme si sa vie en dépendait. Face à cette femme, il a l'air d'être un autre homme, loin de celui qui a partagé ma vie ces derniers mois.

La sage-femme me fait la morale quand je lui dis que je n'ai pas fait de test de grossesse ou de prise de sang. Elle me demande comment je peux être sûre d'être enceinte sans rien pour le confirmer. C'est pourtant simple, je le sais, c'est tout. C'est d'ailleurs ce que je lui rétorque avec mauvaise humeur. Je connais mon corps. Mes seins sont sensibles, j'ai des nausées, je prends du poids et mon ventre gonfle. Tous les signes sont là, je n'ai pas besoin d'avoir un test pour me confirmer ce que je sais déjà.

La femme me dévisage avec cette même expression étrange et me dit de passer dans la salle d'examen. Je soutiens son regard sans me démonter. Elle peut me juger autant qu'elle veut, ça m'est bien égal. La seule chose qui compte à mes yeux, c'est mon bébé. Elle propose à Noah de nous suivre. Il la scrute quelques secondes sans bouger puis me regarde enfin. Je le supplie du regard. J'ai besoin qu'il soit près de moi. Je veux qu'on vive ça ensemble. Il semble comprendre. Il hoche la tête et se lève à son tour.

Je m'installe sur la table d'examen alors que la dame s'excuse. Elle nous annonce qu'elle revient dans peu de temps. Je suis mal à l'aise. Je n'ai jamais fait d'échographie avant. Je regarde autour de moi, affolée. La voix dans ma tête ne s'est toujours pas manifestée depuis qu'on est arrivés. On dirait qu'elle veut nous laisser de l'intimité à Noah et moi. Comme si elle voulait

Je m'appelle Lou

nous laisser apprécier ce moment juste tous les deux. J'apprécie cette petite attention. Elle prend soin de moi, elle veut que j'aille bien.

Noah s'assoit sur le tabouret à côté de moi. Je tremble de tous mes membres. Je lui jette un regard en coin. Ses yeux balaient la pièce, il semble mal à l'aise. Je tends la main vers lui. Il la serre entre ses doigts et me fait un petit sourire rassurant. Il a beau m'avoir dit tout à l'heure qu'il veut être avec Eva, je vois bien dans ses yeux qu'il ne regrette pas d'être à mes côtés. Mon cœur se serre dans ma poitrine. Je suis heureuse qu'il ne me repousse pas. J'aime le contact de ses doigts contre les miens. Je l'aime et je sais qu'il m'aime autant.

La sage-femme revient dans la pièce en se frictionnant les mains. Une odeur de gel antibactérien emplit l'air. Je serre un peu plus la main de Noah dans la mienne. On y est. On va voir notre bébé.

La sage-femme tire un tabouret et s'approche de moi. Je détourne le regard quand elle empoigne la sonde pour échographie. Je regarde Noah qui semble fasciné par l'appareil.

— Détendez-vous, conseille la sage-femme avant d'insérer la sonde en moi.

Je sursaute et je serre à nouveau la main de Noah dans la mienne. Il me pose son autre main sur le bras pour me rassurer. Je me tourne vers l'écran. Je ne vois rien du tout. C'est tout noir.

— C'est étonnant, dit la dame en bougeant la sonde à l'intérieur de moi.
— Qu'est-ce qui se passe ? Demande Noah en se penchant vers l'écran.

Je m'appelle Lou

Je regarde l'écran sans comprendre. La sage-femme continue de bouger la sonde à l'intérieur de mon ventre. Mon cœur se serre, ma gorge se noue. Je vois mon utérus, je vois bien ses contours mais il semble vide. Il n'y a aucune trace de mon bébé. Pourquoi est-ce que je ne vois rien ?

— Il n'y a pas d'embryon, annonce la femme en retirant la sonde.

C'EST UNE BLAGUE ?

Je sursaute en entendant les cris de la voix dans ma tête. Je suis totalement perdue, je ne comprends rien à ce qui est en train de se produire. Les hurlements de la voix raisonnent encore dans ma tête quand je me tourne vers Noah. Il me jette un regard dégoûté et me lâche la main. Il me manque déjà. Pourquoi Noah me regarde de cette manière ? Pourquoi ne garde-t-il pas ma main dans la sienne ? Pourquoi je n'ai pas vu mon bébé ?

Parce que tu as perdu le bébé, espèce de cruche !

Non, je n'ai pas saigné. Ce n'est pas possible. Elle a dû se tromper. Je n'ai pas perdu mon enfant. Je l'ai encore senti bouger ce matin.

La sage-femme range ses instruments sans un mot. Noah se lève en me lançant un regard assassin.

Je m'assois comme un automate et je regarde l'écran qu'elle vient d'éteindre. J'ai l'impression d'être dans une autre dimension. Je me sens vaseuse. On dirait que je vois la scène sans vraiment la vivre. Je me sens détachée de tout. Je ne ressens rien. Je suis choquée et je ne comprends pas ce qui m'arrive. C'est la voix de Noah qui me sort de ma transe quand il se met à parler à la sage-femme

Je m'appelle Lou

— Elle a tous les symptômes d'une grossesse, dit Noah d'une voix sèche. C'est possible qu'on ne le voie pas encore ?
— Impossible, décrète la sage-femme avec certitude. D'après la date de ses dernières règles, on devrait même avoir un battement de cœur.
— Vous devez vous tromper, murmuré-je d'une petite voix.
— Je fais ce métier depuis 20 ans, madame, réagit la femme. Vous n'êtes pas enceinte.

Tu as perdu le bébé ! C'est leur faute ! À lui et sa pute de copine !

J'ai perdu mon bébé. Comment peut-on perdre un bébé sans saigner ? Je sais que je devrais poser des questions. Je sais que je devrais demander à cette femme antipathique de vérifier. Je n'y arrive pas. Je suis sous le choc. Ma gorge est contractée. J'ai envie de vomir. Je me lève et me rhabille sans un mot. J'entends à peine Noah et la sage-femme discuter. Je ne sais pas ce qu'ils sont en train de se dire. Je suis anéantie. J'ai envie de pleurer. J'ai envie de hurler. J'ai mal. Ma poitrine me fait mal. J'ai envie de mourir. Mon bébé est parti. Que vais-je devenir sans mon bébé ?

Le trajet pour rentrer de l'hôpital se fait dans un silence pesant. Noah ne me lance même pas un regard, il ne dit pas un mot. Moi, je suis dans un état catatonique. J'ai du mal à respirer. Je me sens au bord du malaise. Je ne sais même pas comment j'ai réussi à rejoindre la voiture. Je n'arrive pas à réaliser ce qui vient de se passer.

Tu as fait une fausse couche ! Voilà ce qui vient de se

Je m'appelle Lou

passer !

Ce n'est pas possible. On saigne quand on fait une fausse couche. Il y a des signes. J'ai fait tout ce qu'il fallait pour que mon bébé grandisse bien. J'ai pris soin de lui. Je ne comprends pas ce qui m'arrive. J'ai l'impression de vivre un cauchemar. C'était ma seule chance de récupérer Noah. Comment je vais pouvoir le faire rester près de moi, à présent ? On devait fonder une famille, on devait être heureux. On devait s'occuper ensemble de notre enfant. Je n'ai plus mon bébé. Je n'aurai plus Noah. Je vais être seule. Pourquoi le destin s'acharne-t-il contre moi ?

Ce n'est pas le destin ! C'est à cause de cette traînée !

— La sage-femme m'a donné le numéro d'un psychiatre, annonce Noah en se garant en bas de mon immeuble.

Je le regarde sans le voir et je prends la feuille qu'il me tend. Je lis le nom écrit dessus. Ça pourrait être drôle. Elle a donné les coordonnées du docteur Garnier.

C'est un charlatan ! Je t'interdis d'aller le voir !

— Elle a dit que tu dois faire une grossesse nerveuse, reprend Noah. Tu dois consulter, Lou.

— Je ne suis pas folle, dis-je à mi-voix.

Noah soupire et sort de la voiture. Je le regarde faire le tour et m'ouvrir la portière.

— Rentre chez toi, ordonne-t-il d'une voix douce.

Reste assise dans la voiture.

Je secoue la tête en soupirant. Je pourrais obéir à la voix et ne pas bouger de la voiture. Je pourrais essayer de discuter avec lui. Je n'ai plus de forces. Je ne veux pas me disputer avec lui. Je suis fatiguée. Je veux aller dormir.

Je m'appelle Lou

Je sors du véhicule et je regarde Noah. Mes yeux sont humides. J'ai envie de pleurer. Je suis triste. J'ai besoin de lui. J'ai envie qu'il me prenne dans ses bras.

— Je peux t'appeler plus tard ? Demandé-je d'une petite voix.

— Non, dit-il d'un ton tranchant. Toi et moi, on ne se verra plus.

Les vannes lâchent. Je me mets à pleurer. Je ne peux pas le perdre. Je ne veux pas les perdre tous les deux. Mon monde s'écroule. Qu'est-ce que je vais devenir ?

— Tu devrais appeler ce psychiatre, conseille Noah en remontant dans sa voiture. Tu as un trouble psychiatrique, Lou, c'est une certitude.

Espèce d'enfoiré ! Tu ne vas pas t'en sortir comme ça ! Enculé !

— Laisse-le partir, marmonné-je. Ce n'est pas grave.

Noah me regarde d'un air effaré. Je vois dans son regard qu'il a perdu le peu d'estime qu'il avait pour moi. J'ai parlé à haute voix. Il croit vraiment que je suis folle maintenant. Peu importe. Je suis trop mal.

Je rentre dans mon immeuble et monte les escaliers jusqu'à mon appartement. Une fois à l'intérieur, je pose mon manteau, mon sac et mes chaussures avec lenteur. Je marche jusqu'à mon salon, le cœur au bord des lèvres.

Je regarde autour de moi, dans un état second. J'ai l'impression de ne pas reconnaître mon appartement, comme si je n'étais pas chez moi. La pièce me semble inconnue. Les meubles me semblent étrangers. Je suis complètement déboussolée. Qu'est-ce que je fais ici ?

Je me remets à pleurer. Je n'avais même pas remarqué

Je m'appelle Lou

que je ne pleurais plus. Je sanglote si fort que je tombe à genoux au milieu de mon salon. J'ai si mal dans la poitrine. C'est mon cœur qui me fait souffrir. J'ai envie de mourir. Je suis seule. Je sanglote. Je hurle. Je presse mes poings contre ma poitrine pour calmer la douleur. Je pleure. Je pleure mon amour perdu. Je pleure mon bébé disparu. Je pleure ma vie.

Il va le payer cher ! Te laisser alors que tu as besoin de lui ! Je ne vais pas laisser passer ça !

Tu n'es qu'une voix dans ma tête. Tu ne peux rien faire.

Je vais les tuer, Lou. Lui et sa traînée, je vais les saigner !

À quoi bon ? Mon bébé n'est plus là. Je n'ai plus aucune raison d'être.

Je pleure si fort que j'ai mal à la gorge. J'ai l'impression de devenir folle pour de bon. Comment se remet-on d'un cœur brisé ? Comment se remet-on de la perte d'un enfant ? Je vais mourir ici, à même le sol de cet appartement qui me semble ne pas être le mien. Je pleure comme une enfant.

Relève-toi !

Je ne peux pas. Je ne peux plus. J'ai perdu Noah. J'ai tout perdu.

Relève-toi !

— Non ! Hurlé-je en sanglotant. Je veux mourir !

Tu feras ce que tu veux une fois qu'ils auront payé tous les deux le mal qu'ils t'ont fait !

— Je veux mourir, répété-je.

Je t'aiderai à mourir si c'est ce que tu veux. Mais d'abord, on s'occupe de cette pute et de ce connard !

Je m'appelle Lou

-18-

JANVIER 2022

Trois longues semaines se sont écoulées depuis ce jour maudit. Trois longues semaines que je ne dors pas, que je ne parviens presque plus à manger. Ma vie n'a plus aucun sens. J'ai perdu Noah, j'ai perdu mon bébé. J'ai tout perdu. Je suis anéantie.

Lou ! Tu dois remonter ! Tu dois venger ton bébé !

Je n'ai plus goût à rien. Je voudrais m'endormir et ne jamais me réveiller. Je voudrais que tout ne soit qu'un cauchemar.

Noah et Eva doivent payer le mal qu'ils t'ont fait !

Je n'ai pas la force de faire payer qui que ce soit. Je suis au bout du rouleau. Je voudrais que la voix se taise. Je voudrais être seule dans ma tête. Ça doit être agréable de n'avoir personne qui parle sans arrêt. Je veux que tout ça s'arrête.

Tu dois d'abord venger ton enfant. Après, on fera ce qu'il

Je m'appelle Lou

faut pour toi.

Je crois que je sombre lentement dans la folie. Je n'ai plus la force de contredire la voix. Je n'ai plus la force de me battre contre elle. Je deviens folle. Je dois être folle. Je suis folle.

Je ne sais pas ce qui ne va pas chez moi. J'ai quand même essayé de joindre Noah, encore et encore. Je ne le trouve plus sur les réseaux sociaux. Il a changé de numéro de téléphone. Je me sens seule. Je suis perdue. Comment vais-je faire ? Comment vivre une vie où il n'est pas ? Je ne sais pas comment faire.

Arrête de t'apitoyer sur ton sort !

Je ne sais pas quoi faire d'autre. J'ai tout perdu.

Tu m'as, moi !

Je voudrais qu'elle parte. Je voudrais que la voix me laisse tranquille. Je voudrais ne plus l'entendre, que tout ça s'arrête pour de bon.

Je ne partirai pas. Je suis la seule à savoir comment t'aider à aller mieux. Je suis la seule à vouloir ton bonheur.

C'est quand même triste quand on y pense. J'avais une vie, des amies, un travail, un amoureux. Je n'ai plus rien. J'ai tout perdu. Personne ne s'inquiète pour moi. Personne ne m'appelle pour savoir comment je vais. Je suis désespérément seule. Je devrais tenter de me tuer. Je devrais mettre un terme à cette existence minable.

Pas avant d'avoir vengé ton bébé.

Je me lève de mon lit en traînant des pieds. Il est près de 17h, j'ai encore passé toute la journée couchée. Il fait déjà nuit, dehors. Je passe dans le salon et regarde autour de moi. Mon appartement est sale. Il y a des morceaux de papier partout. J'ai déchiré mon carnet de bord. Quel jour

Je m'appelle Lou

est-on exactement ? Je ne sais plus. En tous cas, je l'ai mis en pièces. Il ne me servait plus à rien, de toute façon. Je ne sais plus depuis combien de temps je n'ai pas écrit dedans. Plus rien n'a de sens. Les jours passent. Je ne sais même plus la date du jour. Je ne mets plus le nez dehors. Ma seule raison de sortir était Noah. Il a quitté ma vie. Il m'a abandonnée. Avant, mon carnet de bord m'aidait à garder le cap. Maintenant, il est en lambeaux aux quatre coins de la pièce. Je n'ai plus mon carnet. Il est déchiré.

Il ne te sert à rien. Ce n'est pas grave.

Peut-être que c'est vrai. Peut-être que non. Ce carnet était la seule chose stable dans ma vie depuis mon hospitalisation. Il m'a suivie dans ma vie d'adulte. Je mettais un point d'honneur à écrire dedans. Il était mon seul réconfort quand je n'avais pas d'amies. Il était mon filet de sécurité quand je me sentais sombrer dans une crise. J'aurais peut-être dû le garder et appeler le docteur Garnier.

Pour lui dire quoi ? C'est un charlatan !

Il m'a aidé. Il m'a donné des traitements. Le docteur Garnier était gentil avec moi. Il m'écoutait et ne semblait pas me juger. Je ne crois pas qu'il aimerait me voir dans cet état. Je ne sais plus quoi penser. Je suis complètement perdue. Le docteur Garnier me comprenait. Il voulait que j'aille bien. Il m'a aidée à avoir une vie normale. Il a trouvé le traitement qui me fallait. Quand je prenais mes médicaments, je me sentais moins minable.

Parce que ça te rendait complètement abrutie ! Ramasse ce bazar !

J'obéis, dans un état second. L'un après l'autre, je ramasse les morceaux de mon journal de bord. Ce cahier

Je m'appelle Lou

m'a aidé à tenir le coup pendant des années. Aujourd'hui, il est en centaines de petits morceaux. Il est dans le même état que mon cœur.

Une fois le sol de mon salon débarrassé de ses détritus, je me laisse tomber sur le canapé. Je regarde autour de moi, l'esprit embrumé. Je ne reconnais même plus mon propre appartement. La nuit, quand je dors, j'ai la sensation étrange d'entendre des portes claquer, comme quand j'étais à l'hôpital psychiatrique. Parfois, je me réveille en sursaut et je peux presque voir les murs capitonnés qui me tenaient compagnie dans ma chambre, avant.

Je dors mal. Je suis épuisée. Des points lumineux dansent devant mes yeux. J'ai l'impression que je vais m'évanouir. Je devrais peut-être manger quelque chose. Je ne me souviens pas du dernier repas que j'ai absorbé.

Je me lève du canapé la tête lourde et je vais dans la cuisine. J'ouvre la porte du réfrigérateur et je prends une compote. Je la mange sans faim. Je regarde le réfrigérateur presque vide qui me fait face, la porte toujours ouverte. Je n'ai pas vraiment faim. Mourir serait simple. Je n'ai qu'à arrêter de me nourrir pour de bon.

Tu te laisseras mourir quand tu auras vengé ton bébé ! Mange !

Encore une fois, je ne pense rien. J'obéis. Je prends une seconde compote que je mange en silence, devant le réfrigérateur encore ouvert. Il reste 4 compotes, un morceau de beurre et un paquet de jambon. C'est aussi vide que mon esprit. Aussi vide que ma vie. Aussi vide que mon cœur. Je voudrais mourir.

Il faut te laver !

Je m'appelle Lou

C'est vrai, je ne me souviens pas de quand date ma dernière douche. Je suis fatiguée. Je ferme le réfrigérateur et je vais dans la salle de bain. Mon reflet dans le miroir me fait peur.

J'ai eu mes règles il y a trois semaines. La voix dit que c'est une fausse couche. J'ai saigné pendant des jours et des jours après le rendez-vous avec la sage-femme. J'ai pleuré devant tout ce sang parce qu'il représentait mon bébé perdu.

Ma vue se brouille alors que je détaille mon reflet dans le miroir qui me fait face. Je suis blanche. Terriblement blanche. J'ai l'air maigre. Je n'ai plus de ventre rebondi. Mes seins ont l'air d'avoir dégonflé. Plus aucun signe de grossesse. Des cernes noirs soulignent mes yeux. Mes cheveux sont mêlés et gras. Je prends mon visage dans mes mains et me mets à sangloter. Mon bébé est mort. Je ne suis que l'ombre de moi-même.

ARRÊTE DE PLEURER ! BOUGE TON CUL !

Je ne sursaute même plus quand elle hurle. On dirait qu'elle me crie dessus tout le temps. Elle est colérique. Elle ne comprend pas pourquoi je suis si triste. Enfin, peut-être que si. Elle me dit que je dois avancer et me venger. Elle dit que je suis faible. Elle a peut-être raison. Je n'ai plus la force pour rien. Alors, elle hurle. Je suis habituée. Je lui obéis parce qu'elle a réussi à prendre le dessus sur mon esprit. Je ne suis même plus maitre de mes propres pensées.

J'essuie mes larmes et me déshabille. Je prends une douche sans penser. La voix continue de me parler, sans arrêt. Souvent, je ne comprends pas ce qu'elle dit. Je devrais sûrement me concentrer pour tenter de trouver le

Je m'appelle Lou

sens à ses paroles. Mais je n'en ai pas la force. Je suis tellement fatiguée. Et puis, elle est là, tout le temps. Elle crie, la plupart du temps. Je suis dans un brouhaha perpétuel et ça me rend encore plus mal.

Une fois sortie de la douche, j'entoure mon corps d'une serviette et je vais chercher un nouveau pyjama dans ma chambre. On frappe à la porte. Je tourne un œil distrait vers mon entrée avant de me concentrer de nouveau sur les étagères de mon armoire.

Va ouvrir la porte !

Je soupire. Je n'ai pas envie d'ouvrir. Je veux qu'on me laisse tranquille.

VA OUVRIR CETTE PUTAIN DE PORTE !

Je traîne des pieds pour aller m'exécuter. Ça va donc être ça, ma vie, maintenant ? Obéir à une voix dans ma tête ? Une voix qui n'existe peut-être même pas.

Oh si, Lou, j'existe ! Et je suis la seule qui sait tout de toi et qui t'aime quand même !

J'ai les larmes aux yeux quand j'ouvre la porte et que mon regard se heurte à celui de Fanny. Elle porte une main à sa bouche et ses yeux se remplissent de larmes.

Putain ! Il ne manquait plus que ces deux-là !

Je décroche mon regard de mon ex-collègue et je remarque qu'Alicia se tient à ses côtés. Elles ont l'air d'avoir vu un fantôme. Elles me regardent avec une expression étrange.

Dis-leur que tu as un truc à faire !

Je n'ai pas vraiment envie de parler. Si la voix pouvait parler à ma place, ce serait parfait. Je me contente de les regarder sans rien dire alors que les larmes coulent le long de mes joues. Je n'ai même pas remarqué que je me

Je m'appelle Lou

suis mise à pleurer. Ou peut-être que je n'ai tout simplement pas arrêté depuis des heures. Je ne sais plus.

Fanny pousse la porte d'entrée et Alicia m'attire d'un geste doux vers elle. Mon corps heurte son corps et elle m'entoure de ses bras. Je me mets à pleurer si fort que ma gorge me fait mal.

Si tu veux vraiment que je t'aide à mourir, tu as intérêt de fermer ta gueule sur moi !

Je ne veux pas parler, je veux juste pleurer. J'ai besoin d'elles et elles sont là. C'est tout ce qui compte.

Je sanglote dans les bras de mon amie et elle me serre contre elle en me murmurant des paroles réconfortantes. Je me laisse guider comme un pantin désarticulé à l'intérieur de mon appartement. Fanny ferme la porte à clé derrière nous pendant qu'Alicia me guide jusqu'à mon canapé.

Je ne sais pas combien de temps s'écoule avant que mes larmes n'arrêtent enfin de couler. J'ai l'impression d'avoir quitté mon corps pendant un certain laps de temps. Quand je prends de nouveau conscience de mes actes, Fanny et Alicia boivent un café et une tasse fumante est posée devant moi. Je suis toujours en serviette, j'ai froid. Ce n'est pas la première fois que j'ai ce genre d'absence. Depuis le rendez-vous avec la sage-femme, je n'ai plus vraiment conscience du temps qui passe. Je subis chaque journée dans une léthargie abrutissante. Parfois, c'est la voix qui me ramène à la réalité en me criant dessus.

— Tu veux nous raconter ce qui ne va pas ? Demande gentiment Alicia en me touchant l'épaule.

Ne parle pas de Noah ! Dis que tu as le moral dans les

Je m'appelle Lou

chaussettes !
— Je ne suis pas très en forme, soupiré-je en baissant les yeux sur mes cuisses.
— Il s'est passé quelque chose ? Insiste Fanny d'un air inquiet.
Ferme ta gueule, Lou !
— Je pense que vous me manquez plus que je ne le pensais.

Je mens. Fanny semble le remarquer mais ne dit rien. Alicia me fait un sourire attendri avant de m'attirer contre elle.
— On est venues te proposer une petite sortie entre filles, dit-elle d'une voix douce. Ça tombe bien, alors !

Fanny se lève en silence et je la regarde se diriger vers ma chambre.
— On va aller manger au restaurant, annonce Alicia en prenant ma tasse de café avant de me la tendre. Fanny va choisir ta tenue.

Je prends la tasse en silence et je bois quelques gorgées en hochant la tête. Il est froid. Je frissonne.
Tu peux sortir avec elles, mais ne parle pas de Noah ou du bébé.

Je regarde l'écran de ma télévision éteinte sans ciller. Je dois juste obéir pour que tout se passe bien. Alicia et Fanny sont mes amies, elles vont me changer les idées. Cette sortie ne peut que me faire du bien. Et puis, la voix est d'accord.

Je suis là, Lou. Si tu fais tout ce que je te dis, tout ira bien.

C'est facile, finalement. Si je laisse la voix me guider, peut-être que je vais passer une bonne soirée. Je dois juste

Je m'appelle Lou

bien écouter ce qu'elle me dit.

— J'ai trouvé une petite robe trop mignonne dans ta penderie ! S'exclame Fanny en revenant dans le salon.

— Je m'occupe de te coiffer et te maquiller ! Décide Alicia en se levant.

J'acquiesce en me levant à mon tour. Je vais sortir avec les filles et ensuite, ça ira un peu mieux.

Alicia et Fanny ont décidé de manger Italien. Nous sommes installées dans une grande salle lumineuse avec une décoration colorée. Les tables sont en bois clair et les chaises sont rouges. Les murs sont jaunes et des tableaux rouges sont accrochés. Les serveurs sont tous habillés en noir et la nourriture est simple mais délicieuse.

Fanny a commandé une pizza au saumon, elle a l'air de se régaler. Alicia a commandé un gigantesque plat de pâtes à la bolognaise. Moi, j'ai écouté la voix, j'ai pris des lasagnes. C'est copieux mais c'est bon. Très bon, même.

Continue de manger.

Je prends une nouvelle bouchée en écoutant les filles me raconter les dernières nouvelles de l'usine. Elles me disent à quel point je leur manque, à quel point elles aimaient travailler avec moi. Je me contente de sourire.

Finalement, c'est facile d'aller bien. La voix me dit quoi faire et j'obéis. J'ai toujours mal au cœur. Je pense toujours à mon bébé. Je pense toujours à Noah. Mais j'arrive à les laisser dans un coin de ma tête pour profiter de cette soirée.

Tu y penseras demain. Fais bonne figure.

J'y arrive plutôt bien. Je sais sourire sur commande, je

l'ai fait toute ma vie. Je sais éviter de parler de moi, je l'ai fait toute ma vie aussi. Je vois bien que les filles me regardent d'un œil critique. Elles doivent se demander ce qui m'arrive.

Dis-leur que vos moments entre filles t'ont manqué !

Oui, c'est ce que je dirai si elles me posent la question. Ce n'est pas vraiment un mensonge. J'aime cette soirée, j'aime être avec elles.

— Alors, Lou ? Tes projets, ça avance ?

Je regarde Fanny sans comprendre. De quels projets parle-t-elle ?

De ceux que tu as inventé la dernière fois que tu les as vues !

— Je... dis-je en réfléchissant. Ça prend un peu plus de temps que prévu.

— Tu vas faire quoi, exactement ? Demande Alicia en se servant un peu d'eau.

Dis-lui que tu écris un livre !

Elle ne va jamais croire à ça.

Mais si ! Dis-lui que tu écris un roman à l'eau de rose.

J'ai envie de rire tellement cette idée est ridicule. Je vois les regards de mes amies posés sur moi. Elle semblent surprises de me voir ricaner dans ma barbe. Il y a une heure, je pleurais sur mon canapé et maintenant, je suis au bord du fou rire. Elles doivent penser que je perds la tête.

— Ne vous moquez pas de moi, prévins-je en pouffant.

Les filles me regardent d'un air étrange. Ce même air qu'elles avaient la dernière fois que je les ai vues devant l'usine. Ce même air qu'elles avaient quand je leur ai

Je m'appelle Lou

ouvert la porte. Un mélange d'inquiétude et de pitié.
— Allez ! Insiste Fanny en se penchant vers moi. Dis-nous !
— Je suis en train d'écrire un roman, dis-je à voix basse.

Elles ouvrent de grands yeux toutes les deux.

Regarde-les ! Elles ont l'air abasourdi !

J'ai vraiment envie de rire, maintenant. J'éclate d'un rire bruyant sans m'en rendre compte. C'est bien, en fait, d'écouter la voix. Elle a de bonnes idées. On dirait qu'elle gère mieux ma vie que moi. Pourquoi ne l'ai-je pas écoutée jusqu'à maintenant ?

Parce que tu ne voulais pas me faire confiance. Mais c'est du passé, n'est-ce pas, Lou ?

Oui, c'est du passé. Je peux l'écouter. Elle sait me sortir de situations complexes. Je me sens plus légère, d'un coup. Je ris encore. Je ne reconnais même pas mes éclats de rire. On dirait qu'une autre personne s'exprime à ma place.

— Mais c'est génial ! S'exclame Alicia en tapant dans ses mains. Je ne savais pas que tu aimais écrire !
— Moi non plus, avoué-je en essayant de calmer mon hilarité. Je suis aussi surprise que vous !
— C'est un roman sur quoi ? S'intéresse Fanny.
— Un truc à l'eau de rose. Ça me prend beaucoup de temps.

Elles hochent la tête d'un air compréhensif avant de se remettre à manger. Mon rire s'arrête d'un coup.

Tu gères, Lou. N'oublie pas de manger.

Je hoche la tête, fière que la voix me félicite. Je reprends mes couverts et recommence à manger en

Je m'appelle Lou

silence.

— Au fait ! S'exclame Alicia avec un air de conspiratrice. Edith est enceinte !

Fanny manque de s'étouffer avec sa boisson. Elle est surprise, je comprends, je le suis aussi. Ma bonne humeur s'envole aussi vite qu'elle est arrivée. J'ai envie de tout envoyer balader. J'ai envie de lui hurler de se taire. Edith attend un bébé. Moi, j'ai perdu le mien. Je suis seule. Noah m'a abandonnée. J'ai mal au cœur. J'ai envie de pleurer.

Reprends-toi immédiatement !

Je me concentre sur ma respiration en fixant mon assiette. Je n'ai plus faim. Je ravale mes larmes. Je dois jouer la comédie. Je ne dois pas parler de Noah. Je ne dois pas parler de mon bébé. Je dois être forte. J'arrive à calmer ma peine et j'arrive à prendre une nouvelle bouchée de mon plat.

Bien joué, Lou. Continue comme ça.

Je regarde autour de moi en écoutant d'une oreille distraite la conversation qu'Alicia raconte à Fanny. La salle est bondée, toutes les tables sont prises. Mon regard est attiré vers une table à quelques mètres de la nôtre.

Je n'arrive pas à croire ce que je vois. Mon cœur se serre, mes mains se mettent à trembler. Un bourdonnement intense envahit mes oreilles. Je n'entends même pas ce que disent Alicia et Fanny. Une boule s'installe dans ma gorge. J'ai du mal à respirer. Mes yeux me brûlent. J'ai envie de pleurer. Chaque battement de mon cœur me fait mal. Je suis hypnotisée par la femme assise à seulement quelques pas de moi. Eva. Elle

Je m'appelle Lou

est là. L'homme qui est avec elle est de dos, je ne vois pas son visage.

Mais tu sais qui c'est, Lou. Ne fais pas l'idiote.

Oui je le sais. Ça me fait si mal de les voir et pourtant, mes yeux sont fixés sur eux. C'est Noah qui est avec elle. Ils sont au restaurant ensemble. Ils semblent avoir fini de manger. Je les regarde sans parvenir à décrocher mes yeux d'eux. La colère gronde en moi. J'ai envie de me lever et d'aller les voir. J'ai envie de leur demander pourquoi ils s'affichent ensemble. Veulent-ils me faire du mal ? Ça les amuse de me blesser ainsi ?

Tu ne fais rien du tout.

Je n'écoute plus du tout la conversation entre mes deux amies. Je suis paralysée par la table à quelques mètres de nous. Eva semble tellement heureuse, elle sourit, elle touche la main de Noah. Ils se lèvent et Noah fait le tour de la table pour aider Eva à mettre son manteau. Ils se dirigent vers le comptoir pour aller régler leur repas. Je n'arrive pas à détourner le regard.

Tiens-toi correctement et garde le sourire.

J'obéis. C'est difficile. J'ai envie de me rouler en boule sous la table pour pleurer. Les voir ensemble me crève le cœur. J'ai si mal que je pourrais hurler.

C'est Eva qui me voit la première. Quand ses yeux heurtent mon regard, elle devient livide. Une fraction de seconde plus tard, je vois qu'elle se met à trembler. Elle attrape la main de Noah et lui parle. Il se tourne vers moi à son tour.

Tu as intérêt à rester de marbre !

Je me fais violence pour n'afficher aucune réaction. Noah me regarde d'un air dégoûté et il tire Eva par la main. Ils sortent du restaurant sans me jeter le moindre coup d'œil de plus.

J'ai envie de pleurer. Je crois que je pourrais fondre en larmes, là, tout de suite.

Non ! Tu te concentres sur ce que disent les filles !

J'essaie mais je n'y arrive pas. Alicia et Fanny rient, à présent. Je fais comme elle, je ris. Même si je ne sais pas ce qu'il y a de drôle.

Fais bonne figure !

C'est dur. Eva et Noah sont ensemble. Ils m'ont fait du mal. Elle me l'a volé. Noah était à moi. C'était mon homme. On était heureux ensemble. On allait fonder une famille. Eva m'a pris tout ce qui comptait pour moi. J'ai mal. J'ai envie de mourir.

Profite de ta soirée avec tes copines, Lou. Laisse-moi gérer le reste.

J'obéis, encore une fois. Je discute avec les filles, je leur demande de me raconter d'autres anecdotes du travail. Je mange, comme un automate, alors que mon estomac semble saturé de plomb. Je joue la comédie parce que la voix veut que je le fasse. Mais j'ai si mal. C'est atroce, une telle douleur. Ça ne devrait pas exister !

Eva va crever !

Je veux qu'elle meure. Je veux qu'elle souffre. Je veux qu'elle ressente la même peine que j'ai ressenti. J'ai tout perdu à cause d'elle. Elle m'a tout pris. Elle a joué le rôle de mon amie pour me voler tout ce qui comptait pour moi.

Tu aurais dû m'écouter.

Je croyais que je pouvais lui faire confiance. J'ai besoin d'aide. Je veux qu'elle paie.

Je m'appelle Lou

Je peux tuer Eva pour toi.

Oui, s'il te plait, la voix. Fais-lui payer le mal qu'elle m'a fait. Je suis prête à faire tout ce que tu me demandes si tu enlèves cette douleur qui m'oppresse. Je peux te laisser tout contrôler.

C'est un peu ce que je fais depuis que tu as perdu ton bébé.

C'est vrai. C'est grâce à toi que je ne me suis pas effondrée. Tu es la seule en qui je peux avoir confiance.

Tu veux que je prenne le relais, Lou ?

Oui. Prends le relais. Aide-moi à me venger. Je veux qu'ils souffrent tous les deux. Je veux qu'Eva et Noah vivent la même douleur que j'ai ressenti. Tu peux le faire ?

Je vais buter cette pute d'Eva, Lou. Ensuite, ce sera au tour de cet enculé de Noah !

Je souris. On a trouvé un terrain d'entente. La voix contrôle tout maintenant. Je sais qu'elle va vraiment le faire. Elle va vraiment les punir pour le mal qu'ils m'ont fait. Les filles continuent de discuter en riant. Je ris avec elle. Je suis détendue. La voix va gérer, à présent.

Je m'appelle Lou

Je m'appelle Lou

-19-

FEVRIER 2022

J'aurais dû laisser la voix prendre le contrôle depuis bien longtemps. C'est tellement plus facile, maintenant. Je n'ai plus à penser, plus à réfléchir, elle le fait pour moi. Elle sait ce qui est bon pour moi. Elle sait comment me faire aller bien.
Parce que je suis la seule à te connaître.
C'est agréable d'avoir quelqu'un sur qui compter. Bon, je peux paraître folle parce que c'est une voix dans ma tête mais peu importe. Le plus important, c'est que je ne suis plus seule, maintenant.
Je suis Eva depuis des semaines. Je ne sais pas combien exactement. Trois ? Quatre ?
Ça fait trois semaines qu'on suit cette petite pute !
Oui, voilà, trois semaines. Je connais son emploi du temps par cœur.
On sait tout d'elle, son travail, ses habitudes de traînée.
Elle travaille le week-end, elle est vendeuse dans une boutique de vêtements. Elle doit avoir des animaux car

Je m'appelle Lou

elle repasse par son appartement tous les soirs. Elle y reste une heure, parfois un peu moins, puis elle repart. Elle va chez lui.

Je n'ai jamais autant marché de ma vie. Au début, je la suivais en taxi mais mes finances ne me permettent plus de le faire. Je n'ai plus de travail. Je dois faire attention à ne pas trop dépenser. Alors, je marche depuis deux semaines. Je sais qu'elle va chez Noah aux alentours de 20h. Je l'attends donc directement en bas de chez lui. Il n'y a pas un soir où elle n'y va pas. Elle y est tous les jours.

C'est aujourd'hui qu'on s'occupe d'elle, Lou.

Cette fois, je suis au pied de l'immeuble d'Eva. Ce soir, ce n'était pas le peine d'aller l'attendre en bas de chez Noah parce que c'est ici que la voix veut la confronter. Tout est calculé. Rien n'est laissé au hasard. Je n'ai rien eu à faire. J'ai juste eu à me laisser porter et faire ce que la voix m'ordonnait.

La voix a un plan. Elle a tout prévu. Elle me l'a exposé, encore et encore, pendant des heures. Tout est prévu à la seconde près. Je n'ai eu qu'à obéir et faire ce que la voix m'a ordonné.

Ce soir, cette pute va crever !

J'ai choisi mes vêtements avec soin, sur les conseils de la voix. Je suis habillée tout en noir et je porte un bonnet et une écharpe qui cachent la moitié de mon visage. En me regardant dans le miroir avant de partir de la maison, j'ai souri. Même mes amis proches ne pourraient pas me reconnaître.

Elle ne te reconnaîtra pas. Regarde, elle rentre chez elle.

Je m'appelle Lou

Je regarde l'entrée de l'immeuble d'Eva. Il est 19h30, elle est pile à l'heure. Elle entre dans l'immeuble et je regarde la porte se fermer. Je pense à courir pour retenir la porte, pour empêcher qu'elle ne se referme mais la voix n'a pas prévu ça. Je dois attendre quelques minutes. Je sonnerai chez un voisin.

Il fait nuit et il fait froid mais je ne sens plus l'air glacial. Je ne sens que mon cœur qui bat dans ma cage thoracique et le sang qui bouillonne dans mes veines. Est-ce que je vais vraiment faire ça ? Je vais vraiment m'introduire chez elle pour lui faire du mal ?

On va lui faire payer le mal qu'elle t'a fait.

Je ne suis pas violente, moi. J'aurais préféré discuter avec elle. J'aurais préféré lui dire à quel point elle m'a fait souffrir, à quel point elle m'a déçue.

Je gères ! Tu lui as parlé, ça n'a rien changé. Tu m'as promis de me laisser gérer !

Oui, on était d'accord. Je ne dois pas changer le plan. La voix a tout prévu. Elle veut me protéger. Je dois juste obéir, faire ce qu'elle me dit de faire. Tout ira bien.

J'attends encore quelques minutes, les yeux rivés sur la porte de l'immeuble récent qu'elle habite. Ça semble cher. L'immeuble n'a que trois étages. Eva habite au troisième. Elle a retiré les rideaux à ses fenêtres. Je la vois passer d'une pièce à l'autre, d'où je suis. Elle entre dans une pièce qui semble être sa chambre. Je la vois passer dans une autre où il ne semble pas y avoir de fenêtres. Elle y reste quelques minutes et en sort habillée d'une autre façon.

C'est le moment. Va sonner !

Je marche d'un pas rapide jusqu'à la porte de

Je m'appelle Lou

l'immeuble. Je sonne à trois interphones. Un voisin me répond d'une voix chevrotante.

Tu as oublié tes clés !

— Bonsoir, monsieur, dis-je d'une voix polie. Je suis votre voisine du troisième, j'ai oublié mes clés.

Il bougonne une réponse et la porte se déverrouille. Je la pousse et entre dans l'immeuble, les jambes flageolantes.

Ressaisis-toi ! Ce n'était que la première étape.

Je prends une profonde inspiration et je monte les escaliers en tentant de faire le moins de bruit possible. Arrivée à la dernière marche, je m'arrête pour reprendre mon souffle. La porte d'Eva s'ouvre, me faisant sursauter.

Regarde-la ! Elle est pressée d'aller se faire sauter, cette pute !

Je sens la colère monter en moi quand mes yeux se posent sur Eva. Elle tient la poignée d'une valise de sa main gauche et ses clés dans la main droite. Elle me regarde avec une expression effrayée. Malgré ma colère, je souris. C'est jouissif de voir à quel point elle semble surprise de me voir. J'aime voir la peur dans ses yeux.

— Qu'est-ce que tu fais là ? Demande-t-elle d'une voix blanche.

— Je suis venue te voir, réponds-je en souriant de toutes mes dents. On a des choses à se dire.

Elle jette un regard nerveux à l'intérieur de son appartement et claque la porte avant de la fermer à clé.

Regarde-la, Lou. Elle tremble.

La voix rit dans ma tête et ça me donne envie de rire aussi. C'est vrai qu'Eva a l'air d'avoir vraiment peur. Elle a dû s'y reprendre à plusieurs fois avant de parvenir à

Je m'appelle Lou

insérer la clé dans la serrure. Elle serre la poignée de sa valise entre ses doigts.

Vas-y, Lou. Dis-lui ce que tu as envie de dire !

C'est vrai ? J'ai vraiment le droit de dire ce que je veux ? Je pensais que la voix voulait tout contrôler. C'était ça, le plan. La voix ordonne et j'obéis.

On peut faire un petit écart. Tu l'as bien mérité.

Je souris de toutes mes dents devant l'air effaré d'Eva.

Elle semble vraiment paniquée. Je ne sais pas pourquoi mais la voir dans cet état me fait plaisir. J'aime voir la crainte dans son regard. Il n'y a pas Noah, ici. Il ne peut pas la protéger. Elle n'a pas le choix. Elle va devoir écouter ce que j'ai à lui dire. Elle ne bouge pas. Je monte la dernière marche et je me poste face à elle.

— Comment... comment sais-tu où j'habite ? Balbutie-t-elle d'une voix paniquée.

— Je t'ai suivie, dis-je d'un ton calme. On a des choses à se dire.

— Je... je...

De mieux en mieux, elle ne sait même plus parler.

J'éclate de rire. C'est vrai que c'est drôle. Elle, qui a toujours l'air si sûre d'elle, n'arrive même plus à aligner deux mots.

Et c'est une idiote pareille que Noah préfère. À n'y rien comprendre.

J'arrête de rire comme si une mouche m'avait piquée. Noah. Elle m'a volé Noah. Avec toutes ces émotions, j'avais presque oublié que c'est sa faute si j'ai perdu l'homme de ma vie.

— Tu pars en voyage ? Demandé-je en désignant sa valise du menton.

— Je m'installe avec Noah, rétorque-t-elle d'une voix sèche.

Tiens ! Elle a repris confiance, d'un coup.

— Tu n'as pas honte, alors ? Questionné-je.

— Honte de quoi ? S'indigne-t-elle. Écoute, Lou, Noah m'a expliqué que tu avais des soucis et que...

Des soucis ? De quoi elle parle ? Le seul souci que tu as, c'est elle !

— Je n'ai pas de soucis ! Hurlé-je d'une voix tremblante.

Elle sursaute et me regarde avec méfiance. Je ne sais pas à quel moment c'est arrivé mais la haine gronde dans tout mon être et j'ai envie de lui attraper les cheveux pour lui taper la tête contre le mur derrière elle. Mes mains se mettent à trembler sans que je ne parvienne à me contrôler.

Oui ! Vas-y Lou ! Montre-lui ton vrai visage !

— Tu es malade, Lou, dit Eva d'une voix piteuse. Tu devrais aller voir un psy...

Cette simple affirmation me fait sortir de mes gonds. Je sens la haine crépiter dans mes veines et ma vue se brouille. Je ne supporte pas qu'on me dise d'aller voir un psy. Tout le monde semble avoir son avis sur ma santé mentale. La sage-femme, Noah et maintenant Eva. Je ne veux pas voir de psy. Le docteur Garnier m'a abrutie de médicaments. Il m'a juré que c'était pour mon bien. Qu'est-ce que j'y ai gagné ? Rien ! J'ai perdu mon travail. Mon bébé est mort. L'homme de ma vie m'a quittée ! Le docteur Garnier disait que les traitements étaient ce qu'il me fallait. Ça n'a rien arrangé à ma vie. Ça m'a rendue docile et idiote. Je n'étais plus moi-même. C'est ce qu'ils

Je m'appelle Lou

veulent tous ! Ils veulent que je sois docile pour me manipuler. C'est pour ça qu'Eva veut que je consulte. Pour que je sois trop droguée aux médicaments pour me défendre pendant qu'elle me vole l'homme que j'aime ! Non ! Hors de question !

Sans vraiment avoir conscience de ce que je fais, je prends mon élan et je lui envoie une gifle en plein visage. La force du coup la fait reculer de deux pas et sa joue vire au cramoisi en l'espace d'une seconde.

Oui ! Encore !

La voix est hilare dans ma tête. Est-ce que c'est elle qui m'a forcée à la frapper ? Ou est-ce que ça vient de moi seule ? Je ne sais pas. En tous cas, j'ai aimé. Et j'aime encore plus son expression actuelle. Une main sur sa joue écarlate, elle me regarde, les yeux baignés de larmes et la bouche tremblante.

Pleure ! Salope ! Ce n'est que le début !

— Je ne suis pas malade, dis-je en détachant chaque syllabe. J'étais heureuse dans ma vie. J'avais un travail, j'avais un homme que j'aime et qui m'aimait aussi. Et toi ! Toi, tu es arrivée et tu me l'as pris ! Tu m'as pris mon homme ! J'ai perdu mon bébé à cause de toi !

— Tu n'étais pas enceinte ! Hurle Eva en lâchant sa joue. Noah m'a raconté ce qui s'est passé ! Tu as menti !

— Je n'ai pas menti ! Hurlé-je en mettant un coup de pied dans sa valise qui va s'écraser contre le mur dans un bruit mat.

Eva sursaute en reculant encore d'un pas. Elle est maintenant dos à sa porte d'entrée. Elle se met à

Je m'appelle Lou

sangloter.

— J'ai perdu mon bébé, je reprends d'une voix tremblante. Tu m'as volé mon homme et à cause de toi, j'ai perdu mon bébé.

Eva m'observe avec un air terrifié. Elle essaie d'avancer vers moi en tendant une main. Les émotions se bousculent sur son visage. Je peux toutes les reconnaitre. Elle passe de la terreur à la pitié. Ensuite, elle a de nouveau peur alors que je serre les poings le long de mon corps. Elle baisse les yeux vers ma silhouette et plante son regard dans le mien. C'est le retour de la pitié. Je lui offre mon plus grand sourire froid. La terreur s'imprime à nouveau sur son visage. Sa main est toujours tendue vers moi, tremblante.

— Je suis désolée, dit-elle piteusement.

Je repousse sa main en secouant la tête. Ça ne suffit pas. Je pensais que lui dire ce que j'ai sur le cœur allait me soulager mais ce n'est pas le cas. Pourquoi ?

Parce qu'on a un plan et que ce n'est pas fini.

Je regarde Eva qui s'est déplacée sans que je le remarque. Elle est maintenant en haut des marches. Elle va descendre. Elle essaie de fuir.

Le plan, Lou !

Je prends mon élan et je la pousse avec toute la rage qui m'habite. Je la vois basculer en avant, tête la première. Le bruit que fait son corps en entrant en collision avec les marches de béton me donne des frissons. J'ai l'impression que sa chute dure une éternité.

Cours, Lou ! Barre-toi !

J'obéis. Dans un état second, je dévale les escaliers aussi vite que mes pieds le peuvent.

Je m'appelle Lou

Eva est sur le palier du deuxième étage, inconsciente. Ses jambes semblent désarticulées et du sang coule de sa bouche. Je m'arrête une seconde pour la regarder.
Crève, sale pute !
Je souris. Elle a l'air morte.
Cours, Lou ! Il ne faut pas que quelqu'un te voie !

Je m'appelle Lou

Je m'appelle Lou

-20-

MARS 2022

Le jour J est enfin arrivé. Ça fait un mois que j'attends, impatiente, que la voix décide qu'on passe à la suite du plan. J'allais vraiment perdre patience. Elle a tout organisé avec tellement de précision qu'elle ne supporte pas qu'on change le moindre détail de ce plan si bien ficelé.

Je ne veux pas que tu fasses tout foirer !

Bon, ok, je suis peut-être un peu trop émotive. Je l'ai bien vu, quand je me suis retrouvée face à Eva. J'ai laissé ma colère éclater. Je n'ai pas réussi à me contrôler.

Je t'ai laissée l'occasion de t'exprimer. Ça t'a fait du bien, non ?

Oh que oui ! Pouvoir enfin lui dire ce que je ressentais m'a vraiment soulagée. Mais voir la façon dont elle me regardait, le ton qu'elle employait pour s'adresser à moi, ça m'a rendu ivre de rage. J'avais vraiment envie de la tuer.

Je m'appelle Lou

Mais tu n'as pas réussi. C'est pour ça que maintenant, on fait à ma façon.

On faisait déjà comme la voix voulait. Elle m'a laissée m'exprimer mais elle a raison. Je ne suis pas aussi forte qu'elle. Mes émotions me trahissent. Eva a fait une belle chute dans les escaliers. Mais pas assez importante pour mourir. Elle est toujours à l'hôpital, un mois après. J'ai essayé de lui rendre visite mais je n'ai pas pu l'approcher, seuls les proches pouvaient se rendre à son chevet. Alors, j'ai surveillé de loin. J'ai vu ses parents lui rendre visite. Sa sœur est venue aussi. Elle n'est pas restée longtemps. Elle a dû rentrer en Allemagne où elle vit.

J'ai espionné sa dernière conversation avec ses parents avant qu'elle ne parte prendre son avion. Sa mère lui a promis de lui donner des nouvelles tous les jours. Je ne savais pas où en était Eva, je n'arrivais à avoir aucune information. La seule chose que j'ai réussi à savoir, c'est qu'elle a été placée en coma artificiel et qu'elle devait être opérée.

Finalement, quelques jours après le départ de sa sœur, la voix m'a dit d'appeler l'hôpital en me faisant passer pour elle. J'ai obéi. Je sais donc tout ce qu'il y a à savoir. Eva est toujours dans le coma. Elle a subi une opération du bassin et une autre des jambes. Elle a fait deux arrêts cardiaques en salle d'opération. Son état est critique. Les médecins craignent de ne pas réussir à la sortir d'affaire.

J'espère qu'elle va y rester.

J'avoues que moi aussi. Depuis que j'ai vu son corps inerte, je dors comme un bébé, toutes les nuits.

Lou ! Concentre-toi !

Je m'appelle Lou

Je secoue la tête et regarde autour de moi. La pluie semble s'être calmée. Je suis assise sous l'abri bus à quelques mètres de l'immeuble de Noah. Aujourd'hui, c'est la suite du plan. La voix a tout prévu. Je suis secouée d'un frisson quand j'y repense.

C'est à son tour de payer pour le mal qu'il t'a fait !

Je sais qu'elle a raison et qu'elle sait mieux que moi ce qui doit être fait. Mais quand même. J'ai peur et je doute. Pousser Eva dans les escaliers était facile. Je n'ai pas réfléchi, c'était dans l'émotion, je l'ai fait, c'est tout. Mais là, ce que la voix veut faire, c'est plus compliqué pour moi. Je ne sais pas si j'en suis capable.

Tu en es capable, je sais que tu peux le faire.

J'ouvre mon sac en bandoulière pour vérifier que le grand couteau de cuisine est bien à sa place. Je caresse le manche en métal froid avant de refermer mon sac. La voix sait ce qui est mieux pour moi, je dois lui obéir. Après, j'irai mieux, elle me l'a assuré.

Tu pourras tirer un trait sur toute cette histoire et toute cette douleur.

Je pourrai enfin mourir en paix. Parce que c'est ça, mon but. Je ne veux plus de cette vie. Je n'ai plus envie de me lever le matin. Je ne veux plus souffrir. Je ne veux pas vivre une vie sans Noah.

Et si tu ne l'as pas, personne n'a le droit de l'avoir.

C'est ça. Noah ne veut pas de moi. Tant pis. Il mourra. Parce que personne ne l'aimera jamais autant que je l'aime.

Je regarde ma montre d'un œil las. Ça fait trois bonnes heures que j'attends en bas de chez Noah. Il devrait être rentré de l'hôpital, maintenant. Je ne comprends pas pourquoi il met tant de temps à revenir. Je le suis depuis des semaines. Il rentre tous les soirs à la même heure. En sortant du travail, il va rendre visite à Eva et ensuite, il rentre chez lui, seul, déprimé. Il ne sort plus. Il ne va plus au sport. Il ne va plus faire de courses. Il ne voit plus ses amis. Il semble si triste.

Il n'a que ce qu'il mérite ! Il aurait dû rester avec toi ! Il n'aurait pas dû t'abandonner !

Je sais qu'elle a raison mais une part de moi est quand même triste pour Noah. J'ai quand même envie de le consoler. J'ai envie d'être là pour lui. C'est aussi ça, l'amour. Être là pour la personne qu'on aime, envers et contre tout. Noah est l'homme de ma vie. Je n'avais jamais aimé avant lui. Il était le père de mon enfant. OK, on a traversé des phases compliquées. Mais c'est normal, non ? Tous les couples traversent des passages à vide. On s'en relève plus fort. Peut-être que pour Noah et moi, ce sera la même chose.

Tu dois le tuer !

Imaginons que je sois capable de le faire. Imaginons que j'arrive à obéir à la voix et que je parvienne à me faire violence pour tenter de le tuer. La méthode choisie par la voix est violente. Un couteau ! La vie, ce n'est pas une série ou un film. Je suis sûre qu'on ne peut pas planter quelqu'un aussi facilement qu'à la télévision ou au cinéma.

C'est facile, tu plantes au niveau de la gorge !

J'ai regardé sur internet où se trouve la carotide. Si je plante à cet endroit, il ne souffrira presque pas. En quelques minutes, tout sera fini. Je ne veux pas le voir

Je m'appelle Lou

souffrir. Je veux bien accepter de mettre fin à ses jours pour qu'on se retrouve ailleurs lui et moi. J'accepte. Mais lui faire du mal, c'est au-dessus de mes forces. Je l'aime trop pour ça.

Je vois enfin la voiture de Noah se garer sur le parking au pied de son immeuble. Je me lève de mon banc d'un geste vif. Et maintenant ?
Maintenant, tu vas le voir !
Je marche jusqu'à sa voiture d'un pas décidé. Il descend du véhicule alors que j'arrive au niveau de son coffre. Il tourne la tête vers moi, comme s'il m'avait entendue arriver. Il n'a aucune réaction. Il semble totalement déconnecté.
Parle-lui !
Je franchis les derniers pas qui me séparent de lui alors qu'il ferme sa voiture avec des gestes lents. Il est si beau que mon cœur rate un battement. Il a l'air si fatigué. Ses yeux sont cernés, sa barbe a poussé dans tous les sens et ses cheveux ont poussé aussi. Il porte un jogging qui semble usé. Il a les yeux rouges.
— Lou, souffle-t-il d'une voix qui fait sursauter mon cœur de peine. Je n'ai vraiment pas envie de me disputer avec toi, ce soir.
On dirait qu'il est en deuil !
La voix se moque dans ma tête mais je l'entends à peine. Noah semble si triste que j'ai moi-même envie de pleurer de le voir dans cet état. Il n'a vraiment pas l'air en forme. Il n'a même pas la force d'être désagréable avec moi. Son ton semble désabusé. Même le regard qu'il pose sur moi semble vide.

Je m'appelle Lou

— Je ne suis pas venue pour me disputer, justifié-je.

— Tant mieux, soupire-t-il en se tournant vers moi.

Quand ses yeux croisent les miens, j'ai l'impression que mon cœur part faire un tour du monde express. Il semble si malheureux que je dois me faire violence pour ne pas le prendre dans mes bras.

Tu n'as pas intérêt ! Il doit crever aussi !

Je ne peux pas lui faire de mal. Regarde comme il a l'air triste ! Il a besoin de moi, il a besoin de mon soutien. Je dois être là pour lui. Je l'aime trop.

On a un putain de plan !

— Tu vas bien ? Demandé-je en ignorant la voix qui s'agace dans ma tête.

— Pas trop, marmonne Noah sans me quitter des yeux.

Le plan ! Lou ! Ne te laisse pas embobiner, putain !

— Qu'est-ce qui t'arrive ?

— Eva est morte...

Il s'écroule littéralement à mes pieds. Il tombe à genoux, devant moi, en sanglotant. Malgré moi, mon cœur se serre de peine pour lui.

Bien fait ! Qu'elle brûle en enfer !

— Oh, Noah, soufflé-je en m'agenouillant face à lui. Je suis sincèrement désolée...

— Elle a fait un arrêt cardiaque, explique-t-il en serrant les mains que je lui tends. Ils n'ont pas réussi à la ramener, cette fois...

Bon débarras ! Salope !

— Tu devrais rentrer te reposer, conseillé-je en me levant pour le tirer par les bras.

Il se laisse faire et se hisse de nouveau sur ses pieds. Il

Je m'appelle Lou

évite mon regard, à présent. Il semble si malheureux, le pauvre.

Ne prends pas pitié de lui ! Il t'a vue mal et il n'a pas eu pitié, lui !

— Je peux t'accompagner, insisté-je alors qu'il a les yeux rivés sur le bout de ses chaussures. Je peux rester un peu avec toi, si tu veux.

Sors ton putain de couteau et plante-le !

J'ignore la voix qui s'énerve dans ma tête. Je ne veux plus l'écouter. Je ne veux pas faire de mal à Noah. Il est malheureux. Il a besoin de moi. C'est l'homme de ma vie. Je dois être présente pour lui.

— Je ne suis pas sûr que ce soit une bonne idée, souffle Noah en levant les yeux vers moi.

PLANTE-LE ! PUTAIN DE MERDE !

— Je peux être présente pour toi, insisté-je.

Noah me fixe pendant quelques secondes. Je peux voir les doutes qui le traversent alors qu'il m'observe. Je constate qu'il capitule quand il pousse un long soupir.

— D'accord, finit-il par dire.

Tu as intérêt de lui planter ce putain de couteau dans la gorge, Lou !

Je suis Noah jusqu'à son immeuble en ignorant la voix qui s'énerve dans ma tête. Elle n'est pas contente du tout parce que je ne lui obéis pas. Je ne peux pas. Noah n'est pas au top de sa forme. Il a besoin de mon soutien. Je l'aime. Je ne peux pas arrêter de l'aimer en une seconde. Je n'y arrive pas. Et je l'aime tellement que je veux l'aider. J'ai raison, non ? Il me laisse venir chez lui. Ça prouve qu'il a envie de m'avoir près de lui.

Je m'appelle Lou

Il ouvre la porte de son immeuble en silence et je le suis jusqu'à son appartement. C'est la première fois que je vais y mettre les pieds, j'ai une envie ridicule de sourire. Il ne semble plus en colère contre moi. Je suis presque heureuse d'entrer dans son univers pour la première fois.

Il doit crever ! Il doit payer le mal qu'il t'a fait !

La voix est vraiment furieuse. Je sais que je ruine son plan. Je sais qu'elle a envie de me hurler dessus. Pourtant, ça ne me fait rien. Je me sens prête à reprendre le dessus. Je suis capable de gérer la situation, à présent.

Une fois à l'intérieur de l'appartement, je referme la porte à clé derrière nous et je suis Noah dans le salon. Je regarde tout autour de moi avec curiosité. Je veux graver son appartement dans ma tête.

Espèce de conne ! Il s'est foutu de ta gueule ! Il t'a quittée pour elle ! Il t'a laissée seule ! Il doit mourir !

Je ne veux plus écouter la voix. Le plan n'a plus lieu d'être. Eva ne fait plus partie de l'équation. Elle est morte, il n'a plus que moi, à présent. Je peux lui pardonner, on fait tous des erreurs, après tout.

Et tu crois qu'il te pardonnera d'avoir tué sa pute ?

Il n'a pas besoin de le savoir. Tout le monde pense qu'elle a eu un accident, qu'elle est tombée seule dans ses escaliers. Il en est persuadé aussi, je l'ai entendu le dire aux parents d'Eva, à l'hôpital.

Lou ! Écoute-moi ! On a un putain de plan ! Il t'a fait du mal ! Il doit payer !

— Je peux faire un peu de thé, qu'est-ce que tu en dis ?
    Proposé-je à Noah.

Il hoche la tête d'un air las alors que la voix hurle

Je m'appelle Lou

dans ma tête. J'arrive à l'ignorer, je n'entends même pas ce qu'elle dit. Il me semble que c'est juste un brouhaha. Je ne m'en occupe pas. Elle se calmera. Après tout, la voix veut que je sois heureuse. C'est en m'occupant de mon homme que je le suis. Noah a besoin de moi. Je dois être là pour lui parce que je l'aime à en mourir. Il a commis une erreur avec Eva. Je lui pardonne.

— Merci d'être là, Lou, dit-il d'une voix triste.

Je m'appelle Lou

Je m'appelle Lou

-21-

Je remonte le plaid sous le menton de Noah avec un sourire attendri. Il a fini par s'endormir. Il a l'air paisible, on dirait un enfant. Il a pris une douche pendant que je préparais du thé dans sa cuisine. J'en ai profité pour déplier son canapé convertible pour qu'il puisse s'allonger. Chose qu'il a faite directement après être sorti de la salle de bain.

Il a bu son thé sans parler et sans même me regarder alors que je faisais tout pour ignorer la voix qui hurlait dans ma tête. Elle est furieuse parce que je ne veux pas le tuer. Je n'ai plus à le faire. L'homme qui dort à côté de moi est celui dont je suis tombée amoureuse. C'est mon Noah, il est revenu.

Il se fout de toi ! Il se sert de toi !

C'est moi qui lui ai proposé de monter avec lui chez lui. Il ne m'a rien demandé. S'il se servait de moi, il aurait profité de la situation. Il n'a rien fait du tout. Il est malheureux, c'est tout.

Tu te rends compte de ta naïveté ? Tu vas lui pardonner après tout ce qu'il t'a fait ?

Je me lève du canapé d'un geste brusque et je me mets

Je m'appelle Lou

à faire les cent pas à travers le salon. Je ne suis pas naïve. Je suis amoureuse de lui.

C'est la même chose ! Tu te fais encore bouffer !

Ce n'est pas du tout ça ! Il ne m'a rien demandé. Je suis montée avec lui parce que je veux être là pour lui. C'est ce qu'une femme doit faire pour son homme. Je lui ai préparé du thé pour qu'il se détende parce qu'il vient de vivre une terrible épreuve. Il va aller mieux et il va se rendre compte que c'est moi qu'il aime, que c'est avec moi qu'il veut être. Il a juste besoin d'un peu de temps.

Non ! Non ! Et non ! Il doit payer !

Je ne veux pas lui faire de mal. Je l'aime trop.

Je me tourne vers Noah qui dort toujours à poings fermés. La voix hurle dans ma tête. Je serre les poings et je m'appuies sur les oreilles avec, le plus fort possible, jusqu'à m'en faire mal. Peut-être que si j'appuies assez fort, je vais faire taire la voix une bonne fois pour toute.

Je ne partirai pas tant que tu ne l'auras pas saigné !

— Je ne veux pas le faire ! M'exclamé-je à voix haute.

Tu n'es qu'une imbécile ! Tu n'es qu'une pauvre conne !

Je me fiche de ce qu'elle peut dire. Je me fiche de ce qu'elle pense de moi. Je ne veux pas faire de mal à Noah. Je ne veux plus écouter la voix, elle veut que je lui fasse du mal.

Je suis la seule personne sur qui tu peux compter, Lou.

C'est faux ! Le docteur Garnier était gentil avec moi. Il me comprenait. Je crois que je pouvais compter sur lui. Alicia et Fanny sont mes amies, aussi. Elles ont été adorables avec moi. Elles ne m'ont jamais jugée. Je pouvais leur faire confiance. La voix n'est pas la seule personne sur qui je peux compter. Elle dit ça pour me

Je m'appelle Lou

rallier à sa cause. Le docteur Garnier me disait souvent qu'elle voulait me couper de toutes les attaches que j'ai dans le monde extérieur.

C'est un charlatan ! Il a t'a abrutie de médicaments !

Ce n'est pas vrai ! Je ne suis plus sûre de pouvoir croire la voix.

Je secoue la tête si fort que ça me donne la migraine. La voix a tort. Le docteur Garnier voulait mon bien-être. Il le veut encore, j'en suis sûre. Je devrais l'appeler. Je devrais demander à me faire interner, le temps que la voix se calme.

Il en est hors de question ! Pas après tout ce qu'on a vécu ces derniers mois !

Je suis complètement déboussolée, j'ai mal à la tête. Je suis perdue. Je me mets à pleurer, malgré moi. La voix me fait peur. Mes mains tremblent et mon cœur bat la chamade. J'ai chaud et froid en même temps. Je ne maîtrise plus rien.

Lou, écoute-moi ! Je sais ce qui est bon pour toi.

Non... Je ne veux plus écouter. Je veux juste qu'elle se taise. Tais-toi, je t'en supplie...

Tu as perdu ton bébé à cause de Noah et de sa grognasse. Il s'est servi de toi. Il ne t'aime pas. Il t'a quittée pour une autre et maintenant qu'elle est morte, il revient vers toi. Lou, il se moque de toi !

Les larmes coulent à présent abondamment sur mes joues. Je sanglote comme un bébé. J'ai l'impression que mon cœur est en train de se déchirer, que la respiration me manque.

Il t'a traitée de folle !

— Ferme-la ! Hurlé-je.

Je m'appelle Lou

Du mouvement dans le canapé me fait tourner la tête. Noah est assis, il me regarde d'un air hagard. Je l'ai réveillé à force de parler toute seule. C'est la faute de la voix. Elle me rend dingue. Je tremble, je sens mes joues baignées de larmes et j'ai l'impression de ne plus rien contrôler du tout.

Regarde comme il t'observe. Il se dit tu es bonne à enfermer !

— Tu vas fermer ta gueule ! Crié-je d'une voix pleine de larmes en regardant autour de moi avec panique.

Cette fois, Noah se lève et il avance vers moi. Il a encore la marque des plis de l'oreiller sur la joue. Son visage semble soucieux. Il a vraiment l'air inquiet. J'ai même l'impression de voir de la peur dans son regard. Je recule en le voyant approcher. Je ne veux pas qu'il me voie comme ça.

— Lou, dit-il doucement. À qui parles-tu ?

Dis-lui que tu parles à la voix dans ta tête !

Je secoue la tête en tentant de calmer mes pleurs. Je ne veux pas lui dire. Que va-t-il penser de moi ? Il me regarde avec un air inquiet. Il parle d'une voix douce et prudente, comme on parle à un enfant effrayé. Il essaie de m'approcher sans faire de mouvement brusque. Il croit que je délire. Peut-être que je délire vraiment. Peut-être que je suis en crise. Je ne contrôle plus rien. J'essaies de fixer mon regard sur le visage de Noah mais je n'y arrive pas. Mes globes oculaires semblent vouloir rouler dans leurs orbites. Noah me regarde avec pitié. Je n'arrive pas à me concentrer. Je regarde tout autour de moi, le cœur battant la chamade et les mains moites. Je ne

Je m'appelle Lou

sais plus quoi faire. Je ne sais plus vraiment où je suis.
— Lou, insiste Noah en s'approchant encore un peu. Regarde-moi.
— Je ne peux pas, murmuré-je entre deux sanglots.
Pauvre conne ! Tu crois qu'il va rester avec toi ? Tu crois qu'il acceptera d'être avec celle qui a tué sa copine ?
— Je n'ai tué personne ! Dis-je d'une petite voix.
— De qui tu parles ? Demande Noah d'une voix blanche. Lou, tu me fais peur...
Bien sûr que tu lui fais peur ! Tu es folle ! Il te l'a déjà dit, non ?

Je serre les dents et ouvre les yeux pour regarder autour de moi. Je ne reconnais rien de ce qui m'entoure. J'ai l'étrange impression que rien n'existe vraiment. J'ai peur. Faux. Je suis terrifiée. Je ferme un instant les yeux pour me calmer. J'ai l'impression de sentir l'odeur de l'hôpital psychiatrique. Je sens l'odeur caractéristique de l'antiseptique. Je rouvre les yeux et regarde Noah. Il a l'air affolé, cette fois. Je tourne sur moi-même sans parvenir à fixer mon regard. Plus rien n'a de sens. Cet appartement semble irréel. On dirait que je ne suis pas vraiment là. Je sanglote de plus belle. Je veux mourir. Je dois vraiment être folle. Je veux en finir. Je veux que tout s'arrête. Je suis dans un cauchemar.

Mes yeux se posent sur la table de la cuisine où je peux voir le support à couteaux. L'espace d'un instant, j'ai l'impression de voir un bureau recouvert de dossiers. Je cligne des yeux. J'hallucine. La table de la cuisine me fait toujours face. Elle est à seulement quelques pas de moi. Je fixe le support à couteaux avec dépit. Le grand couteau à viande semble m'appeler. Ce serait facile. Je peux tout arrêter. Je sais dans quel sens couper. Juste une entaille bien placée et la voix me laissera tranquille.

Je ne te laisserai jamais tranquille. Tu ne peux pas te débarrasser de moi.

Je vois Noah attraper son téléphone et composer un numéro.

Il appelle les flics. Ils vont t'embarquer ! Tu vas pourrir en prison !

Je me précipite dans la cuisine et attrape le grand couteau d'une main tremblante. Noah est au téléphone, je vois ses lèvres bouger mais je n'arrive pas à comprendre ce qu'il dit. Je n'entends que les hurlements de la voix.

Pose ce couteau, Lou ! Si c'est pour l'utiliser sur toi, pose cette merde !

Je veux en finir. Je ne veux pas aller en prison. Je ne veux plus entendre cette voix dans ma tête. Je veux juste que tout s'arrête.

C'est lui qui doit crever ! Pas toi !

Je secoue la tête. Non. Noah est quelqu'un de bien. C'est moi la mauvaise de toute cette histoire. C'est moi la fille à problèmes.

— Elle parle toute seule, elle a un coupe papier dans la main... Venez vite, s'il vous plaît.

Je regarde Noah alors qu'il donne son adresse à l'opérateur au bout du fil. Tout se bouscule dans ma tête. Un coupe papier. Il dit n'importe quoi. Je baisse les yeux vers le couteau dans ma main. Je ne suis pas folle. C'est un couteau de cuisine. Le plus grand, celui qui sert à couper la viande. Noah m'observe du coin de l'œil. Il pose le téléphone et tend les mains vers moi. Mon regard dévie vers le combiné. Il est toujours en ligne. Pourquoi

Je m'appelle Lou

n'a-t-il pas raccroché ? Avec qui parlait-il ?
Ce sont les flics ! Ils vont venir t'embarquer !
— Lou, pose ça, s'il te plaît, dit Noah d'une voix douce. Donne-le-moi, on va s'asseoir et discuter.
— Je ne peux pas, murmuré-je en me remettant à pleurer. Je dois la faire taire, Noah, je n'en peux plus...

Il me regarde d'un air tellement désemparé que ça me brise le cœur. J'ai déjà vu ce regard, il y a bien des années. Mon oncle me regardait comme ça. Les infirmiers me regardaient comme ça, à l'hôpital.
Tout le monde te croit folle.
— Je ne suis pas folle.
— Je sais, tempère Noah avec douceur. Lou, pose ce coupe papier, tu me fais peur.
Il a raison d'avoir peur ! Tu peux le planter, il est tout près.
C'est un couteau que j'ai dans la main ! Pas un coupe papier ! J'ai envie de lui hurler dessus parce qu'il n'est même pas capable de nommer correctement l'objet que je serre convulsivement entre mes doigts. La voix rit dans ma tête. Elle me traite de folle, elle s'esclaffe. Je regarde autour de moi, paniquée. Je ne reconnais pas cet endroit. Où suis-je ?
— Qui est au téléphone ? demandé-je d'une voix étonnamment claire en contraste avec mon état intérieur.
— Les pompiers, dit Noah sans me quitter des yeux. Je pense que tu as besoin d'aide.
— Je ne suis pas folle, répété-je.
— Je sais, répète Noah en jetant un coup d'œil furtif au couteau que je tiens toujours fermement dans

ma main droite.

— Alors pourquoi tu m'as traitée de folle ?

Il semble surpris par la question et ferme un instant les yeux avant de planter à nouveau son regard dans le mien.

— J'étais en colère contre toi, avoue-t-il d'une voix lasse. Je voulais te blesser.

Il ment !

— Lou, je pense que tu as vraiment besoin d'aide.

— Je ne suis pas folle ! Hurlé-je en agitant le couteau.

Noah recule d'un pas mais ne me quitte pas des yeux. Il transpire. Il a peur, ça se voit.

J'entends une sirène approcher. Police ? Ambulance ? Je ne sais pas, je ne les reconnais jamais.

Ce sont les flics, ils vont t'embarquer !

— Est-ce que tu m'aimeras un jour ? demandé-je en regardant Noah avec tristesse.

Il reste silencieux à me regarder.

Alors ! Tu vas le planter maintenant ?

Je baisse les yeux vers le couteau et soudain, tout est vraiment clair. Je ne pleure plus, je ne tremble plus. Je sais.

Tout se passe très vite. Je lève le couteau au-dessus de mon avant-bras gauche pour me taillader les veines mais Noah attrape mon poignet pour me faire lâcher prise. Je me débats, je veux en finir. Il est fort, il me pousse contre le mur, ma tête heurte le panneau derrière moi.

Plante-le !

J'essaie de le pousser mais il est plus fort que moi. Il essaie de me prendre le couteau. Je prends mon élan et je pousse sur ses bras de toutes mes forces. Du sang. Il crie

Je m'appelle Lou

et recule avant de tomber à la renverse. Son bras saigne.

Oui ! Enfin ! Achève-le !

Non ! Mon Dieu, non, je ne voulais pas le blesser.

— Noah ! Dis-je d'une voix triste en laissant tomber le couteau.

Il semble en état de choc. Il regarde son bras et le sang qui imbibe ses vêtements et me regarde d'un air sombre.

On frappe énergiquement à la porte, je sursaute.

Les flics ! Lou ! Finis-le ! Tu diras qu'il t'a attaquée, tu t'es défendue.

Je regarde autour de moi. Je ne peux pas m'en aller par la fenêtre, c'est trop haut, je risquerais de me blesser.

Mes yeux se posent sur le couteau, toujours à côté de moi. Dans un état second, je le ramasse. J'ai blessé Noah, je ne voulais pas lui faire de mal. C'est l'amour de ma vie et maintenant, il ne voudra plus jamais de moi. J'ai tout perdu. Je n'ai plus rien.

De nouveaux coups donnés contre la porte. Ils sont plusieurs, ils menacent maintenant d'entrer par la force.

Je prends le couteau et j'applique la lame sur mon avant-bras. C'est froid et ça fait mal. Le sang coule et je me laisse aller contre le mur. Je vais mourir enfin.

Espèce de petite conne ! Tu n'es vraiment bonne à rien !

Je m'appelle Lou

Je m'appelle Lou

-22-

J'ouvre les yeux avec difficulté. L'odeur est aseptisée et tout autour de moi est blanc. Est-ce que je suis au paradis ? Je baisse les yeux sur mes avant-bras, ils sont bandés et attachés au lit. Les machines autour de moi font du bruit. Des BIP réguliers. Je suis vivante.

Je me mets à pleurer en silence. Je n'ai pas réussi à mettre fin à mes jours. Encore une fois, je me suis ratée. La déception me coupe la respiration. Je ne suis qu'une moins que rien. Je ne vaux rien.

Noah. Son image s'impose à moi, me forçant à me calmer. Comment va-t-il ? Où est-il ? Je l'ai blessé au bras, je me souviens du sang qui inondait ses vêtements, je me souviens de l'effroi sur son visage quand il a constaté sa blessure.

Les larmes roulent sur mes joues sans que je ne parvienne à les contrôler. Je me sens terriblement seule, je ne sais plus où j'en suis, je ne sais plus quoi faire. J'ai besoin d'aide, je le sais, j'en suis persuadée. Quelque chose ne tourne pas rond chez moi. Eva est morte à cause de moi. Je ne suis qu'un monstre.

Je m'appelle Lou

La porte s'ouvre doucement alors que je sanglote toujours autant. Je renifle bruyamment en reconnaissant le docteur Garnier. Il a l'air grave, il me détaille d'un œil critique. Il doit m'en vouloir. J'aurais pu lui parler de tout ce qui se passait. J'aurais dû lui dire que la voix avait réussi à prendre le dessus. J'aurais dû me confier à lui.

Il s'avance vers moi d'un pas léger et attrape le classeur accroché à mon lit. Je le regarde procéder, le cœur en miettes et incapable de parler. Qu'est-ce que je pourrais lui dire au juste ? La voix m'a poussée à faire des choses atroces, j'ai obéi, comme une imbécile et je n'ai même pas réussi à mettre un terme à mon calvaire.

Les larmes se tarissent d'elles-mêmes sans vraiment que je m'en rende compte. Je ne pleure plus, à présent. Je n'en ai plus la force, j'ai l'impression d'être une coquille vide et ce silence dans ma tête… Ce silence que j'ai tant espéré… Il me donne envie de hurler. La voix n'est plus là, je ne l'entends plus. Où est-elle passée ? Pourquoi m'a-t-elle laissée ? L'ai-je déçue, elle aussi ? Sûrement, je déçois tout le monde, de toute façon.

— Savez-vous quel jour nous sommes, Lou ? Demande doucement le docteur Garnier en reposant le classeur avant de se pencher vers moi.

Je regarde encore une fois autour de moi, soudain en proie à la panique. Je ne comprends pas sa question.

— Le 19 mars 2022, réponds-je d'une voix rauque.

— D'accord… Savez-vous où vous vous trouvez ?

Il me regarde avec une expression étrange. Quelque chose dans ses yeux me fait frissonner. On dirait que je n'ai pas donné la bonne réponse. Il a l'air froid et distant

Je m'appelle Lou

mais je le connais. Je sais quand il est contrarié. C'est le cas. Il se mord la lèvre comme quand il est anxieux. Il est déçu de mon comportement. Il doit m'en vouloir d'avoir arrêté mon traitement. Il doit être en colère que je lui aie menti.

Le thérapeute me fixe toujours. Il attend une réponse. J'ai l'impression d'être dans du coton. Je me concentre pour me souvenir de sa question. Il veut que je lui dise où on se trouve. La question est simple. La réponse est basique. Ça m'énerve qu'il puisse croire que je ne me rende pas compte de l'endroit où je me trouve.

— Il me semble que c'est clair ! m'agacé-je en jetant un regard aux liens qui maintiennent mes poignets. Je suis à l'hôpital.

Le docteur Garnier étouffe un soupir avant de reculer pour s'adosser au mur. Il prend une profonde inspiration en me détaillant d'un air étrange.

— La voix est-elle toujours là ? s'inquiète-t-il.

Je le regarde, interloquée. Comment peut-il savoir pour la voix ? Je ne lui en ai pas parlé, je n'écris plus dans mon journal de bord depuis des semaines. D'ailleurs, le fameux carnet n'existe plus. Je l'ai réduit en miettes. Je l'ai déchiré en mille morceaux. Je baisse les yeux vers les draps blancs pour ne pas croiser son regard qui me sonde. Malgré moi, les larmes mouillent de nouveau mes yeux. Je suis malade. Il n'y a aucun doute.

— Nous sommes en juin 2021, déclare le docteur Garnier d'une voix douce. Il y a 3 mois, nous avons organisé une soirée karaoké au sein de la clinique. Je vous ai autorisée à y participer car je vous trouvais en meilleur état. L'équipe soignante

Je m'appelle Lou

et moi-même pensons que c'est à ce moment que votre délire paranoïde a commencé. Votre comportement a changé à partir de cette date.

Je l'écoute d'une oreille distraite. Qu'est-ce qu'il est en train de me raconter ? Je n'y comprends absolument rien.

— Vous souvenez-vous avoir volé mon coupe-papier lors de notre dernier entretien ? reprend le docteur Garnier en me sondant du regard.

Je secoue la tête, honteuse. Je ne me souviens de rien. Je ne vois pas de quoi il parle. Pourquoi me parle-t-il de la clinique ? J'ai envie de hurler, je suis perdue, je ne sais plus ce qui est réel et ne l'est pas.

Je regarde autour de moi, le cœur battant. La voix me manque. Je n'aurais jamais cru dire ça un jour mais j'aimerais qu'elle soit là pour me parler. J'aimerais qu'elle m'explique ce qui s'est passé. Pourquoi le docteur me parle comme si j'étais censée ne jamais avoir quitté cet endroit ?

Je ferme les yeux pour me concentrer en respirant profondément pour calmer l'angoisse qui m'étreint. Il faut que je me concentre. Contrôle. Ordre. Discipline. C'est mon mantra. Avec lui, je peux reprendre une vie saine. Je peux sortir d'ici et avoir une vie normale, retrouver mes amies, retrouver mon travail.

— Lou, interpelle le docteur Garnier, me forçant à rouvrir les yeux pour le regarder.

— Je veux rentrer chez moi, supplié-je d'une voix triste.

— C'est ici, chez vous.

— Je veux retourner dans mon appartement.

— Lou, soupire le psychiatre. Ecoutez-moi

Je m'appelle Lou

attentivement. Concentrez-vous.

J'acquiesce en fixant mes pupilles sur lui. C'est difficile de rester concentrée. Le silence dans ma tête m'oppresse. Je n'ai plus l'habitude de ne rien entendre à part mes pensées. D'habitude, la voix commente tout ce que je fais. D'habitude, la voix fait des remarques acerbes sur le docteur Garnier. Elle ne l'aime pas. Pourtant, elle reste silencieuse. Pourquoi n'intervient-elle pas ?

— Racontez-moi le jour de votre sortie de la clinique, conseille-t-il d'une voix douce.

Je le fixe pendant une poignée de secondes, interdite. Pourquoi me demande-t-il cela ? Je réfléchis pour me souvenir de ce jour, alors que je n'avais que 16 ans. Je suis sortie de la clinique et ensuite ?

La panique me gagne alors que rien ne me revient en mémoire. Je me souviens de la clinique, de ma chambre avec les murs capitonnés et de la petite lucarne qui me permet de regarder les étoiles. Je me souviens de la salle commune où ont lieu toutes les animations. Je me souviens de ces tables alignées et de ces aides-soignants qui déambulent entre les tables.

J'ai beau creuser ma mémoire, je n'arrive pas à revoir mon appartement. Je ne vois plus mon lieu de travail, je ne vois plus les trajets que j'effectuais quotidiennement, comme si mon cerveau ne voulait pas que je me souvienne. Je ne vois plus le bar où j'ai rencontré Noah. Je ne vois plus l'appartement de l'homme que j'aime. Tout est flou. Tout a disparu. Rien ne me revient.

La réalité me frappe en plein visage, elle me coupe la respiration. Je ne peux rien voir parce que rien n'a existé.

Je m'appelle Lou

J'ai tout imaginé. Comment est-il possible d'inventer toute une histoire ? Je ne peux pas être aussi malade, ce n'est pas possible. Je travaillais. J'avais un emploi dans une usine. Je ferme les yeux si fort que je vois des points lumineux. J'essaies de me concentrer pour voir l'usine, les fermetures éclairs que je vérifiais toute la journée. Rien. Je ne vois rien. Je suis folle.

— Je n'ai jamais quitté la clinique… murmuré-je d'une voix lasse.
— Vous êtes arrivée ici quand vous aviez à peine 16 ans, raconte le docteur Garnier avec sa voix éternellement douce. Votre état ne m'a pas permis de vous autoriser à sortir. Votre oncle a choisi de vous laisser ici pour que vous puissiez être sous surveillance en cas de nouvelle crise.
— Je ne peux pas tout avoir imaginé ! m'emporté-je, soudain agacée.
— Vous êtes schizophrène, rappelle-t-il sans tact. Les crises paranoïdes sont votre lot quotidien. Tout peut en déclencher une. Dans ce cas, c'était la soirée karaoké.

Je ferme les yeux et tourne la tête vers le sens opposé où il se trouve. Je ne veux plus l'entendre. J'aurais dû couper plus. J'aurais dû mettre fin à mes jours. Je ne veux plus être ici. Je ne suis pas folle. Peut-être que si, finalement. Peut-être que je suis folle.

Je m'appelle Lou

EPILOGUE

Je peux dire les yeux fermés le nombre de trous que comporte le mur qui me fait face. Je peux également donner avec précision le nombre de feuilles que compte l'arbre que je vois depuis la fenêtre de ma chambre. Ces derniers jours, je ne suis pas sortie d'ici. Je ne voulais plus être en contact avec les autres, avec mes « amis ». Je voulais juste mourir. Je voulais juste que ça s'arrête.

Depuis ma tentative de suicide, le docteur Garnier est venu me voir plusieurs fois par jour, tous les jours, sans aucun répit. Il m'a patiemment expliqué tout ce qui s'était passé. J'ai déliré, une fois de plus. Je ne suis jamais sortie d'ici, je n'ai pas eu de vie normale, je n'ai pas eu de travail, j'en suis incapable.

J'ai fait ce qu'on appelle un délire paranoïde. C'est un nom bien compliqué et savant pour ne pas dire que je suis complètement timbrée. Ça peut être déclenché par n'importe quoi, une personne qui m'accorde de l'attention, un médicament manqué.

Je m'appelle Lou

Avant la crise, j'avais un semblant de vie normale pour l'endroit où je suis. Je sortais une heure ou deux par jour de ma chambre. J'allais dans la salle commune pour discuter avec mes amis. J'allais en salle cinéma pour regarder ma série préférée : *Grey's anatomy*. J'avais une vie « saine » pour le lieu où je me trouve. Tout était pensé pour que je reste calme, pour qu'aucune crise ne se déclenche. Mais c'est arrivé. J'ai fait une crise.

Dans mon cas, c'est Noah qui l'a déclenché. Ou plutôt, c'est mon cerveau complètement dérangé qui a fait de Noah sa proie.

Mon oncle Bernard est décédé d'un cancer du poumon. Il ne m'avait pas prévenue de sa maladie. Il a juste arrêté de venir me voir, du jour au lendemain. Quelques temps plus tard, l'hôpital psychiatrique a été prévenu de son décès. Le docteur Garnier a dû me l'annoncer. J'ai sombré. J'ai arrêté de communiquer, je me suis enfermée dans ma chambre pendant des journées entières. Je restais muette durant des jours.

Le thérapeute m'a expliqué que c'est ce qui m'a mise en léthargie. J'étais en deuil et j'étais affaiblie. Le décès de Bernard m'a touchée, même si je ne l'ai pas montré. Quand il est décédé, je me suis vraiment retrouvée seule, abandonnée. Il était la seule personne à venir me voir. Il était ma seule famille. Il était tout ce qui me gardait en lien avec la vie réelle. Sans lui, je n'avais plus personne. C'est là que la voix est revenue.

Je n'en ai pas parlé au personnel soignant. J'en ai parlé à personne, à vrai dire, ni aux médecins, ni aux soignants, ni à mes amies. J'ai gardé la voix secrète, parce qu'elle voulait juste m'aider à aller mieux. J'avais besoin d'elle et de son soutien.

Le docteur Garnier a eu l'idée de me donner un carnet qu'il avait appelé « carnet de bord ». Selon lui, cela me permettrait de me confier. C'était surtout le seul moyen qu'il avait de savoir ce qui se tramait dans mon esprit torturé. J'écrivais tous les jours sur ce carnet, c'est de cette manière qu'il a pu retracer toute la chronologie de cette crise. Selon le thérapeute, écrire me faisait du bien. J'avais presque retrouvé un équilibre. J'étais toujours en crise mais dans mon délire, j'avais un cadre et une routine donc selon lui, tout était sous contrôle.

Noah est arrivé, c'est un nouvel aide-soignant. Il est beau, il est gentil et il est doux. Il a vraiment des airs avec Jackson Avery dans ma série fétiche. Les membres du personnel ont organisé une soirée karaoké. C'était bon enfant, tout le monde a joué le jeu. Les patients et les soignants ont passé la soirée ensemble. Noah m'a parlé. Il a été gentil avec moi. La suite, on la connaît. J'ai imaginé toute une histoire autour de lui. J'ai imaginé une relation avec lui, j'ai imaginé sa relation avec Eva, la nouvelle infirmière du service. J'ai tout inventé et la voix m'a accompagnée dans mes délires parce qu'elle n'avait qu'une idée en tête, me voir morte.

La porte de ma chambre s'ouvre et Eva me fait un sourire poli. Elle a peur de moi, ça se voit dans son regard. Le docteur Garnier m'a dit que je l'avais agressée. Elle essaie de ne pas montrer qu'elle me craint mais je le sens. Je peux presque entendre les battements affolés de son cœur quand elle doit pénétrer dans ma chambre pour prendre mes constantes.

— Lou, tu as demandé à voir tes amies aujourd'hui, me rappelle-t-elle avec une voix qui se veut douce.

J'acquiesce en silence et la suis. Nous sortons de ma chambre et nous rendons dans la salle commune. Je balaie la salle des yeux et vois Alicia, assise à une table, seule devant un jeu de cartes. Je me tourne vers Eva qui me fait signe d'y aller.

Je marche tranquillement vers mon amie et m'assois en face d'elle. Elle lève les yeux vers moi et un immense sourire fend son visage. Elle semble vraiment contente de me voir.

— Lou ! s'exclame-t-elle en mélangeant ses cartes. Tu m'as manquée !

— J'ai fait une crise, dis-je d'une voix morne.

— Je m'en doutais... J'en parlais avec Fanny, l'autre jour. Elle s'inquiétait beaucoup pour toi !

Je me redresse sur ma chaise, intéressée. Je n'ai pas imaginé mes amies, c'est déjà ça. J'ai hâte de revoir Fanny.

— Où est-elle ? demandé-je en regardant autour de moi avec curiosité.

Alicia pose son paquet de cartes sur la table avec un sourire satisfait.

— Ne bouge pas ! ordonne-t-elle. Je vais la chercher !

Je hoche la tête et la regarde aller fouiller dans le placard dans un coin de la pièce. Je me concentre sur les cartes posées sur la table. Je ne suis peut-être jamais sortie d'ici mais j'ai des amies qui m'aiment comme je suis. C'est mieux que rien.

Je m'appelle Lou

— Lou, ma chérie ! Tu es de retour !

Je lève les yeux vers mon amie en souriant. En la voyant, mon sourire s'évanouit aussitôt. C'est toujours Alicia qui est en face de moi mais elle porte maintenant une perruque blonde qui cache ses cheveux bruns.

— Avec Alicia, on se demandait quand tu allais revenir ! s'exclame-t-elle.

— Fanny, murmuré-je en sentant les larmes me brûler les yeux.

— Ne nous fais plus peur comme ça ! reprend mon amie. Oublie donc cette voix, on est là, Alicia et moi !

Je ne dis rien et distribue les cartes. Qu'est-ce que je peux dire, de toute manière ? Je m'appelle Lou, j'ai 21 ans et je suis schizophrène.

Je m'appelle Lou

Je m'appelle Lou

Remerciements

Avant tout, merci à ma maman qui m'a transmis son goût pour la lecture dès mon plus jeune âge. Je ne saurais dire combien de temps j'ai passé à lire, enfermée dans ma chambre pendant que les autres enfants jouaient à l'extérieur. J'aimais le pouvoir des livres, j'aimais imaginer les scènes et les endroits que les mots suggéraient. C'est ce qui m'a donné envie d'écrire, moi, la petite fille à l'imagination débordante.

Merci à Aurélie, Emilie, Jessika, Melissa, Loïc Y. et Andréa, mes amis qui me soutiennent malgré les années qui passent, malgré les aléas de la vie, la distance. Vous êtes toujours avec moi, même si on ne se voit pas.
Mention spéciale à Andréa qui ne lit que des BD et qui fait toujours l'effort de lire mes romans.

Merci à mes petites sœurs, Maëliss, Coralie et Noëmie, qui me soutiennent. Il suffit de voir la fierté dans vos yeux pour me redonner l'envie d'écrire. Mention spéciale à ma sœur Noëmie et son esprit critique. Tu as su voir le potentiel de Lou alors que j'en doutais sincèrement.

Merci à Mathieu pour ces discussions sur la psychologie et tous les précieux renseignements concernant la schizophrénie et ses différentes formes. Merci pour les pages de livres envoyées en photo que j'ai décortiquées pour être sûre que cette histoire soit la plus réelle possible.

Je m'appelle Lou

Merci à ma tante Jaja et ma tante Chantal qui, sans le savoir, m'ont donnée envie d'éditer ce livre. Vos mots m'ont reboostée alors que j'étais en proie au doute. Je ne me sentais pas légitime et vous avez balayé tous mes doutes avec quelques paroles. Merci.

Merci à Corentin pour son travail formidable sur toutes les couvertures de mes romans. Tu donnes vie à mes idées et tu fais de mes histoires de vrais livres. Merci du fond du cœur.

Merci à ma fille Naomy de me permettre de garder le courage même quand rien ne va autour de nous. Tu es mon moteur et ma force. Je t'aime.

Enfin, merci à tous ceux qui me lisent. Sans vous, mes histoires n'auraient pas autant de valeur.

A bientôt pour de nouvelles aventures…

Printed in Great Britain
by Amazon